U0462585

杨旭辉　著

苏州新闻出版集团

古吴轩出版社

图书在版编目（CIP）数据

诗意苏州 / 杨旭辉著. -- 苏州 ： 古吴轩出版社，
2025. 6. -- ISBN 978-7-5546-2698-6

Ⅰ. I222

中国国家版本馆CIP数据核字第2025GN7532号

封面题字：吴企明
责任编辑：俞　都
见习编辑：刘雨馨
装帧设计：李　子
责任校对：万海娟
责任照排：孙嘉境

书　　名：诗意苏州
著　　者：杨旭辉
出版发行：苏州新闻出版集团
　　　　　古吴轩出版社
　　　　　地址：苏州市八达街118号苏州新闻大厦30F
　　　　　电话：0512-65233679　　邮编：215123
出 版 人：王乐飞
印　　刷：苏州市大元印务有限公司
开　　本：787mm×1092mm　1/32
印　　张：8
字　　数：216千字
版　　次：2025年6月第1版
印　　次：2025年6月第1次印刷
书　　号：ISBN 978-7-5546-2698-6
定　　价：88.00元

如有印装质量问题，请与印刷厂联系。0512-68668773

古韵今风处 心间自有知（代前言）

　　2024年11月28日晚，"走进中华文明——苏州江南文化与中国式现代化"大型主题人文交流活动在苏州狮子林举行。本次活动由江苏省人民政府外事办公室、苏州市人民政府和世界知识出版社联合主办，中国驻英国大使馆、中国驻法国大使馆、中国驻曼彻斯特总领馆、中国驻爱丁堡总领馆、中国驻贝尔法斯特总领馆、中国驻斯特拉斯堡总领馆协办，苏州市人民政府外事办公室、苏州市园林和绿化管理局承办。

　　本次活动是"走进中华文明"系列活动的第五场，通过线上线下结合的形式，展现苏州的传统文化与现代化发展。"走进中华文明"是世界知识出版社打造的系列主题人文交流活动品牌，旨在增进外国青少年对中华优秀传统文化内涵的了解，积极践行全球文明倡议，促进人文交流、民心相通，向世界讲好中国故事，推动中华文化更好地走向世界。300多名英、法两国青年学生和各界友好人士参加了此次活动，线上线下共同感受江南历史文化发展脉络以及苏州在新时代背景下的蓬勃发展和现代化成果。

　　作为特邀主讲专家，本人在主会场——苏州狮子林作专题讲座，围绕苏州古典园林、诗意人文、传统手工艺、科技产业、生态城市建设和创新发展成就等内容，系统阐释中华优秀传统文化的内涵价值与中国式现代化的世界意义，并与伦敦、巴黎、曼彻斯特、爱丁堡、贝尔法斯特、斯特拉斯堡等海外分会场的观众连线互动交流，回答了关于文化传承保护、中外园林艺术对比、中国节气习俗等问题。现根据连线现场对英、法两国青年学生和各界友好人士提问的回答进行整理，以《古韵今风处　心间自有知》为名，权作本书的代前言。

1.苏州园林是中式美学重要的组成部分,尤其是在空间布局和景观营造上,其背后的文化根源是什么?

【回答】

叠山理水,是苏州园林在空间布局和景观营造上最为重要的技法和手段。苏州古典园林以自然为"粉本",师法自然,必须充分理解、领悟自然之道,既要在宅院中营造出具有自然气息的居住空间,又要通过假山、水池、植物、建筑的搭配和组合,借自然之景,创山水真趣,得园林意境。

因而,就这个意义上来看,中国古典园林空间的布局和景观营造不仅仅是一种技术层面的事,更是中国传统诗性文化在园林艺术、建筑艺术中的延展。苏州古典园林讲究意境,苏州园林中的意境与古典诗词是有着密切的关联的。

比如:狮子林中的砖雕门额"涉趣",就向人暗示,园中的意境以及园中人的生活,就是在追求陶渊明诗文中的境界:"园日涉以成趣,门虽设而常关。策扶老以流憩,时矫首而遐观。"

又如:狮子林中的问梅阁,以及周围种植的梅花,既有佛教禅宗中"问梅"的哲学理趣;又有"暗香疏影"这一经典文学形象的再现(狮子林中有暗香疏影楼,出典于北宋诗人林逋《山园小梅》诗中"疏影横斜水清浅,暗香浮动月黄昏"句);还包含着"来日绮窗前,寒梅著花未"的诗情,问梅阁中的匾额"绮窗春讯",正是向人表明诗歌的这一层意境。

这样的例子,在苏州古典园林中不胜枚举。

2.狮子林是中西方文化碰撞、融合的园林典范,这种中西融合的美学有何创新和精妙之处? 在苏州园林内,是否还有其他的成功案例?

【回答】

民国以还,贝润生拥有狮子林之后,在修葺改建中,把现代西方的物质文明和西方的艺术融入传统的古典园林中。他不仅广泛使用彩色玻璃和水泥等建筑材料,还将铁艺运用在花窗、栏杆的设计上。此外,他还将一批带有西洋审美风格的装饰用在建筑上,如"读书便佳"门楼等。这一切尽显狮子林主人贝润生面对现代文明,在尖锐批评意见不断的情形下,仍不失文明互鉴、大胆尝试的勇气,使狮子林在苏州一众古典园林中独具中西合璧的特色。

由于长期在商海中打拼及与洋行交往,商人出身的贝润生和整个贝氏家族与过去传统世家的保守、封闭有着较大的区别。狮子林虽然是私家园林,但贝润生原计划在修葺完成后,对社会公众开放,后因故未能如愿。但是,苏州乃至世界各地的人,但凡能与贝氏打上招呼,或提前致函或事先沟通,获得应允,都可进入园中赏玩。至于亲朋故旧,那就更不在话下了。后来成为世界著名建筑大师的贝聿铭,少时就曾在这位叔祖的园中度过一段美好的时光。贝聿铭少年时候对苏州及对苏州狮子林的深刻而美好的记忆,都成为他后来建筑设计的文化底蕴和灵感源泉。

如狮子林这样中西合璧的例子在苏州园林中还是不少见的,比如补园(拙政园西部)的主人张履谦在园林修葺中,也使用了西洋进口的彩色玻璃和铁艺栏杆。至于现在成为"网红打卡地"的苏州博物馆新馆,就是由贝聿铭先生设计的,在整个新馆的设计中,贝聿铭先生秉持着"中而新,苏而新"的理念打造出的中式庭院就成了中西文化融合的典范。

3.中国的节气文化博大精深,请问苏州这边有哪些独特的迎接节气到来的习俗?

【回答】

中国传统文化中非常重视人和自然的关系,中国古人在长期的生产、生活实践中,通过观察太阳周年运动,认知一年中时令、气候、物候、农业生产、生活等方面的变化规律,并逐渐形成较为系统、完整的知识体系,把一年分为"二十四节气"。2016年11月,中国的"二十四节气"被正式列入联合国教育、科学及文化组织《人类非物质文化遗产代表作名录》。

苏州和中国许多地方一样,也有着深厚的节气文化,因为地区的差异,苏州在迎接节气到来的时候，有一些其他地方所没有的独特风俗。比如：在苏州，每年的冬至都过得特别隆重，这在全国都很少见。苏州历来就有"冬至大如年"以及"肥冬瘦年"的说法。在苏州过冬至有很多风俗活动，比如：亲朋间相互馈赠"冬至盘"、吃冬至团圆饭、喝桂花冬酿酒、吃冬至团、亲朋之间相互拜冬。

冬至是一年中黑夜最长的一天，天气进入最寒冷的时节，在江南民间，便把这一天定为"入九"，又叫"进九"。入九以后，人们尽量减少外出，也有入九以后冬令进补的习俗。入九以后，人们开始倒计时数九，期盼着春天的来临，以九天为一个单元，数到九九八十一，即为"出九"。其中流行最广的游戏当属《九九消寒歌》和《九九消寒图》。

冬至这一天的天气状况也是备受苏州人重视的，人们会根据这一天的天气状况来预测春节的天气，并总结出这样的谚语："干净冬至邋遢年，邋遢冬至干净年。"

4.中华文明源远流长、博大精深，里面蕴含着的人生智慧和价值观念为中国式现代化发展提供重要的精神动力。请老师为我们举一到两个例子，下一阶段苏州将如何充分发挥江南文化的底蕴，继续推进中国式现代化的发展？

【回答】

中华传统文化中非常重视人和自然的关系，这一点在苏州园林的营造中体现得非常明显。同时，中国传统文化又非常重视人类社会自身的发展。早在《周易》中就有曰："观乎天文以察时变，观乎人文以化成天下。"在中国古代的哲学观念中，很早就形成了热爱自然、尊重自然、审时度势、注重人伦道德、重视人文教化的文化。比如：《周易》是中国儒家文化的重要经典，其中就集中体现了这样的古老智慧。"乾"是《周易》六十四卦的第一卦，其中的爻辞有曰："初九：潜龙勿用……九五：飞龙在天，利见大人……上九：亢龙有悔。"其中就体现出审时度势的思想，用中国老百姓常说的一句俗语来说，那就是："在什么山上唱什么歌。"乾卦的象辞"天行健，君子以自强不息"，则是在这一哲学基础上进一步的阐述，激励着一代代的中国人。

苏州作为江南文化的重要发源地和代表性城市，有着深厚的江南文化底蕴。如何将人文历史的资源转化为现代化发展的推动力，是我们需要认真思考的问题。早在明代中后期，苏州人口的快速增长与土地供给不足形成严重的矛盾，社会发展出现瓶颈，苏州探索出一条以丝绸为代表的手工业生产的新质生产力，在苏州出现了资本主义生产关系、生产方式的萌芽，使得明清时期的苏州社会、经济、文化全面繁荣。在20世纪70年代末，苏州在社会改革发展的关键时期，又因地制宜、因势利导，创造出了"苏南模式"。此后又在现代化建设的进程中创造出"张家港精神""昆山之路""园区经验"等"三大法宝"。这些因地制宜、因势利导的成功经验，都是"观察""化成"这些古代文化智慧的时代发展，说直接一点，就是审时度势、与时俱进。

5.作为全国知名的移民城市，苏州的中国式现代化发展吸引了许许多多的外地、外籍人才来到苏州奋斗、安家，您觉得苏州的哪些特质吸引了人才奔赴而来？

【回答】

开放包容的文化心态和崇文重教的文化传统，一直以来就是苏州文化最大的底蕴，也是最为核心的竞争力。

自古以来，开放包容就是苏州文化的主要特征。明清时期具有全国影响力的苏州文氏家族、彭氏家族，都是从其他地方迁居到苏州的"新苏州家族"。清道光年间，顾沅等人"纂集吴中先贤，旁及名宦、游寓""自吴公子札以降，得五百余人，属孔生继尧各为之图，并系以传"（梁章钜《五百名贤祠序》），后皆勒石，建五百名贤祠，作为永久的纪念。其中所列的苏州历代名贤，大都不是苏州本地人，但五百名贤祠对为苏州发展做出重要贡献的外地人给予了高度评价。直到今天，苏州市有这样一个表述，苏州的开放发展,有三种重要的力量:老苏州、新苏州、洋苏州。

苏州自古以来就有崇尚文化教育的传统,早在1700多年以前,苏州诗人陆机就在《吴趋行》中写道:"山泽多藏育,土风清且嘉。……邦彦应运兴,粲若春林菡。属城咸有士,吴邑最为多。……文德熙淳懿,武功侔山河。"北宋景祐二年(1035),从范仲淹创办苏州府学开始,近千年来,苏州府学人才辈出,成为东南地区首屈一指的著名学府。在科举时代,苏州状元成为苏州最知名的"特产";现代,苏州籍两院院士又成为苏州的城市文化名片。

6.您觉得中国式现代化的不断探索,对于苏州江南文化的发展有何推动作用?

【回答】

中国式现代化发展,坚持中国特色社会主义的道路自信、理论自信、制度自信、文化自信,它既是对优秀中华传统文化的传承和发展,又顺应了时代的召唤。作为江南古城,苏州更应该充分梳理、研究、传承丰厚的江南文化资源,对其进行创造性转化、创新性发展,在这一进程中必须真正做到审时度势、因地制宜、因势利导、与时俱进。

7.作为苏州现代化进程的见证者与参与者,您在苏州工作、生活这么多年,有何感受?

【回答】

我作为一名"新苏州",在苏州生活已经有近40年的时间了,我亲身经历、亲眼看到了苏州改革开放以来的发展,见证了苏州日新月异的飞速发展。

苏州既是质朴素雅的古城,又是现代年轻的都市;有着深厚的文化底蕴和诗意烟火,又有时尚青春的节奏和生活……古韵今风,在苏州交相辉映,一切都彰显着这座城市的开放和包容。

2004年，中国中央电视台把中国年度最具经济活力城市奖颁发给了苏州，给苏州的颁奖词是这样的："一座东方的水城，让世界读了两千五百年；一个现代工业园，用十年时间磨砺出超越传统的利剑。她用古典园林的精巧，布局出现代经济的版图；她用双面刺绣的绝活，实现了东方与西方的对接。"

我觉得这样的评价是实至名归的，这一切也是我在苏州近40年工作、生活中能够感受到的。

8.您的讲解让我们了解到了苏州园林所蕴含的古典美学价值，那么请问这种价值之于我们当代社会，或者说是当前社会的发展又有哪些指导意义呢？

【回答】

苏州园林的精致典雅包含了太多的中国文化内涵，其中不乏中国美学、中国哲学、中国文学、中国书画等多方面的内容。只要我们沉潜其中，细细研究，将这些精髓转化为今天时代发展的文化资源、思想资源、理论资源，对当前社会的发展自然会有很多裨益和启示。这自然就需要我们好好地爱护她、传承她、弘扬她、发展她。这样的路还很长，需要每一个热爱苏州文化、热爱中国文化的人一起努力。

目　录

诗意江南

运河苏州：谱写"江南想象"的诗韵乐章

京杭大运河是中国古代最伟大的水利工程之一，它不仅是贯通中国南北的交通大动脉，在政治、经济方面有着举足轻重的意义，同时还是南北文化交流的重要渠道，是中华文化辉煌灿烂的重要标志。千百年来，运河两岸诞生了无数的诗词经典，这些诗词作品或描写运河两岸的自然山水之胜，或描写运河沿岸的风土人情，或记载了千年来运河沿岸人民生生不息的生活和历史的沧桑……一首首优美的诗词旋律，应和着汩汩的流水声和此起彼伏的船桨声，谱写了大运河流动的乐章，也见证了中华文化的灿烂华彩。

引子

千百年以来，苏州都是中国人"江南想象"的典范，无数文人墨客对她的眷恋和赞美，都熔铸在一首首经典的诗词之中。乘着行船，沿着大运河来到烟雨江南的苏州，无限的惊喜和感慨伴随着一路的行程，诗人自然是一路讴吟：

月落乌啼霜满天，江枫渔火对愁眠。
姑苏城外寒山寺，夜半钟声到客船。

君到姑苏见，人家尽枕河。
古宫闲地少，水港小桥多。
夜市卖菱藕，春船载绮罗。

遥知未眠月，乡思在渔歌。

　　古往今来，诸如张继《枫桥夜泊》、杜荀鹤《送人游吴》这样的清歌吟唱从未断绝，这些诗歌都是中国古代文学史上经典中的经典，更成为苏州靓丽的城市文化名片和最大的IP，也构成了运河苏州独有的诗韵乐章。一首首诗词经典，犹如流动的旋律，伴随着运河水流向全国，乃至世界，让世人了解到一个富有诗情画意的园林城市、运河之城——苏州。这大概就是清代苏州才子尤侗所谓的："文章借山水而发，山水得文章而传，交相须也。"

　　和许多外乡人一样，笔者对苏州的无限憧憬和神往，便是从一首首吟咏苏州的经典诗词开始的。记得30多年前，离乡到苏州求学，是沿着运河一路而来的，当年的我，脑海中反复盘桓的无非就是"姑苏城外寒山寺""君到姑苏见，人家尽枕河"这一类的诗句。在苏州日久，我早已把她视为"第二故乡"。30多年的浸润和熏陶，现在的我不仅能操着一口流利纯正的苏州话，做得一手地道的苏帮菜，更为重要的是，血脉中已经完全融入了苏州文化的基因。这一切都得益于诗词的滋养，此诚嵇康所谓"言比成诗，声比成音；杂而咏之，聚而听之"，自然会情动于衷的，而我身上的苏州印记也在苏州诗咏的浸润中慢慢晕染开去……

夜泊枫桥：运河上的诗歌竞技场

　　一千多年前的唐代，诗人张继乘舟游历江南，在某个夜晚，泊舟在苏州城外的枫桥附近。吴地的秋色，多彩亦多情，自初唐以来就流传着"枫落吴江冷"这样的诗句。运河之畔的"霜天""江枫"和孤独的一豆"渔火"，时时触动着游子的羁旅愁思，忽而寒山寺传来阵阵夜半钟声，浑厚庄重的声音划破长空，带着历史的沧桑和厚重，绵绵不绝地传向远方，更在诗人的内心深处产生强烈的震动……悠长的钟声里，包含着时间和空间的双重意蕴，诗歌通过"以声传静"的技法，让清幽孤寂的空间得到了无限的拓展和深化，而时间的压迫感则与内心深重的嗟叹相应和，独自陷入羁旅孤寂中的诗人在悠远的钟声中感受到了岁月的迁逝之悲、人生的飘零蓬转的嗟叹，最终也在钟声中获得了精神上的超脱。《枫桥夜泊》这首千古名篇的神韵，也正是在这夜半钟声中完美体现出来的，虽然后世对"夜半钟"有些许争议，但那样的辨析和纷争实在太过拘泥，完全可以略而不谈。

　　张继的一首《枫桥夜泊》，造就了苏州运河之畔枫桥和寒山寺的千年盛名，晚清时期的程德全在《重修寒山寺碑记》中说："是诗也，神韵天成，足为吴山生色。"因此寒山寺成为苏州最负盛名的文化地标之一，后世但凡到苏州的文人墨客，都要来此游赏一番，甚至要与数百年前的张继来一场穿越式的诗歌创作PK。然而张继创作的经典，似乎永远难以超越，这就给后世所有的诗人、文学家留下一个极大的难题。因为"月落乌啼""江枫渔火"以及"夜半钟声"，已经成为一种程式化的意象而被世人知晓、传诵，并成为苏州这座城市最值得追忆的诗意的构成。几乎所有吟咏枫桥、寒山寺的诗词作品，都无法绕过这些经典的意象和语汇，在晚清重修寒山寺的时候，很多人都发出过这样的感慨和议论："自张继题诗，四方游士至吴，无不知寒山寺者。寓贤羁客，临流舒啸，信手拈来，无非霜天钟籁。"若就诗歌艺术的成就和水准来看，后世的这些诗词作品也难与张继的二十八字相颉颃。然而，其中的诗意和情思却是和张继的《枫桥夜泊》一脉相承的，不妨抄录几首，略作品赏：

白首重来一梦中，青山不改旧时容。
乌啼月落桥边寺，欹枕犹闻半夜钟。

——〔宋〕孙觌《过枫桥寺示迁老》

枫叶芦花暗画船，银筝断绝十三弦。

西风只在寒山寺，长送钟声搅客眠。

——〔元〕顾瑛《泊阊门》

又复匆匆赋远征，乌啼月落若为情。

寺钟渔火枫桥泊，已是思家第一程。

——〔清〕李绳《枫桥夜泊》

枫叶萧条水驿空，离居千里怅难同。

十年旧约江南梦，独听寒山半夜钟。

——〔清〕王士禛《夜雨题寒山寺寄西樵、礼吉二首》其二

　　清代诗人查慎行在其《百字令·枫桥夜泊》一词中曾有过感慨，在张继之后，"可惜闲吟，佳句少"，即便如此，"乌啼月落若为情""寺钟渔火枫桥泊，已是思家第一程"这种情绪，已然深入人心，成为中国古代诗词创作中的一种集体无意识，而"月落乌啼""江枫渔火""夜半钟声"已然成为最富有苏州意蕴的诗语指称。直到20世纪90年代，广东著名音乐人陈小奇先生还用流行歌曲的方式，与张继来了一场PK，这就是那个年代脍炙人口的歌曲《涛声依旧》："带走一盏渔火，让他温暖我的双眼。留下一段真情，让它停泊在枫桥边。……留连的钟声，还在敲打我的无眠，尘封的日子，始终不会是一片云烟。……月落乌啼总是千年的风霜，涛声依旧不见当初的夜晚。今天的你我，怎样重复昨天的故事？这一张旧船票，能否登上你的客船？"

风雅江南:"苏州刺史例能诗"

大概是受到吴中山水灵秀之气的滋养和催促,无论是张继这样游寓的客子,还是白居易、刘禹锡等仕宦至苏州的文人学士,都会纷纷挥翰题诗,苏州因此也似乎成为大运河沿岸盛产名篇佳作最多的地方。"苏州刺史例能诗",这是刘禹锡对白居易的赞美之词,在后世逐渐成为苏州守令风雅的概括性总结,纵观苏州地方史,白居易确实堪称其中的翘楚。

白居易自唐敬宗宝历元年(825)三月出任苏州刺史,至次年十月离任,在苏州任职的时间并不是很长。在苏州一年多的时间里,白居易给苏州人民留下许多惠政,深受百姓拥戴,其中最重要的就是疏浚山塘河。对于山塘河的疏浚、山塘街的修建,苏州方志上多有赞誉之词,宋代苏州学者朱长文在《吴郡图经续记》中说:"唐白居易守郡,尝作武丘路,免于病涉,亦可障流潦。"这段话讲得非常清楚,这一工程的主要的意义有二:一是"免于病涉",即原本不畅通的水路开阔了,山塘河与大运河贯通起来,使得船行来往更为便利;二是"可障流潦",即避免了雨季的城市内涝。河道疏浚后,白居易还命人在岸边种植桃李,在水中种植菱荷,提升两岸的景观。在他的《武丘寺路》一诗中,就描绘了面貌一新的山塘景象,其中有曰:"自开山寺路,水陆往来频。银勒牵骄马,花船载丽人。芰荷生欲遍,桃李种仍新。好住湖堤上,长留一道春。"为了感念白公的恩泽,苏州百姓也将新建的山塘街称为"白公堤"。

在公务之余,白居易利用闲暇穿行在苏州的大街小巷,充分感受着"复叠江山壮,平铺井邑宽;人稠过扬府,坊闹半长安",以及"处处楼前飘管吹,家家门外泊舟航"这样的繁华热闹;也沉醉于苏州河道纵横,"舟船转云岛,楼阁出烟萝"这样的迷人景色;至于白居易笔下的太湖湖光山色,则更令人无限神往:"浸月冷波千顷练,苞霜新橘万株金""掩映橘林千点火,泓澄潭水一盆油""黄夹缬林寒有叶,碧琉璃水净无风"。

　　宝历二年（826）的正月初三，还在年假休沐中的白居易信步于苏州城内的乌鹊桥、黄鹂坊等地，在这些充满诗意的地名中感受暖意的渐渐升腾，一切美好的幻想都在似春非春间款款走来，于是就写下了《正月三日闲行》这样一首小诗："黄鹂巷口莺欲语，乌鹊河头冰欲销。绿浪东西南北水，红栏三百九十桥。鸳鸯荡漾双双翅，杨柳交加万万条。借问春风来早晚，只从前日到今朝。"全诗言简意丰，清浅可爱，以眼前事作心中语，全然不见雕琢之态，却极具江南风情，是为白居易姑苏诗咏中的经典之作。

销魂之听："卖花声里到苏州"

　　苏州的一山一水、一桥一亭、一人一事都堪入诗入画，哪怕是充满市井气息的叫卖声、吆喝声和渔歌声，都带着水乡的款款风情，显得那么与众不同，被诗人摄入笔底，也是摇曳多姿。

　　在清代，有一位名叫刘嗣绾的常州诗人，因家计营生需要前往苏州，启程的时候，还多少带着些许的离乡愁绪，但当他沿着运河一路南下，刚抵苏州山塘河，准备进苏州城的时候，眼前的一幕，不禁让他激动无比，于是他写下了一首名叫《题水阁》的小诗："一程春雨一程愁，小阁重帘水上头。依约晓窗人未起，卖花声里到苏州。"山塘河两岸的人家在水雾氤氲和晨曦的映衬下，一派祥和安宁，不经意间，从远处，不知是岸上还是水面上，隐隐传来一阵吴侬软语的叫卖声："栀子花，白兰花……栀子花，白兰花……"卖花姑娘轻声慢语、浅吟低唱，温情脉脉地抚慰着游子孤寂的灵魂，解弛着各自内心的思乡愁绪。

　　晚明文人陈继儒在《小窗幽记》中有曰："论声之韵者，曰溪声、涧声、竹声、松声、山禽声、幽壑声、芭蕉雨声、落花声，皆天地之清籁，诗坛之鼓吹也。然销魂之听，当以卖花声为第一。"陈继儒，字仲醇，号眉公，华亭（今上海松江）人，是晚明时期著名的文学家、书画家，更是一代山人雅士的代表。在他的笔下，令人称道的居然是卖花声，这一声声叫卖还远胜一切自然之天籁。陈眉公笔下令人销魂的卖花声，自然是用吴侬软语吟唱而出的，若没有在吴地生活的经历，似乎很难领会到这样的韵味。姑苏女子用绵长而悠远的吴侬软语吆喝叫卖，恰似"呖呖莺声溜的圆"，实在像是在歌唱，轻歌慢语中似乎有着浸润心田的万千柔肠和温情，无怪乎两百年前的刘嗣绾完全被征服，陶然梦醉其中。

　　明代常熟诗人邵圭洁饱含着对吴地乡音和风土的深挚之情，创作了系列组诗《苏台竹枝词》，在摹状水光潋滟、"片片明霞"的风光之外，更以极富诗性的笔调，复现了飘忽于江南湖光山色之间、隐约流荡在纵横交错的水巷中的卖花声，虽然只是"三五声"，零零星星，若有若无，却是情韵无尽。其诗曰："鱼尾晴霞片片明，鸭头新水半塘生。平川荡桨一十里，深巷卖花三五声。"苏州的水巷是曲折而幽长的，又是静谧而优雅的，轻柔悦耳的"卖花声"穿梭萦绕在苏州的水巷深处，不仅增加了苏州水巷的市井气息，还使得文静的苏州水巷活泼生动了起来。

　　城市的声音，尤其是带着浓郁乡情的乡音，本应该是一个城市文化重要的组成部分，然而在城市现代化的进程中，这种带着无限乡愁的乡音越来越被人淡忘。记住乡音，记住城市的声音，也应该是传承城市历史、城市文化的重要方式之一。在苏州，除了软糯温婉的卖花声，还有许多值得记住的乡音和乡情，诸如：太湖流域的渔歌，江南特色鲜明的采菱歌、采莲歌，等等。古往今来的文人墨客，有多少人将这浓浓的乡愁融入声声亲切的乡音之中，在苏州文学史上，也不乏这样的经典佳作。

　　元代末年，绍兴籍诗人杨维桢寓居苏州，对苏州的风土人情和风物青睐有加，在他创作的《吴下竹枝歌》组诗中就有许多是描写苏州的各种声音的，其中既有江南女子采菱时的声声歌唱，也有青年男女买花赠花、互诉衷情时的情歌对唱，还有文人雅士之间诗酒风流中的踏歌嬉乐和赠答唱和，兹引其中的三首小诗如下：

> 三箸春深草色齐，花间荡漾胜耶溪。
> 采菱三五唱歌去，五马行春驻大堤。

> 马上郎君双结椎，百花洲下买花枝。
> 罟罛冠子高一尺，能唱黄莺舞雁儿。

> 灼灼桃花朱户底，青青梅子粉墙头。
> 蹋歌起自春来日，直至春归唱不休。

要知道，绍兴之美，王献之的一句"从山阴道上行，山川自相映发，使人应接不暇"，就已然让天下人如痴如醉，神往不已，但杨维桢对苏州的喜爱，不仅超越了历代文人"山阴道上"的想象，更超越了"美不美家乡水"的家乡情结，若耶溪虽美，但又怎敌吴中的"花间荡漾"，更何况还有石湖之畔、行春桥边吴娃娇娥的"采菱三五唱歌去"，隐隐地萦回在山光水色之间。世俗、市井的生活，城市的声音，竟然可以这般诗意，这般风雅……

对吴门风雅和典型苏式生活的描写，往往不需要宏大的叙事，也不需要铺张扬厉的辞藻，只需平白如话的小诗，浅浅地、淡淡地低吟而出。这些清新雅淡的乐章，潇洒而隽永，风行于运河水上，跨越时空，千百年来，让人们一次次重温着与万物感应的生活美学。

余韵

异乡人凭"江南想象"而谱写的诗韵乐章，因"他者"的陌生感和独特的视角，写出了别有韵致的吴中风情。但苏州文脉的延续和发展，运河苏州的诗歌乐章中，自然也离不开苏州本土文人学士的努力和贡献，毕竟他们才是运河苏州诗歌乐章中的基本底色和主旋律。

早在西晋初年，苏州人陆机就以非凡的文学成就，让中原人士刮目相看，他的《文赋》是中国"文学自觉"的标志性理论著作之一，一首《吴趋行》则写尽了1700多年前吴地的繁华富庶与"土风清且嘉"，脍炙人口，流传千古。唐宋以来，先后涌现出陆龟蒙、范仲淹、范成大、高启、文徵明、唐寅、徐祯卿、顾炎武、钱谦益、吴伟业、柳亚子等杰出的诗人。纵观苏州本土文人墨客的笔调和作品，是那么多姿多彩，有"先忧后乐"的儒家济世情怀、忧患意识，有"天下兴亡，匹夫有责"的家国情怀，也有"万树桃花月满天"的浪漫和潇洒，还有《四时田园杂兴》这样充盈着浓郁吴风吴韵的乡村田园的歌咏和"隔断城西市语哗，幽栖绝似野人家"的悠闲自得……

这些经典的诗歌语码和诗韵的旋律时时萦绕在脑海中，不断地酝酿，在笔者的内心逐渐编织起一座文学的七宝楼台，或也可以径称为"诗歌的迷楼"，限于篇幅，笔者拟另撰专文，在此不再展开，姑以一阕《忆江南》小词为本文之结：

> 江南忆，吟遍运河讴。节气四时寒暑易，群芳过后六花收。飘落覆汀洲。霜天籁，渔火对眠愁。桂子飘香荷映日，淡烟芳草旧迷楼。聊以醉清秋。

"明诗第一人":青丘浦上青丘子

　　在苏州工业园区胜浦街道有一条南北走向的河流,连接着娄江和吴淞江,名曰"青秋浦",现代大道跨越这条河流,河上有座桥叫"青秋浦大桥",在青秋浦西有一条与之平行的干道——青丘街。青秋浦,古称之为"青丘浦"。元末明初,在青丘浦之畔,诞生了一位中国诗歌史上的奇才——高启。高启因长年隐居在青丘浦之南,故自号青丘子。高启因在诗歌艺术上杰出的成就,被后世誉为"明诗第一人"。

一

　　高启(1336—1374),元末明初著名诗人,字季迪,长洲(今江苏苏州)人。出生于苏州城内乐桥东南的夏侯桥附近,晚清元和县令李超琼时常经过,并作有《城中夏侯桥前明高青邱先生故里》一诗,"以志感慕",诗中述及高启的生平:"北郭早醒尘土梦,几时传送上梁文。"亦高度评价他在中国诗歌史上的地位曰:"即论才情亦冠时。"

　　高启"少警颖力学""天资秀敏""上窥建安,下逮开元",无不兼收并蓄,"遂工于诗"。早在十几岁的时候,就远近闻名,"东吴骚雅士悉推之无慊",故而在当时的吴中文坛有"前齿古人于旷代,后冠来学于当时"之誉。高启以其卓绝的才华,成为苏州诗坛的年轻领袖。据万斯同《明史》钞本记载,高启"家居北郭","与王行比邻"而居,时常唱和,后又有徐贲、高巽志、唐肃、宋克、余尧臣、张羽、吕敏、陈则等八人加入,"咸来栖止",时人称之为"北郭十友",又因为十人皆能诗,故号为"十才子"。此十人的唱和,遂成为元明之际诗坛之盛景。

年轻时代的高启,诗歌创作的题材、风格多样,"凡古人之所长,无不兼之",对力挽元末诗坛"纤秾缛丽之习而返之于古",高启"实为有力"者,有着不可磨灭的贡献。西晋时期的苏州文人陆机以天才秀逸、辞采华茂而著称于世,高启对这位乡贤非常敬重,曾仿陆机笔调、诗风,也是从"土物""民风"等视角,歌咏家乡苏州之美、之胜,创作了与陆机同题的古诗《吴趋行》,其诗曰:"仆本吴乡士,请歌吴趋行。吴中实豪都,胜丽古所名。五湖泂巨泽,八门洞高城。飞观被山起,游舰沸川横。土物既繁雄,民风亦和平。泰伯德让在,言游文学成。长沙启伯基,异梦表休祯。旧阀凡几家,奕代产才英。遭时各建事,徇义或腾声。财赋甲南州,词华并西京。兹邦信多美,粗举难备称。愿君听此曲,此曲匪夸盈。"

高启早年写了不少乐府诗,细细玩味,这些诗歌既不失汉人乐府的朴实清新、简练明朗之风,又能得白居易"新乐府"的精髓。如他所写的新乐府诗《忆远曲》,通篇以女子的口吻写来,抒发了闺中女子思念郎君的情思,语言清新自然,平白浅近,情感真挚:"扬子津头风色起,郎帆一开三百里。江桥水栅多酒垆,女儿解歌山鹧鸪。武昌西上巴陵道,闻郎处处经过好。樱桃熟时郎不归,客中谁为缝春衣?陌头空问琵琶卜,欲归不归在郎足。郎心重利轻风波,在家日少行路多。妾今能使乌头白,不能使郎休作客。"更为难能可贵的是,全诗连续化用了唐人的诗句,诸如李白《横江词》"横江西望阻西秦,汉水东连扬子津",张籍《江南曲》"娼楼两岸临水栅,夜唱竹枝留北客",许浑《听歌鹧鸪辞》"南国多情多艳词,鹧鸪清怨绕梁飞",岑参《送费子归武昌》"秋来倍忆武昌鱼,梦着只在巴陵道",贴切自然,浑成无迹,显示出高启深厚的文学功底以及熔铸诸家的艺术才能。

高启"天才高逸,实据明一代诗人之上",李白是高启最喜欢的诗人,他的很多诗也颇得李太白之神韵。李白的《将进酒》以跌宕起伏、奔涌迸发的文字，将其豪迈洒脱、酣畅淋漓的艺术风格发挥到了极致。高启的古体诗《将进酒》，虽没有李白之作那样的"解衣盘礴"的气势，但在参差多变的句式、张弛有度的节奏，以及连续多个典故的融贯中，直言自己喜欢过陈遵"一生爱酒称豪雄"这般的生活，绝不屑如扬雄那样"三世执戟徒工文"，高启用诗歌完成了在中国诗歌史上自我形象的塑造。在诗歌的最后连用短句直抒胸臆："一杯一曲，我歌君续；明月自来，不须秉烛。五岳既远，三山亦空；欲求神仙，在杯酒中。"

　　身为苏州人，与诗友们时时徜徉在吴地的山光水色中，高启用其卓异的才华和优美的文采，把苏州的自然山水和风土人文之美，传存留驻在笔墨之中。在泛舟太湖，游历明月湾之后，高启有诗曰："扁舟弄明月，远度青山矶。明月处处有，此处月偏好。天阔星汉低，波寒芰荷老……把酒酹水仙，容我宿湖里。醉后失清辉，西岩晓猿起。"舟行过吴淞江，诗人油然而生"稍离城郭喧，远适沧洲趣"的念头，并发出"不向此乡居，飘零复何处"的喟叹；在用直拜谒了陆龟蒙的祠堂后，诗人再次兴发"遁迹虚烦明主诏""钓鱼船去云迷浦""感怀犹赋散人诗"的心愿。

二

　　元末，张士诚据平江府（今江苏苏州），礼贤下士，"好招延宾客"，且所赠予"舆马、居室、什器甚具"，使得侨寓苏州且"贫无籍者，争趋之"。一时间，"名士响集"，吴中名士杨基等，先后仕于张士诚府中。以高启的才名之盛，自然会受到张士诚及其幕属的关注，张士诚府中重臣饶介"素以诗自豪，见启诗惊异，招致之，礼为上客"，但高启坚持"谢去"，隐居在"吴淞江之青丘"，"自号青丘子"，以"歌咏自适"，"诗日益富"。

　　为了表明自己隐逸不仕的心迹，在吴淞江畔、青丘浦上，高启创作了长篇古风诗《青丘子歌》，全诗的声情节奏起伏跌宕，"磊落欹崟，极其生动"，情感恣肆洋溢，从胸中喷薄而出，有如楚狂接舆散发纵歌，又如李白举杯邀月、梦游天姥时的纵横奇谲、离奇光怪，而就其精神内核来看，又不失陶渊明的风操气节，成为有明一代诗歌史上的绝唱：

> 青丘子，臞而清，本是五云阁下之仙卿。何年降谪在世间？向人不道姓与名。蹑屩厌远游，荷锄懒躬耕。有剑任锈涩，有书任纵横。不肯折腰为五斗米，不肯掉舌下七十城。但好觅诗句，自吟自酬赓。田间曳杖复带索，傍人不识笑且轻。谓是鲁迂儒、楚狂生。青丘子闻之不介意，吟声出吻不绝咿咿鸣。朝吟忘其饥，暮吟散不平。当其苦吟时，兀兀如被酲。头发不暇栉，家事不及营。儿啼不知怜，客至不果迎。不忧回也空，不慕猗氏盈。不惭被宽褐，不羡乘华缨。不问龙虎苦战斗，不管乌兔忙奔倾。向水际独坐，林中独行。研元气，搜元精，造化万物难隐情。冥茫八极游心兵，坐令无象作有声。微如破悬虱，壮若屠长鲸。清同吸沆瀣，险比排峥嵘。霭霭晴云披，轧轧冻草萌。高攀天根探月窟，犀照牛渚万怪呈。妙意俄同鬼神会，佳景每与江山争。星虹助光气，烟露滋华英。听音谐韶乐，咀味得太羹。世间无物为我娱，自出金石相轰铿。江边茅屋风雨晴，闭门睡足诗初成。叩壶自高歌，不顾俗耳惊。欲呼君山老父携诸仙所弄之长笛，和我此歌吹月明。但愁欻忽波浪起，鸟兽骇叫山摇崩。天帝闻之怒，下遣白鹤迎。不容在世作狡狯，复结飞珮还瑶京。

身处元代末年的乱世之中，高启在诗词中时时表现出焦虑，一方面缘于自己傲岸的个性与世俗世界格格不入，不能谐俗，另一方面则缘于乱世给诗人带来的诸多的不满和恐惧。因此,他选择逃避到诗歌的世界中,故而有了"诗淫"的自我解嘲。

高启以诗文而著称于元末明初文坛,他的词也填得极佳。在他的一首咏物词《沁园春·雁》中,诗人托物寄兴,流露出对自己所处时代的不安感,以及高举远飞、希望能避祸全身的思想。词的上阕,重点在于咏物,通过描写、用典,表现大雁的生活习性和特点,诸如:秋去春来、大雁传书、雁陈斜行、雁鸣声声。下阕重在抒怀,着力于表现大雁冒寒冲霜、边塞艰险、江湖冷落的凄凉感。词作的最后,作者融入自己的人生感慨:高飞云间,远离险境。其词曰:"木落时来,花发时归,一年又年。记南楼望信,夕阳帘外;西窗惊梦,夜雨灯前。写月书斜,战霜阵整,横破潇湘万里天。风吹断,见两三低去,侣落筝弦。　相呼共宿寒烟,想只在、芦花浅水边。恨呜呜戍角,忽催飞起;悠悠渔火,长照愁眠。陇塞间关,江湖冷落,莫恋遗粮犹在田。须高举,教弋人空慕,云海茫然。"通篇"托意高远",晚清词论家陈廷焯将其视为明代词史上的杰作,赞誉之曰:"此作句句精秀,虽非宋人风格,固自成明代杰作。""先生能言之,而终不自免。"

诚如陈廷焯在点评中所说的那样,"先生能言之,而终不自免"。到明太祖朱元璋一统天下之后,高启的人生还是终难逃脱自己一直以来担心的这种"危殆"。

三

明太祖洪武二年(1369),高启和同县的谢徽一起,被征召进京,赴应天(今江苏南京)修纂《元史》,授翰林国史院修纂官,复授命教授诸王子。在南京的日子里,高启的内心始终处于犹豫和矛盾之中,毕竟经历过元末多年的动荡,诚如高启自己在诗中所说"卧思三十年来事,一半间关在乱离""乱世人人易得愁",虽对未来不可知而忧心忡忡,但面对新朝的定鼎,百废待兴,诗人又充满着希冀和期待。

在南京雨花台登高，远眺长江，高启写下了一首长篇古诗《登金陵雨花台望大江》。诗人由"金陵王气""虎踞龙盘"入手，从"江山相雄不相让，形胜争夸天下壮"，写到"几度战血流寒潮"和"草生宫阙何萧萧"，连续使用六朝的历史典故，感慨历史的兴亡沧桑，借以怀古抒情。再由古及今，面对新王朝的建立，天下一统，四海为家，诗人对当下的生活以及未来有着无限的期待，希望百姓和社会都得到休养生息："我生幸逢圣人起南国，祸乱初平事休息。从今四海永为家，不用长江限南北。"传统的登临怀古之作，往往以悲慨伤感居多，但高启的这首古体诗，却将重心放在对新时代以及未来的无限期待中，表现出经过元末社会动荡之后普遍思安的时代心理。

在南京的一年多时间内，高启对个人命运前途的担忧，以及内心的惶恐不安，与日俱增，这种情绪自然在诗词中得以流露。洪武三年（1370）的秋天，高启入对时，升任户部右侍郎，但主动向明太祖提出辞官的请求，自陈曰："年少不敢当重任。"获许，"赐白金放还"。

辞官回乡的路途之上，高启自是一身轻松，行船至苏州城外枫桥，诗人即兴写作了一首《归吴至枫桥》诗，畅快自在之情，溢于言表："遥看城郭尚疑非，不见青山旧塔微。官秩加身应谬得，乡音到耳是真归。夕阳寺掩啼乌在，秋水桥空乳鸭飞。寄语里闾休复羡，锦衣今已作荷衣。"回到家乡，高启依然退居青丘浦上，以教书自给。

退居青丘浦的高启，并未如其所愿，过上"闲人晴日犹无事""闲听篷声卧钓船"的生活。洪武七年（1374），高启的老友魏观出任苏州知府，想要把苏州府治迁回到曾被张士诚改作宫室的旧址（即今之皇废基一带），疏浚了附近的锦帆泾。有人诬陷魏观，向朝廷"谮"之，说魏观"兴既灭之基"，魏观遂因此获罪被杀。高启因为魏观作《上梁文》而遭连坐，腰斩于市，一代天才就此陨落。

据万斯同《明史》钞本卷三百八十六记载，高启在南京翰林院的时候，"受知于祭酒魏观"，"尝赋诗，薄有讽刺，帝微闻，而嗛之未发"，"见启所作上梁文"，遂下腰斩之令，"年三十有九"。钱谦益在《列朝诗集》中引用《吴中野史》的记载说，高启当年在南京所作的讽刺之诗是《宫女图》，其中 "女奴扶醉踏苍苔，明月西园待宴回。小犬隔花空吠影，夜深宫禁有谁来" 数句，太祖认为高启作诗讥讽宫中秽乱，有损皇家体面，因此生了嫌隙。

　　高启之早夭，实在是苏州文化史上的一大损失。若按高启的天赋和才华，应该会取得更大的艺术成就，但历史毕竟是不能假设的。《四库全书总目》对高启的评价平实而公允，不妨作为本文之结："启天才高逸，实据明一代诗人之上……然行世太早，殒折太速，未能镕铸变化，自为一家……此则天实限之，非启过也。特其摹仿古调之中，自有精神意象存乎其间，譬之褚临《褉帖》，究非硬黄双钩者比。"与前、后七子中李梦阳、何景明、李攀龙、王世贞等一味拟古、摹古亦不可同日而语也。

倪云林诗画中的吴淞江与独墅湖

一

　　苏州城东工业园区的水网稠密,河道纵横,更有诸如金鸡湖、独墅湖、黄天荡等湖泊星罗棋布地点缀其间,有着江南水乡典型的湿地生态,极富诗情画意。在20世纪90年代之前,东出葑门,城外的娄葑、斜塘、郭巷、车坊等地的水田中,多种植茭白(又名"葑")等水生作物,葑门之得名亦与此有关。

　　早在元明清时期,苏州城东的自然美景,就常见诸历史典籍和文人的笔墨之中。明代苏州学者王鏊编纂的《(正德)姑苏志》中描写独墅湖、王墓湖、朝天湖(按:又名黄天荡)"三湖连缀,中微隘如川,其实一水也",莹净明媚的湖泊如一颗颗璀璨的明珠,星星点点地缀饰在城东水网之中。《(乾隆)元和县志》卷十四《水利篇》,用专门的段落详述"元和水道",在写到"与华亭相通者"三条河道时说:"由葑门瓦屑泾东行,历独墅湖(按:又作独树湖)、陈湖(按:又名澄湖)、淀山湖、谢泽、圆泖,而至华亭西门者,中路也;由葑门东行,历黄石桥、金泾浐(按:又名金镜湖、金鸡湖)、唐浦、六直碛(按:即今甪直古镇)、澳塘行,而至华亭北门者,北路也;由葑门灭渡桥(按:又名觅渡桥)南行,历尹山湖、同里、周庄、章练塘、尤墩,而至华亭西门者,南路也。"

　　此外,还重点介绍了太湖的重要支流吴淞江:"吴淞江,太湖委也。袤二百五十余里。其流西南,自夹浦桥迤逦而东,经官浦、九里河,东过镬底潭(按:又名蛟龙潭、车坊漾),自大姚(按:今大姚村)分支,东入陈湖,过周庄,通淀山湖,又东至嘉定县界,又东北流,合上海县黄浦入海,境内之川,莫大于是。"吴淞江，又称松江、吴江、松陵江、笠泽，自古以来一直是太湖东流入海的重要通道，西起太湖东南部的瓜泾口，向东汇长江入海。吴淞江在明代以前是长江入海前的最后一条支流，故而其长江入海口被称作"吴淞口"。明代以后，由于沧海桑田的变化，"黄浦夺淞"后，吴淞江遂成为黄浦江的支流，然而直至今日，长江入海口仍被叫作吴淞口。现在北新泾以西，仍称为吴淞江，往东进入上海市区后称为"苏州河"。在历史上，它不仅是一条重要的交通要道，更是联系苏、松、常、镇等江南诸府文化的纽带。吴淞江沿途的风光秀丽，美不胜收，人文胜景不胜枚举，令人无限神往，早在唐代，诗圣杜甫就曾有诗感叹曰："安得并州快剪刀，剪取吴淞半江水。"

　　元末明初的苏州文坛，因顾阿瑛的玉山草堂雅集，吸引并聚集了天下一流的文人墨客，虽处衰乱之际，然"其宾客之佳，文辞之富"，"文采风流，映照一世"，实为"千载艺林之佳话也"。全国各地的文人墨客要奔赴顾阿瑛玉山草堂的雅集，吴淞江及周边的河道、湖泊，无疑是必经之路。因而，吴淞江以及周边的黄天荡、独墅湖、金鸡湖、澄湖、甪直古镇、大姚江、镬底潭、阊阖浦等，都常出现在元末文人的诗画之中。

　　倪瓒（倪云林）作为玉山草堂的座上宾，曾数次往还于无锡、昆山之间，从无锡往返昆山，吴淞江两岸的芦荻稻香，周边湖泊的水泽光影，以及甪里、大姚人家田园牧歌式的村居生活，无不让这位大画家心旷神怡，在运腕挥翰之间，便把眼中所见摄入笔底，伴随着诗人的吟讴，一幅幅经典的山水画由此诞生。明代著名的收藏家、鉴赏家朱存理曾在《珊瑚木难》中就记载了倪云林在吴淞江上的这一风雅之举："元末弃家业，泛舟五湖、三泖间，兴至则提笔，写烟林小景，或竹枝。"

二

　　倪云林对苏州城东星罗棋布的水系和湖泊的美好印象,不仅得之于他的苏州朋友圈,更多的是身临其境之后的真切感受。《水竹居图》是倪云林早期的代表画作,这一幅画的创作融合了他朋友的描述和自己的亲身感受和体验。

　　倪云林在《水竹居图》上有题跋,详述了他的创作契机和过程:"至正三年癸未,岁八月望日,进道过余林下,为言傥居苏州城东,有水竹之胜,因想象图此,并赋诗其上云:'傥得城东二亩居,水光竹色照琴书。晨起开轩惊宿鸟,诗成洗砚没游鱼。'"元至正三年(1343)八月十五中秋节,久寓苏州的好友高进道(山东聊城人)拜访倪云林,详细描述了自己傥居苏州城东的生活景况,极力称赞这里有"水竹之胜"。对于苏州城东的水乡环境,倪云林自不陌生,而且他也曾到过高氏的"水竹居",因而,倪云林题跋中所谓"因想象图此"并不完全准确,此图并非完全凭空虚构,而是画家根据记忆,将心中的"水竹居",用笔墨传存在缣素之上。过去不少画史著作都误以为《水竹居图》摹状的是太湖山水,这段题跋足以纠正此谬矣。

　　无论是《题水竹居图》这首题画诗,还是为高氏所作的《高进道水竹居》诗,倪云林都表达出对高氏隐居苏州城东,过着琴书诗酒这般风流生活的无限向往。在《高进道水竹居》一诗中,倪云林深情地写道:"我爱高隐士,移家水竹边。白云行镜里,翠雨落阶前。独坐敷书席,相过趁钓船。何当重来此?为醉酒如川。"作为倪云林在苏州相得甚欢的好友,徐达左在《次韵倪云林》中也颇为默契地道出了其中的意旨:"故人云山表,日事琴与书。蔼然重交义,不肯忘樵渔。奚奴将锦囊,来觅水竹居。佳画入幽趣,雅句复古初。七襄不成报,高风慕相如。"

　　倪云林曾一度寓居在苏州城东的吴淞江、独墅湖周边地区。曾和倪云林一起参加玉山草堂雅集的僧人良琦(字符璞)在诗中就有过记载:"云林隐者绝风流，尝到涧西僧寺游。下马脱巾青竹里，题诗写画野泉头。房山墨法谁能得？谢朓襟怀自可侔。便拟梁溪一相觅，桃花春水隔芳洲。"在倪云林自己的诗集中，也有大量的作品记录他在苏州城东游赏、寓居的经历。

　　在倪瓒的《清閟阁全集》中有一组《东吴十咏》，这是他来苏州的写景之作，其中《怀甫里》《过独墅》《过车坊漾》《归阖闾浦》诸作，描写的就是苏州城东（今苏州工业园区）周边的湖光水色。在吴淞江、车坊漾（又名镬底潭），倪云林驾一叶扁舟，泛舟江湖之上，看着水面翻飞的鸥鹭，静静地欣赏着日落西山和明月东升，写下极富诗情画意的六言诗："荡舟沧波万顷，摇橹白鸥渚傍。不知新月东起，回头过尽东方。"在舟行过独墅湖的时候，他又写下了这样的诗句："短棹微风窈窕，片帆落日横斜。舍傍谁开酒肆？牛疲知是田家。"全诗语言通俗浅近，却在具体而微中，生动形象地写出了吴东水乡的自然风光和村居风俗，极具画面感，笔简意远，是典型的画人之诗。片帆、落日、茅舍、酒肆、老牛，零星地点缀在广阔的湖山之间，诗歌所描绘的意境平淡空灵，萧散超逸，这岂不正是倪云林山水画"疏林坡岸，幽秀旷逸"这一风格在诗歌创作中的延展？

三

　　倪云林乘舟徜徉在吴淞江上，时常去澄湖之北的大姚村去"打卡"。阖闾浦与大姚村之间隔着浩渺的澄湖，即便这样，他也会遥指湖对岸的方向，命船工驶向摇城（即大姚村）的渡口，在《归阖闾浦》诗中，倪云林就有曰："极目烟江尽头，屈指摇城渡口。世人不理曲肱，自馈黄鸡白酒。"大姚村对倪云林个人，乃至中国古代绘画史，都有着非同寻常的意义。

　　大姚村的历史由来已久，其地为春秋时期"摇城"旧址，本是吴王子的封地，越灭吴之后，遂成为越摇王的封地。宋元时期讹为"大姚"。大姚村"去姑苏城东南三十里,临诸江湖,江则曰吴淞江、姚城江、白蚬江、小龙江,湖则有陈湖(按:澄湖)、叶宅湖、车坊漾、独墅湖"。宋代书画家米芾寓苏,有女嫁在大姚,米芾之子米友仁曾来探亲,绘有《大姚村图》,遂与"吾苏大有关涉"。

《大姚村图》是中国山水画史上的名作,一直在苏州辗转流传,"此卷元时为王云浦者所得"。王氏一族,本籍福建福宁州(今福建霞浦)。王云浦之父王都中(1279—1341)受祖荫,朝廷特受其"为少中大夫、平江路总管府治中,即平江赐宅一区,田八千",遂定居于苏州。王都中诸子中,以王畛(字季野,号云浦)、王畦(字季耕)、王畹(字季境)为代表,皆工诗善画。

王氏兄弟喜爱收藏,米友仁的《大姚村图》真迹被王云浦收藏的消息不胫而走。一时间,大姚村成为热门之地,包括倪云林在内的江南文士,纷纷前来欣赏米友仁之作。特别值得一提的是,王云浦所居之别业"渔庄",就在当年米友仁画作的诞生地——大姚村。清人钱思元《吴门补乘》有记载曰:"渔庄别业,在姚城江之北,元末王云浦所葺,倪云林尝往来其家,为作《渔庄秋色图》(按:即《渔庄秋霁图》)。"这一段简要的记载,透露出中国绘画史上的许多重要信息。

文士们纷至沓来,既为赏画,顺道也可以实地游览体验一下画家笔下的实景。倪云林看到米友仁的佳作之后,拍案叫绝,便和王云浦一起,以追和米友仁原作的方式,题写了数首题画之作。倪云林在其题画诗中,除了表达对米友仁绘画艺术的高度称赏,还表达了自己读画、游湖之后的希冀和

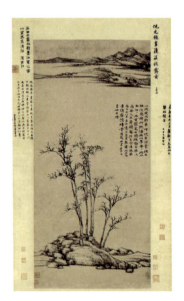

倪瓒《渔庄秋霁图》

企盼,诗曰:"大姚湖水自生烟,长物都除绝世缘。笙鹤不为归鹤怨,王仙真是胜丁仙。"在诗中,倪云林戏称王云浦为"王仙",希望自己也能像"王仙"一样,长期栖息在自生烟水的大姚湖畔,那绝对胜过化鹤升仙的"丁仙"(丁令威)。在另一首题画诗中,倪云林对王云浦能够在吴淞江畔,日日"静看轻鸥渚际眠"表示出无限的艳羡:"舟过松陵甫里边,幽篁古木尚苍然。何人得似王征士,静看轻鸥渚际眠?"

甫里、大姚一带,实乃吴淞江上之"佳境","平波漾流,烟涛风漪,朝霞澄而夕景霁,云月荡而鱼鸟嬉,景象日百变",虽没有山峦,但在一望无际的水面上,可以"远揽玉峰,近挹白羊、穹窿、横山、洞庭诸秀爽"。倪云林沉醉其中,栖遁狎鸥的隐逸情怀潜滋暗长,并通过题诗作画,将其情绪溢于笔墨之间。他在写给好友杨维桢和王云浦的诗中有曰:"吴松江水春,汀洲多绿蘋。弹琴吹铁笛,中有古衣巾。我欲载美酒,长歌东问津。渔舟狎鸥鸟,花下访秦人。""寻真狎隐沦,息景绝风尘。屈子能安义,陶公每任真。山中宜饵术,江上忆羹莼。亦欲从栖遁,柴车为尔巾。"

更为重要的是,倪云林的代表性画作《渔庄秋霁图》也在吴淞江之畔的大姚村问世了。《吴门补乘》的记载较为简单,其说出于明代大收藏家李日华的记载,李日华在《六研斋笔记三笔》卷二言:"王云浦有渔庄,倪云林写《渔庄秋色》赠之。下层作五树参差,疏密相映极有态,一亭在其限;上层平峦远渚,望而知其为铜官、离墨间也。"倪云林晚年再见旧日的画作,在画面上题诗作跋曰:"江城风雨歇,笔砚晚生凉。囊楮未埋没,悲歌何慨慷?秋山翠冉冉,湖水玉汪汪。珍重张高士,闲披对石床。此图余乙未岁戏写于王云浦渔庄,忽已十八年矣。不意子宜友契藏而不忍弃捐,感怀畴昔,因成五言。壬子七月廿日,瓒。"据此,今藏于上海博物馆的《渔庄秋霁图》是元至正十五年乙未(1355),倪云林在大姚村的渔庄为王云浦所作。面对着吴淞江上游来水的方向,"湖水

玉汪汪"，向西远眺，可见太湖群峰，所谓"平峦远渚""秋山翠冉冉"，即此。李
日华所谓的"铜官、离墨"诸山，远在太湖西岸的宜兴，在大姚王氏渔庄未必真
能目睹，这亦不过是画家作画或藏家赏画时的"迁想妙得"罢。

　　从倪云林留存的诗歌作品来看，他极喜欢王云浦的渔庄，他曾先后写过两
组《江渚茅屋杂兴》诗，赠与渔庄主人王云浦，在其中一首中，不禁感慨身处吴
淞江畔的惬意与自在："眼底繁华一旦空，寥寥南北马牛风。鸿飞不与人间事，
山自白云江自东。"为了感谢王云浦的盛情，倪云林为他不止一次作画，且在画
上题诗表达谢意："萧散贤公子，衡门似水清。花间青鸟过，砌下绿苔生。山色
排檐入，江波照眼明。开图想幽境，欲为写闲情。""吴松江水漾春波，江上归舟
发棹歌。邀我江亭醉三日，凤笙鸾吹拂云和。纷纭省署縻官职，老我澄怀倦游
历。看君骨相自有仙，故作长松挂青壁。"元明时代，诗画表现吴淞江之美的远
不止倪云林一人，诗人成廷珪、画家曹知白（号云西）等都有精彩的作品存世。
在读到好友们的诗画作品时，倪云林也不觉写下这样的诗句："鼓枻长吟采蘋
去，新晴风日更清酣。"

林云凤：知者寥寥的"词场耆艾"

古人常有感慨道，诗人的作品与名声，传与不传，自有其幸与不幸。林云凤是明末清初苏州诗坛的重要作家，一生创作颇丰，"诗篇极其繁富"，周亮工称他"诗富万卷，论诗尤精"，所作亦佳，却因作品散佚而不为世人所知，朱彝尊在《静志居诗话》和《明诗综》中不无遗憾地说道："惜知者寥寥，困厄终老，相如遗草，已不可问矣！"

一

林云凤（1578—1648），字若抚，号三素老人。长洲（今江苏苏州）人。后来的苏州地方志中，仅根据徐晟辑录的《存友札小引》等文献，叙述林云凤生平之大概，如《（乾隆）苏州府志》云："林云凤，字若抚，长洲人。启、祯间以诗名吴中，其诗稳顺声势，格在中、晚间，不为一时钟、谭所移。年八十余卒。所著有《自可编》及《诗谈》数卷。"《苏州府志》对林氏年寿的记载有误，需略作考订。林氏好友毛晋《和友人诗》一集内有一首《丁亥六月望日，若抚七十初度，敬次原韵奉祝》诗，由"丁亥"顺治四年（1647）推算，林氏生年当在明神宗万历六年（1578）。在七十寿诞过后一年（顺治五年，1648），林云凤便离世，他的好友周亮工记载非常明确："及予戊子北上，先数日，订若抚出山，晤于舟次。予至之日，即若抚捐馆之夕。"

历史的镜头回溯到400多年前的江南诗坛，林云凤是一种什么样的存在？苏州的方志中说林云凤在天启、崇祯年间"以诗名吴中"，一代大儒黄宗羲则径称之为"词人之耆旧"。通过对明清之际诗文别集的梳理,我们可以开列一份长长的名单:程嘉燧、黄居中、黄克缵、黄汝亨、瞿式耜、阮大铖、孙永祚、汤显祖、唐时升、谢肇淛、范允临、邹迪光、陈维崧、曹溶、叶奕苞、葛芝、顾景星、黄宗羲、吴梅村、钱谦益、汪然明、余怀、姜垓、苍雪读彻、朱鹤龄……林云凤一生的交游,几乎囊括了明末清初诗坛最重要的人物,诚可谓"谈笑有鸿儒,往来无白丁"。

在隐逸诗人葛芝眼中,林云凤是吴中"词场耆艾",在很早的时候就在文坛崭露头角,"少时,及见汤临川义仍,相与酬唱"。林云凤的诗和好友范允临(号长白)的书法深受汤显祖好评,被汤显祖誉为"二妙",汤显祖在给他们的赠诗中写道:"墨妙范长白,歌清林若抚。"

林云凤的文学活动主要集中在苏州、南京等地。明崇祯三年(1630),与吴噩、黄宗羲在南京高座寺举星社。年方二十的黄宗羲受到林云凤的教育和提点。对黄宗羲来说,这是影响一生的事情。故而黄宗羲《思旧录》中就著录了林云凤这位久为世人所淡忘的诗坛耆旧,并以小传的形式对其做了精要的传神写照,文长不引。黄宗羲在《南雷诗历》中,把自己年轻时候与林公的交往记载得非常清晰,他在《种百合》一诗的自注中有曰:"庚午(崇祯三年),南都报恩寺有百合十三花,吴人林若抚图之,率诸名士为诗。"当时的雅集可谓盛况空前,直到三十年之后的顺治十七年(1660),黄宗羲依然记忆犹新,深情款款地在诗歌里写道:"太平犹记图花萼,倡和流传我亦曾。"他还反复对儿子提及自己年轻时候在南京报恩寺、高座寺的这段往事,其中有曰:"金碧琉璃塔,曾登至九重。诗人同蹀躞,开士亦从容。春树旗亭雨,孤鸿江上钟。至今犹梦寐,诗草落寒茸。""当年举社会,高座问精蓝。有晋风流在,聊容制义参。名流十五国,夏课一千函。投老牵前事,只堪作笑谈。"黄宗羲在晚年编纂《明文海》的时候,还时时不忘自己在南京问学于林云凤的经历,关于林云凤对自己在诗歌上的提点，书中有曰："崇祯庚午，在南京，余从之学诗，见赠诗极多，今皆失去，止记其赠余及吴子远、周元亮同庚诗：'谁家得种三株树？老我如登群玉峰'一联而已。"随后对恩师诗作的保存状况，深表忧虑："其诗稿不知落谁人之手，恐将烟没矣。"

林云凤与一代诗坛盟主钱谦益交往甚密，钱谦益的《初学集》和《有学集》中都留下了二人诗歌唱和往还的痕迹。林云凤与钱谦益之妻柳如是亦多有关注和往还。今北京中国科学院藏柳如是《湖上草》和《尺牍》钞本后有林云凤所题的两首绝句《汪然明以柳如是尺牍并湖上草见贻口占二绝》："汪郎元是有情痴，一卷投来湖上诗。脱尽红闺脂粉气，吟成先吊岳王祠。""谪来天上好居楼，词翰堪当女状头。三十一篇新尺牍，篇篇蕴藉更风流。"诗后题署曰："甲申冬山仙山渔人林云凤题于檇李归舟。"林云凤去世之后，一代诗坛盟主钱谦益为作挽诗曰："砚滴交腾谷洛波，星占不分少微讹。即看大历诗人尽，更许贞元朝士多。乞食饥词兼累兀，醉吟韵语杂婆和。落花行卷诔茅宅，好事谁知载酒过。"

二

林云凤在诗坛声名鹊起，却始终隐逸于吴中山林之中，词人曹溶将他称为"逸民"，在《林若抚山人见访》诗中有谓："词名鹊起着江东，衡宇枫桥不易逢……世路波澜惊未戢，跃龙还自愧冥鸿。"周亮工《因树屋书影》中说，"沧桑后"，若抚"匿影田间，虽甚贫，不一谒显贵"，先后隐居在支硎山、邓尉山，与苍雪读彻、汪撰等人唱和，与严钰、陆坦等共结方外社"，表现出遗民的志节和冰霜之操。

苏州籍遗民诗人韩洽对林云凤的敬佩溢于言表，他在给林云凤的书札中说，自己儿时刚刚"能言诵诗，毁齿学吟"的时候，"则闻林公名，为之钦慕者久矣"。在韩洽看来，林云凤"才兼武库，学号文林"，在吴中诗坛的地位"譬彼日星，犹兹海岳"；而林公的言行举止，"清言犹晋代，黄发是秦余"，颇似桃花源里人，故而誉之为"仙侣壶中隐"。后来有机会得到林公的"褒赏"提携，韩洽亦是喜不自胜，"欣焉自慰"。

另一位遗民诗人顾景星在《寄林若抚云凤》一诗中称林云凤为"邓尉老人"，则知其晚岁曾隐居光福邓尉。根据俞琬纶《林若抚梅咏引》一文，林云凤曾"于湖上作《梅咏》百品"，自抒胸臆。顾景星笔下的林公，极具隐士风神："虎丘道上女儿队，一月醉吟凡几回。醉回仍荷刘伶锸，山风吹人倒乌帻。门外谁笼换字鹅，栏中自养呼名鸭。绕屋还栽万玉鳞，孤山处士定前身。别来春信无从得，昨见梅花思杀人。"

余怀来苏州，曾多次和林云凤、姜垓一起诗酒唱和，对林公的人品、诗才交口称赞。在离开苏州回南京之际，余怀写信给姜垓，回忆他们一起唱和的盛况和快乐，并对林公其人其诗大加称赞："林若抚虽老，而意气不衰。诗苦于押韵太多，若迸心敛手，老气无敌，吴中原让此老。但毋奈其穷困何耳！仆每以酒浇之，辄至沉醉。然仆即还白门矣，足下多酿洞庭春，听其拍浮酒船中，必有数首好诗，供我辈叹赏也。"这封信被李渔收录在《尺牍初征》中，也为明清之际江南文学史留下了一段佳话。

三

林云凤是一位极有个性的诗人和学者，他坚持己见，不肯拾人牙慧、仰人鼻息，更不会随波俯仰、为时所移。《（乾隆）苏州府志》中就说他的诗歌"稳顺声势，格在中、晚间"，在竟陵派盛行于吴中之际，"不为一时钟、谭所移"，朱彝尊《静志居诗话》也称赞他"若抚当钟、谭焰张之日，守正不回"。关于这点，林云凤好友的记载中更是多有体现。

　　林云凤评诗论诗，往往独具慧眼，敢于发表自己的真实看法。他对好友、闽中诗坛代表人物谢肇淛的诗歌所作的评价，论之有据，言之成理，堪称客观公允，绝无文人间相互溢美献谄之积弊和通病，他是这样说的："在杭（按：谢肇淛，字在杭）诗以年进……格调渐工，然其诗亦止于此。……晚年所作，声调宛然，不复进矣。"在此基础上，林云凤进而总论明代福建诗歌的发展大势："余观闽中诗，国初林子羽（按：林鸿，字子羽）、高廷礼（按：高棅，后改名廷礼）以声律圆稳为宗。厥后风气沿袭，遂成闽派。大抵诗必今体，今体必七言，磨砻娑荡，如出一手。在杭，近日闽派之眉目也。在杭故服膺王、李（按：王世贞、李攀龙），已而醉心于王伯谷（按：王穉登，字伯谷），风调谐合，不染叫嚣之习，盖得之伯谷者为多。在杭之后，降为蔡元履（按：蔡复一，号元履），变闽而之楚，变王、李而之钟、谭，风雅凌夷，闽派从此熸矣。"从这里可以明显地感受到，林云凤力主诗学唐人，对以钟惺、谭元春为代表的竟陵诗风多有不满。要知道，明末吴中诗坛，先是盛行公安三袁的性灵诗风，而后是钟、谭的竟陵诗风，但林云凤在诗歌艺术上依然能够坚守自己的主张和审美理想，这是非常难能可贵的。林云凤原创的这段论述，经周亮工《闽小记》、钱谦益《列朝诗集小传》等书的援引，已然成为后世评价明代闽中诗坛的权威观点，然惜乎原创者之名却被人遗忘了，这大概就是世人所说的"势位"所致罢。

　　林云凤还有专门论述《诗经》的著作，名曰《诗谈》，只可惜今已不存，但在友人的著述中还时有称引。林云凤肯于质疑挑战权威，这从周亮工《因树屋书影》中所援引的几则考辨文字中可以直观感受到。林云凤以其扎实的文献和通达的解诗方法，直接辩驳朱熹《诗集传》的错误。如朱熹注释《召南·采蘋》中"于以湘之，维锜及釜"一句时，"以湘训烹"，这是延续《毛传》的说法，但是林云凤敢于提出自己的见解曰："非也。湘字从水，当是瀄濯也。"林氏在理解《小雅·四月》中"山有嘉卉，侯栗侯梅"一句时，认为"朱注云：侯，维也"

这一说法不正确,并引《西京杂记》《晋宫阙记》的记载:"上林苑有紫花梅、侯梅。""华林桃园,侯桃三株,白桃三株。"认为"侯非维义,明矣"。

在朋友的眼中,林云凤还是一位至情至性的人,虽然自己身处贫寒,但曾为好友袁景休夫妇营葬。袁景休晚年生活贫困潦倒,又无子女,夫妇故后,棺椁寄于"法水寺之旁","上雨旁风,暴露者十年",林云凤乃起草哀告文字,为好友募集丧葬费用。福建诗人林古度等人闻之,深感悲慨,遂勠力将袁氏夫妇安葬于祖坟。不仅如此,林云凤还以惊人的记忆力,以背诵口授的方式保存了袁氏的诗作,钱谦益《列朝诗集小传》记载:"景休为诗,多口诵,不属草。其于吴门诗人,多所嗤点,而独好林若抚。今其遗诗二百余首,皆若抚口授也。"

四

林云凤的诗歌作品集虽然已经亡佚,不存于世,但还是零星地见载于明清时期的各类文献整理中,笔者兹据所见,略述其诗歌创作的基本面貌。

万历四十年壬子(1612),以袁中道为首的一批"楚中诸才士",在南京唱和《雁字诗》,一时引发了江南文士的呼应,"吴中亦有继作者"。林云凤也参与到了这场诗歌PK中,他一口气写了十首《咏雁字诗》,深得吴地文人之称赏。名列"嘉定四先生"的前辈诗人唐时升读到后,"讽咏久之""踟蹰陇首""有感于中",极为欣赏,赞曰:"清婉流丽,姿态横生,飘飘有凌云之思,然亦未尝有意为之也。"

林云凤有一首非常独特的《无题》诗,是这样写的:"藕尽金盘未断丝,鸡栖桑树见无坭。井梧秋老虚怀子,石阙年多不吐碑。尘掩残机宁作匹?灯昏覆局杳难棋。从欢栽蘗为藩后,教妾朝朝怨苦篱。"周亮工对林云凤的这首《无题》大加赞赏,认为:"八句俱稿砧体,即苏长公'莲子擘开须见忆,楸枰着后更无期',亦不过此。"所谓"稿砧体",是一种利用谐音双关创作的诗歌,其中多有民歌情韵。

　　以"落花"为题作诗，自宋代宋祁、宋庠兄弟肇始以来，历代不乏应和之作，明代苏州文人圈中成为一个热点，沈周、唐寅、文徵明、申时行等人无不题写数十首的组诗，林云凤也曾和之，"凡六十首，新意绮调，各不相下"，其友范允临还曾用骈文为之作序，并赞之曰："而若抚氏乃能吊粉泣香，摹憔写悴，卒使枯卉傍玉砌以扬辉，落英藉彩毫而长价。"

　　生前"诗富万首"的林云凤，身后仅在友人的追怀记忆中，以及朱彝尊《明诗综》、徐釚《本事诗》、王豫《江苏诗征》等诗歌总集，徐崧《百城烟水》、张大纯《采风类记》等地方文献中散存林氏的一些诗歌，吉光片羽，不免令人叹惋。笔者在《(光绪)甫里志》中辑录林云凤所作《梅花墅诸咏次元介宗伯韵》组诗，共二十余首，差可谓幸事罢。

诗路运河吴门口：望亭驿的乡关之思

京杭大运河是一条贯通南北的交通要道和经济命脉，也是一条流淌不绝的诗路，千百年来，汩汩的流水承载着岁月的迁逝、历史的沧桑和诗韵的风华。南来北往的文人墨客，舟行运河之上，漫长的旅程中有诗歌为伴，一首首诗歌于是乎在运河之上诞生。一首首脍炙人口的经典诗作，也让运河沿岸的水西庄、泊头镇、邵伯港、露筋祠等地名或建筑名闻天下。大运河苏州段许多文化地标之形成，亦无不与历代经典诗词的创作与流传有着密切的关联，张继的一首《枫桥夜泊》成就了枫桥和寒山寺在中国诗歌史和文化坐标上的卓特地位；范成大的《四时田园杂兴》等组诗，让石湖的山光水色和浓浓的吴风吴韵流播人口；贺铸的一阕《青玉案》词，不仅让世人尽知苏州运河之畔的横塘驿站，也让世人充满了对江南最为丰富的诗意想象……

"吴门望亭"名列苏州"运河十景"，其知名度显然无法与前列诸景相颉颃，然而望亭古驿所处的独特地理位置，使得苏州人或是苏州以南的浙江人每至此处，便多了一份乡关之思，无论是北上离乡，还是南还归家，船行至望亭，看着运河沿岸的自然风光、山水风物，听到软糯的乡音，无不勾逗起内心最为强烈的乡愁。久而久之，无论是在吴越人的内心深处，还是在诗歌酬唱中，望亭往往有着别样的情感寄托和怀抱。清初苏州诗人汪琬从京城乘舟回乡，途经望亭驿站时，就把这份深深的乡情表达得淋漓尽致："望见家山一抹青，淡烟初日漾江汀。先生才了还乡梦，已报轻帆过御亭。"自古以来，但凡在运河旅途的漂泊中的诗人，行至望亭，无不以凄美的笔调摹状望亭周边的"苍茫野色"，借以抒写羁旅飘零中的乡愁,此诚如清代诗人厉鹗诗中所谓:"百年浑作客,九日又扁舟……从来望亭驿,烟树迥含愁。"

一、土沃人安:"客行今日苏台路,四望人烟有万家"

望亭地处苏州市西北,濒临太湖,北与无锡毗邻,古称御亭、鹤溪。追溯其历史,由来已久,三国时期孙权设御亭,北宋学者朱长文《吴郡图经续记》有谓:"望亭,在吴县西境。吴先主所立,谓之御亭。隋开皇九年(589),置为驿。"据《(乾隆)长洲县志》《(民国)吴县志》《(民国)浒墅关志》等苏州方志记载,"隋大业十年(614),置望亭堰闸"。[1] 唐初,常州刺史李袭誉因南朝诗人庾肩吾《乱后行经吴御亭》一诗中有句曰:"御亭一回望,风尘千里昏。"遂改"御亭"为"望亭"。北宋天圣年间,"改为镇,始置官署"。

从设置驿站、修建堰闸,到设立市镇、官署,望亭周边地区逐渐呈现出生机和活力。望亭堰的疏浚,且由"苏州管辖,谨其开闭",较好地解决了望亭周边的水患问题,"民田可治矣",两岸的农业生产得到了保障,稻米生产遂成为望亭一带百姓主要的生计,人丁繁衍兴旺,与当年庾肩吾战乱后经过御亭时所见"风尘千里昏"的景象,完全不可同日而语。唐代诗人白居易在望亭驿送别好友时,就有这样的写实诗句曰:"灯火穿村市,笙歌上驿楼。"南宋诗人陆游在入蜀途中经过望亭,在《入蜀记》中有记载曰:"(乾道六年六月)十一日,五更发枫桥,晓过浒墅,居人极多。至望亭小憩,自是夹河皆长冈高垄,多陆种菽粟,或

1　复旦大学历史地理研究中心何仁刚教授《江南运河望亭堰闸始置年代辨正》一文认为:"江南运河望亭堰闸始置年代当以至正《无锡志》所载为是,始置于陈后主至德元年(583)……这一结论对更准确认识江南运河的变迁过程具有积极意义。由丁卯埭(兴筑于东晋)、奔牛埭(兴筑于南朝宋孝建年间前)和望亭堰闸的兴筑年代可以看出,在隋大业六年(610)敕穿江南河前,江南河的运道及堰闸体系已大体完备。"(《中国历史地理论丛》第35卷第4辑,2020年10月)按:《(至正)无锡县志》卷三下:"御亭,吴大帝所创。在今望亭市,去县四十五里。《寰宇记》云:开皇九年,于望亭置驿。十八年改为御亭驿。李袭誉复改望亭驿。"

灌木丛筱，气象窘隘，非枫桥以东比也。近无锡县，始稍平旷。"望亭所辖区域之幅员及居民，虽不及浒墅关、枫桥以东苏州城内，但此地水草丰茂，田垄中遍植菽、粟等作物，是江南地区重要的"粮仓"。直到明清时期，许多诗人都写到过望亭稻花飘香的景象，如"喜见平田晚稻青""近水田家香稻熟，迎风渔艇秋鲈肥""柏林秋后赤，山色远来青。粳稻场初毕，茭菰露已零"。苏州因大运河而兴，特别是明清以来，随着漕运的发达，苏州商贾骈集，促进了农业与手工业的发展、商业的繁荣，城市地位逐渐提升，苏州在京杭大运河江南段有着举足轻重的地位。包括望亭在内，大运河苏州段沿岸驿站、市镇的规模逐渐扩大，人口稠密，在明初苏州诗人韩奕的诗作中就有明确的记载："客行今日苏台路，四望人烟有万家。"晚明时期无锡文人邹迪光在《望亭至浒墅杂书所见》一诗中也有这样的描写："村鼓若远若近，山烟或淡或浓。土沃可耕可凿，人安兼贾兼农。"观乎明清以来文人的文学创作，题咏望亭的诗词作品明显多于前代，这与望亭社会、经济的发展，及其在大运河沿岸地位的提高有着密切的关联。

二、吴门送别："两岸山林总解行，一层送了一层迎"

望亭位于苏州、无锡交界处，从苏州出发，沿运河北上，望亭是必经之地，过望亭即至无锡县界，冯桂芬在《（同治）苏州府志》中有曰："长洲县……西北至望亭无锡县界五十里。""运河……又北五十里经府城西，又北三十里达浒墅西，又十五里至望亭，接无锡县界。"因旧时无锡隶属常州府，故而旧日史籍、方志和诗词作品中，都将望亭视为常州与苏州的交界处。南宋著名诗人杨万里几度来吴，就在其诗中有曰："常州尽处是望亭，已离常州第四程。"船行经过望亭，就意味着已然进入苏州境内。清代著名学者朱筠乘舟从无锡南下入苏州界，经过望亭时，有诗曰："宵寐过无锡，第二泉不贪。北望亭以北，南望亭以南。此水太湖去，舟与之泳涵……北津桥间过，浒墅关名谙。便去上姑苏，间差两眈眈。"

作为进入苏州的门户，自古有着"吴门口"之称的望亭，自然有着不可轻忽的地位和意义。据乾隆时期的《钦定南巡盛典》记载，望亭和扬州的金湾六闸、镇江的龙嘴、常州的高桥等地，都是地方官员恭迎、恭送皇帝圣驾的地方。天子临幸，地方官员自然会早早地来到望亭吴门口迎、送圣驾。吴省钦任职苏州时，曾亲临现场恭迎乾隆皇帝圣驾，并作诗曰："南望亭交北望亭，十年三迓玉銮经。池台近日双龙绕，冠盖连云万棹停。"其盛况可见一斑！这些"恭纪"之作大多数还要进献于帝王，故而吴氏诗中有曰："敬听黄门宣帝语，末臣惭愧献《长杨》。"其中所谓"长杨"，用扬雄献《长杨赋》的典故，其意是说群官向君王献诗献赋之事。

帝王南巡并非常态，在古代绝对算是盛事。至于日常，望亭也是苏州官员士绅和文人墨客迎来送往的起点（终点），就这个意义上来说，吴门望亭颇有长安灞桥的意味，诚如清代诗中所谓："水驿通南北，江程列市廛……行色秋风外，乡心落日边。浩歌胥口曲，竟夕送归船。"白居易任职苏州刺史，送别好友周判官，直至望亭驿，在驿楼设离筵，并作诗赠别，成为望亭驿楼诞生的又一首经典之作，其诗曰："何事出长洲，连宵饮不休。醒应难作别，欢渐少于愁。灯火穿村市，笙歌上驿楼。何言五十里，已不属苏州。"晚唐诗人许浑离别苏州，夜宿望亭驿馆之际，给苏州的友人留下了一首情意真挚的感怀之作《宿望亭馆寄苏州一二同志》："候馆人稀夜自长，姑苏城远树苍苍。江湖水落高楼迥，河汉秋归广簟凉。月转碧梧移鹊影，露低红叶湿荧光。西园诗侣应多思，莫醉笙歌掩画堂。"随着行程渐行渐远，即将离开苏州之时，在"姑苏城远树苍苍"的感慨中，诗人许浑对苏州最大的眷恋是曾经一起秉烛夜游的"西园诗侣"，对这些昔日的诗友充满了依依不舍之情，由此也可见唐代苏州诗文唱酬颇为盛行，文风日炽。

　　南宋诗人杨万里曾出知常州府，数次经大运河来苏州，行至望亭，颇能感受此间浓浓的离别氛围，时有诗句吟咏感喟道："两岸山林总解行，一层送了一层迎。""柳线绊船知不住，却教飞絮送侬行。""游蜂误入船窗里，飞去飞来总是情。"山水有情人有意，"一层送了一层迎"，杨万里的诗句生动形象地道出了苏州文人墨客在望亭驿楼送别时的多重情感和思绪，这里面既有送行者对远行人的殷殷期盼和祝福，祝愿远行人一路平安，祝其人生如航程般一帆风顺，早日施展人生的宏图大愿；也不乏临别之际，亲友间无限的思念和牵挂；更有离乡者对故里的思念之情。明代杭州文人田艺蘅在望亭送友人进京谒选，临别赠诗曰："关津一见布帆轻，羡尔同舟上王京。秉烛岂堪谈往事，举杯时复道亲情。野人奉檄徒羁旅，天子抡材正圣明。别后要知相忆处，春风绿树有啼莺。"田氏之诗，采用敷陈的手法，将望亭送别时的多重情意作全方位的书写。清代著名诗人、学者严可均则以"将进酒"为题旨，简要而沉挚地创作了一首短诗《望亭送别》："将进望亭酒，为君起舞频。莫辞今日醉，明日异乡人。"全诗短短二十字，言辞浅切，颇有"风人之旨"，写尽了吴人望亭送别时的种种风姿和亲友间的深情厚谊。纵观明清诗坛上，望亭送别之佳作实不在少也，试举几首，以为观赏。

　　清初诗人蒋薰的绝句《望亭》，以莼蔓、荇丝为喻，寄托离别之际对友人的无限牵挂和思念："莼蔓丝长水荇牵，燕南雁北少书传。"全诗以口语作结，默默祈祷好友鼓帆前行，一路平安："望亭一望云帆直，先寄平安估客船。"殷殷的关切之情，溢于言表。乾嘉诗坛代表诗人王昶所作的《望亭》一诗，则别出机杼，另辟蹊径，采用立此存照、映画留存的方式，细腻地摹状离别时候的场景：水天迷蒙、暮色冥冥、斜帆远挂、渔火星辉、风鸣柝铃，这些画面，无不一一镌刻在自己和故人的脑海深处，是其情至之境的又一种表现形态，其诗曰："秦望山边是望亭，湖天云雾晚冥冥。故人犹忆前宵别，长路欣看暮雨停。远挂商帆斜似扇，

才明渔火小于星。莫嫌垂老无佳兴，颇爱微吟伴柝铃。"常熟籍诗人孙原湘是
乾隆诗坛性灵派的重要作家，他的诗歌常在写景状境的基础上，直抒胸臆，如其
《晚出浒墅关达望亭与诸戚友别》一诗，便是如此构架布局的。首联、颔联点明
离别的时间、场景："桅镫闪闪乱星辰，风送邮亭第一巡。新出月如将落日，乍
行客似急归人。"从颈联开始便词锋一转，直接翻出离乡时那浓浓的乡愁："乡
音过境邮邮别，赠语临歧字字真。今夜望亭回首望，故园先已隔关津。"

三、乡关离思："失笑别家才一夜，独眠单枕有离思"

　　和孙原湘一样，大多数苏州人在离开望亭之后，都会情不自禁地挥翰作诗，
通过诗歌抒发远离故土时的乡关之思。历史上留存至今的许多诗歌作品，多
随性率意而为，却在字里行间流露出真性情。清代苏州诗人曹垲乘船北上，离
开望亭一夜之后，便在诗中以白话发出这样的呼告和表白："失笑别家才一夜，
独眠单枕有离思。"其情深沉而率直。这样的离愁别绪在苏州文人的题咏望亭
驿站、驿楼的诗歌中是极具代表性的，历代不乏这样的佳作和佳句："谁怜行路
客，着尽离家衣？村犬迎舟吠，田乌绕耜飞。悠然望远岫，却羡暮云归。""日
落津亭晚，萧然客思孤。秋风寒水色，一艇下姑苏。红老遥村树，青残野岸芜。
当年千里望，愁煞庚肩吾。""江关流水送浮萍，吹尽离愁酒半醒。莫上河桥看
草色，望亭西去更青青。"家乡的风物和风土人情，甚至最为平常不过的"村
犬""田乌""老树""残青"，无不可以成为寄托乡关之思的凭借，在飘然远去
的行船上，回望故乡，油然而生"萧然客思"，而这一切都被诗人熔铸在深情款
款的"凝眸"之中，或是"远岫""归云"，或是秋风、离雁，抑或是黑夜、明月、
星空……明代浙江诗人、戏剧家臧懋循经行、夜泊望亭时，有感于故乡日遥，仰
望夜空，写下了这样的诗句："向暝投何所？依微识望亭。客舟今复至，津路昔
曾经。瑟瑟风吟树，离离雁度汀。翻令乡思逼，数起视明星。"此情此景，就连

坐禅入定的僧人都难以释怀，释晓青是灵岩山寺住持弘储继起的继任者，他在
《望亭晓发》一诗中就坦言："疏星数点伴孤灯，水店荒凉起未曾。咿哑橹声摇
梦断，却惭身是坐禅僧。"

　　郁郁离乡的"萧然客思"，又多与诗人江湖载酒的飘蓬苦旅以及对人生前路
不定的担忧紧紧地绾结在一起。所谓："孤舟惯漂泊，谁复叹浮萍？"无论是初
次离乡的忐忑与凄惶，还是多年飘蓬之后的切肤之痛，苏州文人都会在望亭驿
的题咏中得到释放和宣泄。清初诗人陈炳，苏州阳山人氏，家离吴门望亭不远，
漫游多年回乡，不禁喟然叹曰："无家久为客，况今成老翁。吁嗟二十载，辗转
如飘蓬。所得知俟命，不使忧患蒙。残冬积阴晦，载途号北风。孤舟荡冰雪，辛
苦疲我躬。谁念征裘薄，天涯无是公。郡郭出云际，差可慰吾衷。投契在亲故，
去棹追飞鸿。"清吴江诗人钮琇在历经"孤舟渺一叶，漂泊中流半"的宦海浮沉
之后，幡然醒悟，"悟已往之不谏""觉今是而昨非"，用钮琇诗中的话说，便是
"乃悟向所历，转眼一何幻。显晦理相寻，阴晴境同观。利涉固有时，危澜亦屡
见""苟非杜门居，宁免飘掘患？"最后，诗人用西晋张翰莼鲈之思的典故，发出
"人生贵适意，何用浮名绊"这样的喟叹和感慨。

四、近乡情切："回思客路岂非梦，乍听乡音真是归"

　　谋食他乡的游子，"旅宿常逼仄"，历尽千辛万苦和多年的辗转飘零，最终决
定"蹼被南归"，一程山水一程愁，"归心与行棹，东流长不息"。当归程将至望
亭，故乡在望的时候，强烈而无以言表的近乡之情油然而生。诗人在作品中往
往表现出"其疾如飞"的急切，恨不能马上归家团聚，杨万里的《舟过望亭（其
三）》一诗，传神写照，写出了大多数人的普遍心态："此去苏州半日期，归心长
是觉船迟。一村柳暗知何处，两岸草青无了时。"

　　面对曾经熟悉的山水和熟悉的风物、风俗，能够瞬时疗慰许久以来的思乡

之苦,诚所谓:"归客御亭回望处,引将吟兴转超尘。"明末清初的苏州诗人潘陆,生平喜交游,曾徙居丹徒,当他从镇江回苏的时候,路经望亭,见到家乡的一草一木,喜不自胜,写下了这样的诗句:"浦昏鸦自集,湖近雁还飞。乡树来朝见,三年此路违。"不唯如此,就连运河中汩汩的水流声,都足以令人感到无比的兴奋、激动,引发"乡关梦"的无限回忆和感怀,那毕竟是家乡的水流声,诗人王昶在其《即事》诗中深情地写道:"云霁风轻放画桡,望亭浒墅路非遥。廿年不作乡关梦,喜听吴淞上晚潮。"

在各种物象和声音中,乡音无疑是最能触动人心的。无论是唐代诗人贺知章的"少小离家老大回,乡音无改鬓毛衰",还是范成大的"望见家山意欲飞,古来燕晋一沾衣。回思客路岂非梦,乍听乡音真是归",都把乡音中寄予的故园之思和乡关之愁写得真切自然,感人至深。船过吴门望亭,温婉柔美的吴侬软语,对苏州文人竟然有着勾摄魂魄的巨大吸引力。作为"吴学"领军人物的王鸣盛,在外游历多年后,回乡途中,舟次望亭,听到远处传来吴侬软语讴吟的江南渔歌,便难以抑制内心的激动和喜悦,写下了这样的诗句:"挐音遥夜扣清舷,欸乃伊鸦月底行。莫怪拥衾频侧耳,六年不听故乡声。"乡音是乡情最直接的寄托和告白,它沉隐在心灵深处,却又是如此敏感、炽烈,"六年不听故乡声",即便是远处飘来的杳渺之声,也听得那么真切。吴语讴吟的魅力,不仅对吴人有着巨大的吸引力,在苏州任职江苏巡抚的宋荦也对它情有独钟,风雨之夜泊舟望亭,听到吴歌,起而作诗曰:"望亭南下水迢迢,孤舟风雨寒飘萧。搅人一夜不成寐,时有吴歌入耳遥。""十三女儿雏莺声,宛宛转转清复清。枫桥灯火半明灭,羁人此际难为情。"

吴门望亭,静驻运河之畔,默默注视着南来北往的船只、游子和行旅之人,"南北多歧路,同舟亦有因"。千百年来,文人游子行止于此,他们或"把酒慰良辰",或"客泪清江笛",或"望云知故里",但千年不变的是,吴人浓浓的"乡愁"

和"乡关之思"，用清人吴锡麒《夜泊望亭闻吴歌有感四叠前韵》诗中之语可以为结："征夫惆怅婺妇泣，尚有幽怨当时传。《竹枝》颇讶巴峡听，《水调》足动吴儿怜。"

徐达源、吴琼仙的闺阁诗侣生活

　　七夕前夕，驱车前往黎里古镇，为的是寻访200年前的神仙眷属——徐达源、吴琼仙的旧居，为的是感受明清时期江南闺阁诗侣的风雅与开明，感受徐达源浓浓的桑梓之情和对家乡文化的热爱。在文化学者、"黎里守望者"李海珉老师的引导下，走进古镇西部一条长达108米的狭窄备弄——西徐家弄，在昏暗的光线下，弄口的一块文保碑还是可以看得比较清楚的："吴江市文物保护单位：徐达源故居。"推开备弄中的一扇老旧的木门，走进了徐达源读书写作的第五进新咏楼，庭院前的门楼略显破败，门楣上的砖雕在特殊年代被凿去，但依稀看得出"兰桂俱芳"四字的痕迹。前面第三进，吴琼仙起居写作的写韵楼因年久失修，已无法进入，有些许的萧条。然而，在200多年前初冬的某天，这里迎来了一位重量级的"诗坛盟主"——袁枚，备受文坛瞩目。

一

　　清嘉庆元年丙辰（1796），著名诗人袁枚来到江南古镇梨里（黎里），对这里"家不司阍""夜不闭户"的醇美风俗留下了深刻的印象，认为"有古桃源风"。81岁高龄的袁枚此番前来，是受徐达源之邀，在其家中住三天，徐达源、吴琼仙夫妇双双拜师，正式成为袁枚性灵派的弟子。袁枚在激动之余，写下了《梨里行》一诗，对黎里古镇以及徐氏夫妇的诗歌才华给予了很高的评价：

　　　　吴江三十里，地号梨里村。我似捕鱼翁，来问桃源津。花草有静态，鸟雀亦驯驯。从无夜吠犬，门不设司阍。长廊三里覆，无须垫雨巾。家家棹小舟，目不识车轮。勾栏无处访，樗蒱声不闻。丝萝不外附，重叠为天姻。不知何氏富，不知谁家贫。更有奇女子，嫁与贤郎君。秦嘉与徐淑，才调俱超群。双双来执贽，宾宾拜起频。留住小眠斋，款如骨肉亲。我喜风俗美，更感古义敦。逝将去故土，十万来买邻。非徒结张、邴，兼且联朱、陈。有女此地嫁，有男此地婚。庶几子与孙，永作羲、轩民。

袁枚在这首诗歌中把黎里古镇比作人间的"桃花源"，自己就好像武陵渔人一样，不但发现这里的环境安雅静谧，民风醇美，老百姓绝少嬉戏、赌博之事，更发现了徐达源和吴琼仙这一对"贤郎君"和"奇女子"的神仙眷属，他便以历史上的秦嘉和徐淑夫妇为喻，赞美徐、吴伉俪情深、举案齐眉的爱情传唱，同时还把夫妻双双拜袁枚为师的经过写得非常清楚。

二

徐达源和吴琼仙，早就以诗而名闻吴江、苏州一带，在此需要对夫妇二人略作介绍。徐达源（1767—1846），字岷江、无际，号山民，出生于吴江黎里。他的祖父徐培云和父亲徐璇（字星标），皆擅弈棋，为一时"世罕有"之国手，唯"达源能诗、能书，偏不能棋，星标亦不教也"。徐达源没有继承父祖弈棋的天赋，但在诗歌、书画和学术上却颇有成就。一生著述甚丰，著有《黎里志》《新咏楼诗集》《涧上草堂纪略》《甫里人物考》《吴郡甫里诗编》《国朝甫里诗编》等。

吴琼仙（1768—1803），字子佩，号珊珊，吴江平望人。清初"惊隐诗社"重要成员吴炎之后裔。自幼学诗于家塾，有咏絮之才，"诗文外，绘事无不工，暇即发挥烟云、摩写花鸟"。家住莺脰湖边，曾作《莺脰湖诗》数首，文辞风流蕴藉，为世人所激赏，其中有佳句曰："湖光十里碧粼粼，蟹舍渔庄自在身。细雨斜风归亦好，平波台上问仙人。""画楼近傍画眉桥，无限烟波未易描。自度新诗成水调，也应明月教吹箫。"出阁前，与平望才女唐淑英、王梦香、汪慧芬，以及陆俊、陆浩等文士唱和不辍。经陆俊之绍介，吴琼仙与徐达源相识相知，清乾隆五十三年（1788），有情人终成眷属。

婚后的十多年时间里，夫妇俩互相唱和，切磋诗艺，他们的好友、吴江著名诗人郭𪊭在《樗园销夏录》中说他们是"闺房中自相师友"。徐达源为人豁达，淡泊功名，一生中只在翰林院担任过一年多的待诏之职。在丈夫赴京离家的时候，吴琼仙对夫君深情款款地说道："门深似海，戴安道非曳裾之人；米贵如珠，白居易岂长安之客？望早归之。"而徐达源《寄内书》中则有云："心随书至，何嫌十里之遥；船载人归，当在一更以后。"夫妇情深意笃、情意绵绵如此，连袁枚读了之后，也不免慨叹道："想见其唱随风致，有刘纲夫妇之思。"

徐达源不善家计琐事，专心读书著述，吴琼仙在料理完繁杂的家计之余，"暇辄助徐君校书，或分韵，至漏三下乃息"。徐达源、吴琼仙夫妇一起秉烛夜读、分韵唱和，"琴瑟合好，松柏相悦""此歌彼谣，若将终身"，被好友吴锡麒称为"神仙眷属""宜其称刘纲之伉俪"。吴锡麒在《吴珊珊写韵楼遗诗序》中，以典雅的骈偶文字极写夫妇举案齐眉的唱和景况云："每当鸡枕催晨，鸭炉张夕，毫乍飞而妾和，句甫就而郎笺。涉江之吟，则鱼皆出听；落叶之曲，则蝉亦生哀。清音迭更，胜趣弥远。"

徐达源、吴琼仙夫妇的诗笔，把夫妻恩爱、子女绕膝的天伦之乐写得既通俗晓畅，又情真意切。徐达源有一组《病中杂咏》，其中一首写道："闲携儿女月中看，笑指天边白玉盘。未必书如翻水熟，强将妆学鬓云蟠。挽须问字三分蠢，入骨悲秋一例酸。供养病身无别法，折枝山桂胆瓶寒。"全诗通篇文字通俗易懂，读来极富有童趣，儿女绕膝的家庭生活，怡乐融融，跃然纸笔。虽然在病中，周围的环境凄清如水,但有妻子、儿女的陪伴,这便是人间最为长情的告白,暖意浓浓。若是熟稔唐诗,就能清晰地感受到诗人如盐化水般地融入了李白《古朗月行》和杜甫《北征》中的诗句。吴琼仙在其和作中,也把这种情意绵绵的家庭生活摄入笔下:"人前生怕礼烦苛,习静重楼烟雨多。诗思欲来呼阿瘦(自注:次女名),山痕几点问双螺(自注:大男名)。银灯不碍弹棋近,粉絮闲将宝镜摩。更拟玲珑望秋月,水晶帘下夜如何。"这种生活化的平常笔调,在笔者看来,是与杜甫的《月夜》等思亲之作一脉相承的。读过吴琼仙那首《对月次外子韵》,这一印象就更为鲜明和强烈,其诗曰:"杨柳毵毵拂画檐,中间得容玉纤纤。薄寒如此春三月,残夜分明水一帘。肩并相怜人影瘦,花明始觉露痕添。怪他婢子催眠教,特地还将险韵拈。"

三

徐氏夫妇举案齐眉的故事,一时成为文坛佳话,著名诗人洪亮吉以才子庾信(字兰成)和仙女董双成为比,将夫妇二人誉为"郎是兰成,妻是双成",实在是天造地设的佳偶。赵翼的题咏,更充满了无比艳羡之意:"一卷兰苕点笔成,清才值得被他卿。若非萧史亲传出,谁识秦楼引凤声。""画眉才了便拈题,香阁联吟到日西。千百年来曾几见,人间如此好夫妻!"

诗坛盟主、性灵派大师袁枚在南京也听闻其名,早就把吴琼仙列入随园女弟子的名单。袁枚对徐氏夫妇"天机清妙"的诗风颇为欣赏,曾把他们的诗歌选录,并"分刻《同人集》及《女弟子集》中矣",但一直没见过徐氏夫妇。其实,徐达源、吴琼仙夫妇,对袁枚这位大名人也垂慕已久,一切只待机缘。

黎里镇上还有一对相敬如宾的诗侣——陈燮(号秋史)、袁淑芳。袁淑芳是袁枚的同宗的本家后辈,故称袁枚伯父。他们对徐达源、吴琼仙的诗歌才华颇为赞赏,袁淑芳有诗曰:"此事推袁得未曾,诗禅玉女共传灯。笑他一个徐都讲,犹自编诗诧友朋。"在江南诗坛人物中,陈燮只佩服吴琼仙一人,有朱春生的诗为证:"越尾吴头一角天,词坛某某说诸贤。而今方信陈惊座(自注:秋史),只拜高楼写韵仙。"

袁淑芳的诗题很长,其中的信息非常丰富,值得我们好好解读。它不仅明确地昭示了袁枚前往黎里的具体时间,也告诉了后人,袁枚这次来黎里,是第一次与徐氏夫妇相见,也极有可能是唯一的一次。这次相见的引荐者,自然是袁淑芳和陈燮夫妇。来到黎里之后,袁枚出示了由尤诏、汪恭所绘制的《十三女弟子湖北楼请业图》,让袁淑芳和吴琼仙这两位吴江女弟子题诗其上,可见袁枚对这两位江南才女之器重和欣赏。袁淑芳在她的题诗中记载了徐氏夫妇与袁枚的这段诗歌因缘,并把徐氏夫妇推尊为能够共传袁枚性灵大旗的"诗禅""玉女",这样的评价似乎也得到了袁枚的认可。吴琼仙的题诗,独抒胸臆,字里行间洋溢着见到袁枚并拜其为师的喜悦之情,其诗有曰:"深闺柔翰半荒芜,略分怜才有此无。最好春风吹不断,直从白下到梨湖。""才子扫眉数十三,湖楼佳会一时难。自惭香草童蒙拾,也许随肩入讲坛。""论文有素见无缘,回首胥江一惘然。赖有画图传彷佛,梦中容易觅飞仙。"

袁枚对徐达源的第一印象是"山民逢衣浅带,偶然一诗人耳",对吴琼仙的印象则更好,吴琼仙在《十三女弟子湖北楼请业图》上的题诗,已让袁枚惊喜不已。在和夫妇俩一起游览苏州天平山之后,吴琼仙画了一幅《天平览胜图》,袁枚不禁提笔题诗两首,前一首题写画境:"一线盘空上,天平景最清。松林秋寺古,峰影太湖明。云压裙钗湿,风吹环佩鸣。诗成谁作答?绕屋有泉声。"后一首则抒写与吴琼仙的师生之情曰:"老我来梨里,三眠写韵楼。灯残还问字,吟罢始梳头。白发难为别,红妆易惹愁。何当携此卷,览胜与同游。"在离开苏州,与徐达源、吴琼仙作别之际,袁枚还写了一首极为"性情"的诗,表达对吴琼仙的赏爱和留恋之情:"出门纳履便行矣,归里临期转黯然。不是伊桑恋三宿，只愁丁鹤别千年。宾朋心惜风中烛，祖饯筵开雪后天。更有金闺女弟子，牵衣捧杖倍缠绵。"以至于吴琼仙去世后，徐达源父子在编辑《写韵楼诗集》诸家题词时，都觉得不适合收入。

令人扼腕叹息的是，天妒英才，吴琼仙这位被视为性灵派衣钵继承者的"玉女"诗人，在36岁的时候，就早早地病逝。在她去世后，徐达源和儿子一起，将妻子的诗作汇集成《写韵楼诗集》。据《平望续志》记载，吴琼仙去世后，平望诗人陆俊曾手书吴琼仙的三十三首诗和她的画像，勒石嵌于平望莺脰湖畔的平波台上，壁上有郭麐、仲冕等人的题跋，以供后人瞻仰。这一遗迹早已不见踪影，好在《写韵楼诗集》流传至今，我们依然可以在诗歌中，感受着徐达源和吴琼仙这对神仙眷属的琴瑟和鸣以及情意绵绵的风雅。

书香传统

读书最乐：苏式生活典范的内核

唯亭顾氏：「江南第一读书人家」

甫里许氏：梅花墅的文学、戏剧与出版活动

段玉裁苏州注《说文》

《东吴六志》：中国第一部大学校史

邓邦述及其群碧楼的藏书故事

读书最乐:苏式生活典范的内核

　　明清以来,以"苏工""苏样"为代表的物质文明之发达,在很大程度上提升了吴人的生活品质,精致典雅的苏式生活逐渐成为一种文化现象,引领着中国古代的生活美学,受到世人的高度关注。其中,晚明苏州文人文震亨及其《长物志》所起的作用,自不可轻忽。时至今日,吴人谈起苏式生活,几以《长物志》为鼻祖、为渊薮。笔者不能免俗,也先来引《长物志》中的一段古文,这是沈春泽为《长物志》所作序言中的精妙之论,深得文震亨之心意,其中有谓:"近来富贵家儿与一二庸奴、钝汉,沾沾以好事自命,每经赏鉴,出口便俗,入手便粗,纵极其摩挲护持之情状,其污辱弥甚,遂使真韵、真才、真情之士,相戒不谈风雅。"

　　真正的风雅,绝不仅仅停留在津津乐道于物质生活的精美和奢华。若此,只能沦为"富贵家儿"和"庸奴钝汉"的附庸风雅或"假斯文",今人谈"苏式生活",每有堕入此翳障之隐忧。自晚明以来,江南文人始终信奉这样一个原则:遵生养生,绝非尚奢崇异,在于修身正心,立身行己。要避免"出口便俗,入手便粗"的鄙陋,须如韩愈所说的那样:"养其根而俟其实,加其膏而希其光;根之茂者其实遂,膏之沃者其光晔。"明清时代的许多苏州人在富足安定中,却能做到"玩物而不丧志",他们在尽情享受着江南"闲适玩好"这类物质文明的同时,还注重自我文化修养的提升。在苏州人看来,读书生活实乃人生最大的乐事,无疑也是实现"根茂""膏沃"最好的途径和方式。清代吴江文人袁栋在其所著《书隐丛说》中专列一条目《读书最乐》,其中说道:"世间极闲适事,如临泛游览,饮酒弈棋,皆须觅伴同事。惟读书一人为之,可以竟日,可以穷年。环堵之中,遍观四海千载之下,觌面古人。其精微者,可以黼藻性灵;其宏肆者,可以开拓闻见。天下之乐,无过于此,世人不知,殊可惜也。"同样的看法也见于《闲情偶寄》,李渔不仅认为读书是"最乐之事",更把它视为颐养生命的重要内容,列入《颐养部》。

虽然明清时期的苏州人在科举仕途、学术文化以及艺术的诸多领域取得了令世人瞩目的成绩,这些无不得益于崇尚读书的苏式生活,但在苏州人心目中,读书俨然是物质生活之外的另一种"闲适玩好",是人生最大的精神愉悦和享受,本无需也无关乎太多的功利。苏式生活中浓浓的书卷气息,早已凝聚成为吴人的文化基因,在潜移默化中浸润、滋益着衣食住行、吃喝玩乐的方方面面,昆曲、评弹以及花式繁多的"苏工""苏样",皆不能免。吴中昆曲之盛,伶人之技艺固不可少,若没有江南文化之书卷气和文人才情至性的融入,与声色犬马亦不过相去五十步而已。至于每被人津津乐道的苏州园林,也因迎面扑来的书香墨气而自成经典的文人写意空间。苏州园林之所以能成为一部中华文化的"博物志",无不得益于园主人读书向学所积蓄的学术文化涵养。就连"梓匠"出生的计成,也因为长年"传食朱门",长期浸浸濡染在读书氛围中,儒雅书卷之气充盈胸中,能诗善画,成为"通艺之儒林,识字之匠氏"。他所著的《园冶》,通篇采用骈偶,藻绘高翔,气韵流动,开卷读之,迎面而来的是书香墨气和清新雅澹的山水诗境和画意。

"闲适玩好"的长物也好,苏式生活也罢,文震亨早就有"入品"与"不入品"之分。欲成就"入品"的"雅人之致",胸无文墨书香,岂能为之耶?故论精致典雅的苏式生活典范,以读书写作为表征的精神生活自不应缺席,纵观苏州城市历史,也从未缺席过。此正如王阳明诗中所谓:"紫阳山下多豪俊,应有吟风弄月人。"

唯亭顾氏："江南第一读书人家"

　　西晋诗人陆机在《吴趋行》中有曰："八族未足侈,四姓实名家。"所谓"八族""四姓",是指三国时期江南地区的望族,敞、赏、金、郑、彭、葛、陆、顾八氏并称"八族";"四姓"包括顾、陆、朱、张,《世说新语·赏誉》中有曰："吴四姓,旧目云:张文,朱武,陆忠,顾厚。"三国以来,吴中顾氏就形成饱读诗书、宽厚积善的家风。千百年来,吴中顾氏枝繁叶茂,瓜瓞绵绵,世代簪缨,人才辈出。唯亭顾氏一支,堪称其中的翘楚,其"先世业农,居唯亭金沙湖之南。高祖小山公(按:顾俸)始卜居郡城"之弦歌里(按:今因果巷),"曾祖兰台公(按:顾应麒)始为儒生,赫然有闻于时",家族群从"列名胶庠,以文章显,后习学者,渐以昌大,而生齿亦称繁衍"。现代著名学者顾颉刚在《玉渊潭忆往》中回顾家族历史的时候,就不无自豪地说道:"及康熙帝下江南时,风闻我家文风之盛,乃誉曰'江南第一读书人家'。"此后,唯亭顾氏一族,"不但在大厅上高高悬挂着'江南第一读书人家'的大匾,凡与亲友交往的名片、礼券、礼匣上都印着这一句话"。

顾嗣立:苏州的诗仙、酒仙

　　在顾颉刚的回忆中,唯亭顾氏一族,到清代初年"松交公(顾予咸)时代,是我先祖史上最显耀隆盛的一页,也是族中人口最兴旺的时候"。顾予咸(1613—1699),字小阮,号松交。清顺治四年(1647)考中进士,开启了顾氏家族的仕宦之途。雅好诗词,曾著有《温庭筠飞卿集笺注》等。顾予咸生十一子,以顾嗣立最为有名,用霖(按:原名嗣悦)、嗣协、嗣立,皆侧室金氏出。康熙五十二年(1713)三月,顾嗣立受朝廷敕书褒奖,有曰:"器资醇雅,学识通明,释褐登朝,试职文章之府;分藜寓直,摛华翰墨之林。"

顾嗣立(1665—1722),字侠君,号闾丘。康熙三十八年(1699)乡试中举。康熙帝南巡至苏州,进呈编纂的《元诗选》,受到褒奖。康熙四十四年,康熙帝南巡,南巡召试取中,由江苏巡抚宋荦推荐,进京分纂《宋金元明四朝诗选》《皇舆全览》等书。康熙五十一年进士及第,选授翰林庶吉士,入武英殿纂辑《鸟兽虫鱼广义》。曾一度担任过知县,终以疾辞归回乡。

顾嗣立以其诗歌创作和文献编纂诸方面的杰出成就,名列沧浪亭五百名贤祠,祠堂中画像上的像赞是这样的:"诗仙酒仙,大雅小雅。先辈风流,谁为继者?"诗酒风雅,是顾嗣立一生的基本底色,在他之后的苏州文化圈,似乎也难有"为继者"。江南才子顾嗣立好酒,酒量之大,声名远播,无论是在苏州还是在京城,一直都有"酒仙""酒帝""酒王"之誉,阮葵生的《茶余客话》中曾形象、具体地记载了这位江南才子的酒量和故事:"江左酒人以顾侠君为第一,至今人犹艳称之。少时居秀野园,结酒人社。家有饮器三,大者容十三斤,其两递杀。凡入社者,各先尽三器,然后入座。因署其门曰:'酒客过门,延入与三雅,诘朝相见决雌雄。匪是者,毋相溷。'酒徒慑服而去。……在京师日聚,一时酒人,分曹较量,亦无敌手,同时称为'酒帝'。"在苏州,要想加入顾嗣立的酒人社,入社的门槛竟然是先干三大杯(二十斤左右)黄酒,然后才有资格与主人相见决一雌雄,这是何等酒量!

其兄顾嗣协亦以诗酒风流自任,亦不逊色,在其病重时候,曾作七绝贻顾嗣立,关照弟弟:"擘窠大字烦题写,不号诗人号酒人。"若自己病故,一定要在墓碑上题写两个擘窠大字——"酒人",绝不要把自己称作诗人。

顾氏兄弟的酒人社不仅喝酒,还以酒会友,吟诗作文,从无闲日。就其一

生来看，交往的多为叶燮、宋荦、朱彝尊等诗坛名家巨匠以及"当世豪贤长者及
之名士"。一时间，兄弟俩的依园和秀野园，都成为清初江南文士大夫雅集的胜
地，被誉为"玉山遗风"之再现。叶燮在《秀野草堂记》中有曰："诵读弦歌其
中，与友朋饮酒赋诗，以切劘其所学，登其堂而穆如蔼如也。""当是时，秀野之
园亭，宾客名天下，天下之士，无不知秀野之名者。"

　　顾氏兄弟的好友张大受在为顾嗣立的《秀野草堂集》作序时，用四六骈俪
美文，叙述了自己亲历秀野草堂的感受，并对雅集给予高度评价。主人热情，
"投辖留宾，值孟公之醉；脱裘贳酒，忘长卿之贫"，前来赴会者，皆为一时名流，
"缟带千里之贤，翰墨一时之俊""闳览则人擅国侨之誉，清高则客有梁鸿之名。
河朔少年，闻风而结客；汉南才子，倒屣而迎门"。旧雨新知，纷至沓来，席间
"饮酒弹琴"，丝竹并奏，诗乐和鸣，正所谓《渭城》《红豆》，不少旧人；《长笛》
《洞箫》，皆供辞客"。面对这"良辰美景"，与会者则"人人纪金谷之游""事事
传竹林之乐""对景慷慨，濡翰浏漓"，留下了不少精彩的诗篇。张大受甚至认
为，就连陶渊明、庄子见此，都会艳羡不已，所谓"直使陶潜陋柴桑之居，庄周移
濠梁之步"也。

　　顾嗣协在其依园中创立了依园诗社，"自依园文酒之会倡于吴中，四方轩
盖，山泽耆儒，盛年卓荦典雅之才俊，日从酬答，古学蔚兴"，"历二十载"而不
衰。顾嗣立曾对兄长的依园诗社的活动有过具体而微的描写，并历数本地和四
方来宾，无不是享誉一时的名家："丁卯有依园诗社，邑之耆旧诗人如韩洽（君
望）、杨焰（明远）、徐柯（贯时）、文点（与也）、金侃（亦陶）、潘镠（双南）、俞玚
（犀月）、黄玢（宪尹）、史周（苍山）诸君子，花朝月夕，置酒高会，唱和不少休。
四方宾客以风雅推重者，如秀水曹倦圃侍郎（按：曹溶）、广陵吴蘭次太守（按：
吴绮）、桐城钱饮光（按：钱澄之）、宁都曾止山（按：曾灿）、黄冈杜茶邨（按：杜
濬）、成都费此度（按：费密）诸处士，舟车过访，无不愿交于妙岩主人，往往流

连信宿,丝管迭陈。既而题墙涂壁,笔墨纵横,仿佛玉山之遗风焉。吴门诗酒之盛,自三十年来莫之先也。"

顾氏一门七园的风雅

明清时期,苏州私家园林的营造蔚然成风,园林不仅是生活居住的宅院,更是苏州文人精心营造的文化空间和精神绿洲。在清代初年,唯亭顾氏家族在园林的营造,特别是文化空间的构建中,堪称翘楚,唯亭顾氏的园林不仅数量众多,而且在文坛诗界的影响巨大,声名远扬。

顾颉刚《玉渊潭忆往》中述及家族往事的时候,就不无自豪地说到顾予咸和诸子建造的七座园林:"松交公(按:顾予咸)时我家竟造了七个花园——雅园、依园、秀野草堂、学圃草堂、宝树园、自耕园、浣雪山房等,规模都相当宏大,其中尤以松交公自己在旧学前造的雅园、第十子迁客公比连雅园造的依园、幼子秀野公在因果巷造的秀野草堂和大来公在悬桥巷内造的宝树园为最著。依园内有南北朝梁代妙严公主的坟墓,我幼时还去看过一次呢。松交公诸子之间以迁客公(按:顾嗣协)和秀野公(按:顾嗣立)最风雅,都从事于刻印书文。而二者之中又以秀野公为著。"

顾氏在苏州城内弦歌里宅院的南面有一块空地,儿时的顾予咸常在此玩乐,祖父曾指着对他说:"他日当借以作圃。"祖父早就有修园的想法,但一直没有遂愿,顾氏族人就把这片"旷土"戏称为"野园"。若干年之后,顾予咸最终实现了祖父的愿望,经过精心的谋划,在"舍南"之旁,种植榆树、柳树,等树木"稍长成阴",就开始"垒土规池",园中的建筑"无粉饰",风格朴实无华"如村墅",拆除了和二哥顾之玑住所之间的隔墙,兄弟二人的园子合二为一。因为"吴语'野'与'雅'音相似",就易"野园"之名为"雅园"。雅园建好之后,顾予咸时常召集好友故旧,诗酒唱和,和顾予咸同榜的苏州名士尤侗在《雅园自叙书后》中回忆道:"每春秋暇日,招予辈故人,轰饮其中,相乐不减少年时。"著名诗人吴梅村来雅园游赏,填《满江红》词以赠主人,对园主"拂袖归等,闲管领、烟霞娱目"的诗意生活无比欣羡。

顾嗣协的依园,也是利用屋后空地营缮而成的,"杂以花木竹石","林木蓊郁,一泓活碧","风廊月榭,映带左右",景色宜人,"与弦歌里故居相望","先大夫雅园相依"。依园因诗社而名声大振,若论影响之大,则顾嗣立的秀野草堂则更胜一筹。

秀野草堂位于"阊邱坊之南","水木亭台之胜,甲于吴下",更为一次次的诗酒雅集提供了风雅隽逸的空间,秀野园也因此名闻遐迩。每次雅集,都有诗文书画作品流传,这些传世之作,也为后人生动形象地展示了清初苏州文化的盛景。

康熙二十七年(1688)三月,秀野草堂落成,顾嗣立作诗以纪之,其中有曰:"从今红藕香中卧,身世茫茫付酒船。"在一方小园中,悠哉游哉地过着"闲情寄山水""扫榻劝安眠"的生活,"悠然池上酌,长啸倚胡床"自是其常态。草堂之落成,更开启了数十年文会宴集的空前盛况,"琴书一榻留吾辈,风雅三吴剩此堂"便是对草堂风雅最好的评价。顾嗣立曾作诗描述此间之盛况曰:"机云王谢尽佳士,罗列杞梓并梗楠。""文坛诗垒号大将,一时人望收东南。""丝竹悠扬杂金石,肉声彻响樱桃含。"

若就雅集的规模和名流之聚集,顾阿瑛的玉山草堂恐难望其项背。康熙三十四年(1695)八月十八日,江浙八郡名士一百八十五人,齐聚秀野草堂,"举鸿笔文社"。一时名彦若朱彝尊、文点、禹之鼎、王原祁等,在园中吟诗作画,让精彩的瞬间成为永恒的记忆。据阮元所见,《秀野草堂图卷》"旧有文山人(点)、禹鸿胪(之鼎)及王给谏(原祁)三作"。展卷读之,不仅可以"遍读国初诸老之诗",亦可由此"因缅想当日风流,文宴之盛""恍若置身秀野堂中"。

　　学圃草堂、自耕园是顾嗣立堂兄顾昉张（字笔堆）的私家园林，在顾嗣协看来，这就是人间之"桃源"，他在题诗中赞曰："仙源疑此是，清课复如何……我有幽栖癖，时时愿一过。"园中的生活悠闲而自在，正所谓："会心原不远，濠濮想非遥。""留客吟山月，探囊得酒钱。主人情不浅，豪兴饮如川。"浣雪山房则是顾予咸二哥顾之玑长子顾嗣曾（字尼备）所建的私家园林，园虽小，仅有"数弓"，但颇得"缘源曲径之胜，禽鱼花药之饶，朝暮云烟杳霭之趣"。园中亦不乏文人之酬和，顾思敬的《集尼备兄浣雪山房》一诗中就连用雪夜访戴、袁安卧雪两个典故描述浣雪山房中的风雅情韵，所谓"访戴谁容载酒去，卧袁那许赋诗催"也。

　　宝树园原本是顾予咸堂弟顾其蕴（大来公）所建。顾予咸的四子用霖（原名嗣悦）一支，屡经变故，族中遂以其兄顾嗣和的孙子顾芝过继为用霖之嗣孙。此后，又遭重创。顾芝一支遂迁居至其祖先之宝树园。现代著名学者顾颉刚就是这一支的后嗣，谱名曰顾诵坤（字铭坚）。所以顾颉刚先生在回忆家世的时候有曰："大来公是我的嫡系先祖，然而我却降生成长并承有他的遗产——宝树园的一部分。"作为宝树园的一部分，顾颉刚故居（苏州人称"顾家花园"），现在依然保存在苏州城内平江路悬桥巷口。

文献编纂传书香

　　唯亭顾氏一族不仅有多座园林，家中亦富藏书，顾嗣立的秀野草堂中有藏书楼饱经斋、读书斋、梧语轩等。晚清苏州学者叶昌炽《藏书纪事诗》描写顾嗣立书房藏书有曰："坊南花竹秀而野，插架青红屋高下。"顾嗣立在其四十岁生日的时候曾作诗说："爱客常储千日酒，读书曾破万黄金。"观其一生，顾嗣立的积蓄，基本都用在了结交诗友的雅集宴饮以及读书、藏书、编书和刻书上。

　　顾嗣立对书的痴迷，与米芾拜石可有一比。康熙二十八年（1689）的除夕夜,他"取架上手自校勘诸书,陈列草堂,清香桦烛,酒脯具设,再拜祝之",然后还写了一首诗《祭书行》,并让好友们唱和。康熙三十年,顾嗣立在俞玚、金侃等好友的相助下,开始汇辑元代的诗歌,按照元好问《中州集》、钱谦益《列朝诗集》的体例,编纂《元诗选》。在近30年的时间内,他"广搜博采",先后从昆山徐乾学、徐元文、徐秉义三兄弟以及秀水朱彝尊等苏浙藏书家处借得百余种珍善本元人诗文集,"凡吴下藏书家靡有所遗",编纂刊刻了《元诗选》《元诗选二集》《元诗选三集》。康熙四十四年乙酉,顾嗣立进京分纂《宋金元明四朝诗选》,"因得尽窥内府秘本",抄存了不少元人诗歌资料。后又遍访齐鲁、潇湘等地藏家。回乡后,最终把新搜集到的诗人资料和诗作编为《元诗选癸集》。《元诗选》系列总集,遂成为有元一代诗歌之总萃,也是今人研究元代诗歌最基本的文献史料。清代学者郑方坤在评价顾嗣立及其《元诗选》有曰:"元人之真面目至是乃出。一代才士之英华,不至与陈根宿草同归澌灭。"因而有"功在百世"之赞誉。此外顾嗣立还撰著、刊刻了《昌黎先生诗集注》《温飞卿诗集笺注》《寒厅诗话》等。

以顾嗣立为首的唯亭顾氏昆仲,以其杰出的文化贡献和巨大的学术文化影响力,获得御赐"江南第一读书人家"的美誉。其后嗣始终不负这一名号,诗书传家,代代相传,顾若曾、顾笃曾、顾元凯、顾世骏、顾翼基、顾绍申、顾厚焜、顾柏年……这些都是唯亭顾氏家族文化谱系中熠熠生辉的星辰。直至近现代,还涌现出著名历史学家顾颉刚、著名文献学家顾廷龙、著名科学家顾诵芬等一大批杰出人才,为祖国的科学、文化事业做出了杰出的贡献。

甫里许氏：梅花墅的文学、戏剧与出版活动

一

说起甫里古镇，首先想到的是唐代大诗人陆龟蒙之故里，因为皮陆文学唱和早已成为文学史的经典和佳话。殊不知在晚明时期，甫里古镇亦因有许自昌而名盛一时。甫里许自昌这一曾在文学史、出版史蜚声海内的人物，早已被人淡忘，黄裳先生在《来燕榭书跋·甫里高阳家乘》中感慨道："高阳望族，世居吴会，而遗著逸闻湮沉如此，深可慨也。"

许自昌，字玄祐，号霖寰，吴郡甫里（今甫里古镇）人氏，因追慕前贤陆龟蒙，他里居甫里，不但刊刻了皮陆唱和的诗集，也喜欢和来往的文人唱和，与皮陆的文学风雅别无二致。更为巧合的是，两位跨越数百年的异代同乡，几乎是在同一片宅基上生活。董其昌在《中书舍人许玄祐墓志铭》就曾这样说道："所居与陆天随故居址近。"晚明时期的名士陈继儒也有相同的记载："吾友秘书许玄祐所居，为唐人陆龟蒙甫里……乃始筑梅花墅……秘书未老，园日涉，鱼鸟日聚，篇章词翰日异不同。相与唱和，如皮陆故事。"从董其昌、陈继儒等人的文字中可以感受到，许自昌梅花墅中诗文唱和的盛况较皮陆有过之而无不及。董其昌甚至说："过甫里，不入许玄祐园林，犹入辋川，不见王、裴也。"

许自昌"浮沉金马，日以扬扢风雅为事"，若历数来往于梅花墅中的人，可谓聚集了晚明文坛诗坛的半壁江山，诸如：陈继儒、董其昌、曹学佺、臧懋循、林古度、张溥、张采、李流芳、钟惺、陈子龙、祁承㸁、文震孟、王穉登、张大复、王志坚、顾有孝、张献翼、姚希孟、黎遂球等。

晚明时期这些重要文人的诗文唱酬和风雅生活，为我们清晰地展示了此际活跃而丰富的戏剧创作与演出活动，以及对唐人诗文别集文献的整理出版活动，这些都关乎晚明文学的大聚散与大迁变，在中国文学史的进程中有着绝不可轻忽的认识意义。

甫里许氏之祖先"出江右，宋淳熙中有尉吴江者，避乱松陵，因家焉"，后有一支迁往甫里，以经商起家。许自昌的父亲许朝相，很有经商的才能，他"握算不假筹籍，能腹贮之，即日月锱铢无爽"。甫里许氏在许朝相手中"用计然策，家渐振"。但是，"易读而贾"的许朝相的内心，始终有一种无法消泯的书香情结，他把这份希冀全部寄托在儿孙身上，许自昌就承担了父亲的这份期许。

许自昌年稍长，父亲就为他"传延名经师训督"。在父母的鼎力支持下，许自昌"得友异人，购异书，研校悬国门，令海内士获窥二酉、四库之藏，无不愿交内史者"。但是，许自昌的科举之路和仕途并不顺畅，历经多次科场失利，其父不惜巨资为他进京纳捐，最终也就得到了文华殿中书舍人这样的荣誉头衔。无心于仕路的许自昌最终选择了退居甫里，他的这一退，也就有了晚明文学史上"浮白奏来天上曲，杀青搜尽世间书"的盛况。

二

镂玉雕琼、裁花剪叶、文抽丽锦、拍按香檀自是文人雅集的传统。许氏梅花墅中的清流宴集雅会，经常呈现的是钱允治《梅花墅歌赠许元有》一诗中所描写的盛景："清歌一曲酒百觥，妙舞千回醉万场。斗杓北指月西堕，犹自留人不下堂。主人好客更殊妙，六子森森尽文豹。引商刻羽掷金声，日与词人艺相较。分题寄胜日无何，烂漫盈篇卷帙多。延之剩有五君咏，太白聊为六逸歌。"许自昌事后便把每次唱和的诗歌作品收集起来，编成一部《梅花墅》诗册，此书后为当代藏书家黄裳先生所藏，不过其中大部分诗亦见于《吴郡甫里志》中。若就诗艺而言，其中的很多诗歌作品并不能算是一流，然而这些存诗，却为我们今天再现当时的盛况提供了极大的可能。

许自昌在《诸友集小园分韵》一诗中有曰："静对寒流意自闲，开门绿野闭门山。主人逸兴惭非庾，宾客才高尽拟班。夕磬棹声清远外，晚霞枫色浅深间。长歌不竭杯中酒，可是天心纵老顽。"需要引起注意的是，这首诗中所谓的"长歌"，不仅仅指诗歌唱和，更指许氏家班的清音雅乐之奏，即昆曲的演出盛况。董其昌曾在文中详述其景况曰："花时柑候，命驾相期，雀舫布帆，闲集梅花墅下，开帘张乐，丝肉迭陈。"据陈继儒《得闲堂记》记载，梅花墅中的得闲堂是演出昆曲的场所，得闲堂"闳爽弘敞，槛外石台，广可一亩余，虚白不受纤尘，清凉不受暑气。每有四方名胜客来集此堂，歌舞递进，觞咏间作，酒香墨彩，淋漓跌宕，红绡于锦瑟之傍，鼓五挝、鸡三号，主不听客出，客亦不忍拂袖归也"。这样的盛况往往是通宵达旦的，以至于晚明苏州志士徐汧在题诗中称叹道："檀板惊放声宿鸟。"

许自昌是一位剧作家，闲时"又制为歌曲传奇，令小队习之，竹肉之音，时与山水映发"。许氏家班所演的剧目，也多为许自昌自作。许自昌的传奇作品，除传世的《水浒记》《橘浦记》和《灵犀佩》外，见于各家著录的尚有《报主记》《弄珠楼》和《种玉记》等。著名戏曲史学者叶德均综合《曲海总目提要》《传奇汇考》等载录，得出这样的结论："然则许氏传奇六种，殆全为改订他人之作而由梅花墅刊行者。"这样的情况在明清戏剧创作中是习见现象，只是许氏的改定本，往往能够超越前人，《曲海总目提要》在比较《水浒记》与《青楼记》后云："叙宋江逃窜战斗之事甚多。词意粗鄙，不逮梅花墅所编远矣。"祁彪佳《远山堂曲品》也对许氏的改编本给予高度评价："经梅花墅改订者，更胜原本。""此梅花主人改订者，简炼过原本。"

许自昌编定的剧本之所以能够超越前贤，与他注重戏剧演出的效果有着密切的关系。祁彪佳《远山堂曲品》在对比许自昌和王元功的两种《水浒记》剧本时，就反复强调许自昌的剧本"得剪裁之法""取调极稳""便于歌者""宾白甚当行""其场上之善曲乎"。直到今天，昆曲舞台上表演的《水浒记》基本都是依照许氏的剧本，其中《活捉》一出，就足以奠定许自昌《水浒记》在昆曲舞台上的经典地位。

三

　　甫里梅花墅的文学活动盛举，除了"先生有家乐，善度新声"之外，更有"先生雅好刻书，行世甚多"的重要出版活动。

　　古代的很多以刻书而出名的出版家，首先都是收藏丰富的藏书家，许自昌亦不例外。许自昌在自编的《捧腹编》序中曾这样说："予匿迹甫里，性有书癖，家不能贮二酉之藏，闻有异书名籍，不惜释仲产易之，自谓乐而忘老。"而且他绝不愿意做深藏隐匿、秘藏不布的藏书家，他的做法是把自己的收藏善本校勘刊行，用他自己在《捧腹编序》中的话说则是"涂乙命甲""辄用校行"，让更多的人可以阅读。许自昌的这一活动得到了家人的支持，他的父亲常常是"捐数千金，藏书万卷"，他的妻子诸氏也"益心善之，乐襄其志"。

　　许自昌的出版活动首先从整理和刊刻地方文献开始。出于对乡贤的仰慕之情，自有追随其流风遗韵之意，又因"所居与陆天随故居故址近，为剔莽构祠祀之，刻其《唱和诗》。他如盛唐名家集行世者，多出其校雠"。而在这一过程中，晚明山人陈继儒起了相当重要的作用。陈继儒经常通过书信给许自昌一些出版的建议，如："吾兄既居甫里，何不刻《陆鲁望集》？集不下数卷，并其传刻之，又得觅《皮日休集》附于后。"纵观许氏的出版活动，由皮陆之《唱和诗》、陆龟蒙《甫里集》、皮日休《皮子文薮》，进而扩展至唐代的其他诗人，而这些家数都是许自昌尤为钟情的唐代诗人。他先后刻有《分类补注李太白诗》二十五卷,《集千家注杜工部诗集》二十二卷。许自昌甚至还有按时代次序,系统编刻唐人诗集之计划,可惜只完成《前唐十二家诗》二十四卷[刻于万历三十一年(1603)],然此编就几乎将唐代前期重要诗人的集子刊刻完成了,其中包括王勃、杨炯、卢照邻、骆宾王、沈佺期、宋之问、陈子昂、杜审言、王维、孟浩然、高适、岑参。这些基础性的文献整理和出版工作,对于唐诗研究的功劳至巨,实在不应被轻忽。

许氏的刻书也体现了他的个人志趣爱好乃至学术观念和出版思想。前文已述及他对戏曲之重视,并大量刊印,而古代大量的小说,也是其所爱,他不仅仅将小说看作是助谐荐谑之资。在《捧腹编序》中,许自昌对唐以来的小说发展状况作了简单的研究之后,认为说部虽语涉诡异,亦不若经史之必须,然亦有关乎风教,从捧腹谐谑中的"喜根"而涉悟"名理""证性",斯其足以为"涤尘襟,醒睡目"之具也。所以他就将王安石的那句"不读小说不知天下大体"奉为圭臬。他所编辑的《捧腹编》和《樗斋漫录》,都属于这一类书,其中所收的故事大多数足以疗人之病,起到警世的作用。

四

许自昌去世之后,其子许元溥尚能继其余绪,梅花墅博雅风流依旧。《(康熙)苏州府志》载元溥生平曰:"许元溥字孟宏。父自昌,中书舍人。以笃行称。构梅花墅,聚书连屋。元溥生而沉静,日出其书遍观之。于经义罔不淹通。尤邃于《易》。立高阳社,课子弟。喜购书,自号千卷生。崇祯庚午举于乡,不仕卒。友人谥曰孝文。"元溥与许自昌一样,也有结交天下文士豪贤之好。明崇祯二年(1629),他入太仓张氏兄弟组建的复社,交往多为名贤。崇祯十一年名列于《留都防乱公揭》,抗议阮大铖。他在家闲居时,也喜欢藏书、读书,以著述、刻书为乐。乡人王志长在《许孟宏稿序》中说他"锐意千古,罗致异书,招四方誊髦，纂辑为不朽计。孟宏因得悉出邺架之藏读之，昼夜揣摩忘倦，其为文益渊乎烨乎"。陈子龙来到用直，对许氏藏书的印象极为深刻："虽海内藏书之家载籍极博，其钩深标隽，罕能及焉。"许元溥还曾和大儒黄宗羲等人组织了"钞书社"，以搜集编辑文献典籍为务，黄宗羲多次在诗文中回忆这段往事，如其《感旧》诗就有云："抄书结社自刘城，余与金阊许孟宏。好事于今仍旧否？烟云过眼亦伤情。"

　　然而，许氏家族的这一名山事业，却因为明清易代而中绝。许氏后人为了躲避战乱，"避地游滇黔楚粤间，遇变逃隐"。许元溥不忍心父亲和自己一生的心血付之东流，"爰仿虎丘短簿例，施园为寺，肖先人象祀之，延有行僧为主持"，这就是用直后来著名的海藏庵。

　　对于世事的沧桑，许氏子孙亦多能安贫守素，保持文士的操守。许虬《坐海藏庵小阁系旧室梅花墅》一诗，就颇有天宝遗恨："烟罄声寒绝管弦，垂杨如醉晓风前。空王不下新亭泪，啼鸟还思天宝年。"用直许氏子孙的坚守，让先辈的高风雅节以及斯文传承不致沦湮。纵观有清一代，甫里许氏科名虽并不煊赫，多为处江湖之远的布衣、寒士，但是依然诗人辈出，尚可举名的就有许复、许来光、许虬、许心宸、许心宬、许心澧、许廷鑅等。

　　光阴荏苒，盛景难再，若要复原，也就只能通过钟惺《梅花墅记》、祁承爜《书许中秘梅花墅记后》、陈继儒《许秘书园记》等诗文给我们留下深隐的记忆了。最后还是以薛谐孟（寀）的《梅花墅》一诗让我们记住这本不该忘记的历史吧：

> 晨卷犹疑捧杖余，锦霞队里驻柴车。
> 家风剩有名园记，水榭惟藏国士书。
> 地僻昔曾罗竹肉，时艰今暂注虫鱼。
> 钓船茶具寻常供，斗鸭疏放尚未除。

段玉裁苏州注《说文》

段玉裁（1735—1815），字若膺，号茂堂，江苏金坛人，晚年寓居苏州，故有"侨吴老人"之号。段玉裁是清代最负盛名的语言文字学家，长于音韵、文字、训诂之学。段注《说文解字》是他一生最大的学术成就，这也使他成为清代"说文四大家"（与桂馥、王筠、朱骏声并称）之首。《说文解字》段注是中国学术史上重量级的学术著作，直到今天，依然是研究中国语言文字最为重要的经典文献。这部学术经典，是段玉裁晚年寓居苏州时倾力完成的，与苏州有着密切的关联。

一

据苏州的地方志记载，段玉裁寓居苏州的宅院名叫"一枝园"。"一枝园"之名始见于《（道光）苏州府志》："一枝园，在阊门枫桥。段玉裁寄居于此，中有经韵楼。"此后的《（同治）苏州府志》《（民国）吴县志》以及范君博的《吴门园墅文献》等都承其说。2002年，苏州市园林部门在枫桥景区的江枫洲上重建了段玉裁在苏州的故居，并根据地方志的记载名之曰"一枝园"，景区的解释说园名寓"一枝独秀"之意。

然而这一说法并不准确，方志记载多有不太可靠者。过去的方志编纂，以钞撮丛聚文献为最主要的方法，前编之误，若在之后重修中得不到纠正，方志修纂中的辗转承续、因袭之弊就会放大，以致错误越传越广。所以，在地方文化的研究中，不能将方志作为唯一的依据，而应方志作为重要的研究线索，再追溯一下"一手"的原始文献，真相便很清楚。如果我们翻开段玉裁的《经韵楼集》，就很清楚他在苏州的旧居名曰"枝园"，无论是在给朋友的书信中，还是为人所作的序言中，段玉裁都会在文末尾落款处明确地署上"枝园"。

"枝园"在段玉裁的女儿段驯、外孙龚自珍的诗文作品中也反复出现。嘉庆十七年壬申（1812），龚自珍的父亲龚丽正出任徽州知府。年方二十一岁的龚自珍随父母举家南下，到苏州看望外祖父段玉裁。在苏州，龚自珍写下一首词《百字令·苏州晤归夫人佩珊索题其集》，在词作的自注中说道："夫人频年客苏州，颇抱身世之感。……予小子住段氏枝园，将之海上省侍，故及之。"龚自珍的母亲段驯（1768—1823，字淑斋）亦能诗词，单士厘《清闺秀正始再续集初编》卷三中就著录了她的组诗《自题枝园话旧图》四首，龚自珍的母亲深情地回忆当年回苏州探望父亲时，与侄女段韫亭等人在枝园会晤话旧的场景，诗题中明确写清父亲的苏州寓所之名为"枝园"。

本人及其亲属的自述最为可信，段玉裁在苏州的宅园，名曰"枝园"明矣，绝无不识自家门庭之理！至于园名之寓意，段玉裁和亲友并未作园记，但在段氏给好友、宝应著名学者刘台拱（字端临）的信札中透露了些许端倪，"枝"者，用《庄子·逍遥游》中"鹪鹩巢于深林，不过一枝耳"的语典，喻暂时栖身之地也。移居苏州，本是段玉裁在金坛遭遇"横逆"之事，为避祸全身而作出的无奈选择。段玉裁在金坛遭遇的"横逆"之事，历来都无明确的记载，现代著名学者刘盼遂先生《段玉裁先生年谱》中的考订结论为：乾隆五十七年（1792），段玉裁因轻信坊间风水先生的"青乌之说"，"以受寒之故，迁葬祖茔"。祖坟迁移到"新阡"后，因土地产权纠纷，"又未与地主商妥，至于动武"，段玉裁的父亲被打伤。段家就这样卷入到一场旷日持久的官司之中。为了避祸，段玉裁一家只得远走他乡。

初来乍到苏州，置地建屋，琐事自然不少。此外，还经常会收到金坛县衙的"关文"，一次次返回金坛应诉，所以段玉裁要对刘台拱抱怨："坛邑事糜烂不可言。""使我劳劳。"段玉裁在疲惫不堪的奔波中身染疾病，苏州名医王顺生对段玉裁身体状况的诊断是"肝内郁热，不可用补剂"，只能用羚角、竹沥等物平肝降火、清热解毒。"藏府间有病"，再加上"家事多不如意"，又听闻"海氛甚恶"，无不让段玉裁感到心力交瘁，所以他在《与刘端临第十二书》中说道，自己寓居苏州，"暂借一枝而复逢此，可伤也"。其间所经历的种种艰辛，诚如杜甫《宿府》诗中所谓"已忍伶俜十年事，强移栖息一枝安"也。

二

至于枝园的具体位置，通过段玉裁文章中的几个常用落款"阊门外之枝园""姑苏白莲泾枝园""姑苏下津桥朝山墩之枝园"，再结合苏州方志和古代舆图，应该可以确定其基本位置。"阊门外"，言其大致方位在苏州城西阊门外再往西，现在枫桥景区选址重修段玉裁旧居，方位大抵不错。"枝园"与"白莲泾""下津桥"和"朝山墩"三个地名连用，则可以确定，段玉裁居住的地方与这三处都较近。核《（正德）姑苏志》《（民国）吴县志》等方志对这些地名具体位置的记载，白莲泾在洞泾（今称为"桐泾"）之西，下津桥、白莲泾位于"离城七里"的十一都十七图，朝山墩头在"离城六里"的十一都三十三图，寒山寺前、江村桥、铁铃关位于"离城九里"的十一都十六图。据此，基本可以判断枝园所处的位置，当在今日枫桥景区重建枝园往东二里左右，即下津桥东、白莲泾与上塘河交汇处（今苏州农业职业技术学院与西园寺接壤处之南）。

阊门外的这一区域，水道与京杭大运河连接，交通便捷，《（乾隆）苏州府志》中就有这样的记载："阊门运河……白莲泾，北接运河入口，由戈家桥出双桥，长一千四百三十六丈，阔三丈五尺。枫桥里河，北接运河入口，南至彩云桥出，长一千七百二十四丈，阔六丈。"且聚居于此的苏州文士亦复不少，据民国苏州文人范君博《吴门园墅文献》的梳理和记载,在段玉裁寓居苏州的时候,住所周边的就有藏书家顾广圻(字千里)的"思适斋"(在枫桥)、王鸣盛的"颐志堂"(在阊门外洞泾桥)、藏书家周锡瓒(号香岩)的藏书楼"水月亭"(在阊门外马铺桥)、袁廷梼(字又恺)的"渔隐小圃"(在阊门外江村桥)、词人戈宙襄(字小莲)戈载父子的"广居"(在寒山寺东)、惠士奇之裔孙惠盘卿的"冷香别馆"(在枫江)……

这些学界文坛名流、藏书大家的聚居,引得苏州本地以及游寓苏州的文人学士纷纷前来论学切磋,互通文献之有无。时任苏州紫阳书院山长的著名学者钱大昕,就时时前来与段玉裁这般人相会雅谈。乾隆五十九年(1794),钱大昕和段玉裁、袁廷梼、戈宙襄、瞿中溶等人,齐聚玄妙观,阅读《道藏》,并在道士袁同渚的引导下,观赏宋孝宗御书神通庵石刻,遂成为一时之美谈。同时,这个地方还吸引着诸如袁枚、王昶等全国知名的文人前来寻访风雅,大运河便捷的水路交通,确实为这些南来北往的人们提供了极大的方便。

段玉裁定居苏州后,他所居住的枝园,自然成为苏州文人学士交流学术的重要场所,也成为一个新的文化地标。流寓在苏州的段玉裁,要面对烦琐的家事家计,还要时不时地回金坛应付纠缠不清的官司,同时还经历着病痛的折磨。但是,诸多苦困并没有消解段玉裁学术研究的热情,在与友朋、同道的往还中,在学术研究中,他得到了些许的宽慰和快意,其心泰然自足,其身亦宽然有裕。

三

在《说文解字》的研究和注释中,段玉裁充分利用了苏州周边诸位藏书家丰富的庋藏。除了从藏家手中购得一些书籍之外,段玉裁向苏州藏家和学者借到了许多重要的参考文献。他在给刘台拱的书信中就说到在苏州的"读书之趣",其中有曰:"苏州古书骆驿而出,近得《仪礼》单行疏者,得北宋本《汉书》者,得宋板《左传释文》《礼记释文》者,得宋板《群经音辨》,可校正张刻者,得明道二年(1033)《国语》影钞者。"苏州文人学者慷慨借书的行为,在他的文章中也常常被提及:"玉裁自侨居苏州,得见青浦王侍郎昶所藏宋刊本。既而元和周明经锡瓒尽出其藏:一曰宋刊本,一曰明叶石君万所钞宋本,以上二本,皆小字……;一曰赵灵均所钞宋大字本,即汲古阁所仿刻之本也;一曰宋刊大字《五经韵谱》……"此外,周锡瓒"又出汲古阁初印本",上有毛扆(字季斧)的校改,段玉裁对此作了细致的校订。段玉裁在《汲古阁〈说文〉订序》一文中有详细的叙述。

苏州顾之逵(字安道)、顾广圻(字千里)兄弟,收藏亦富,"学问甚优""博而精""又多购宋椠古本,不惜荆州之借"。所以,段玉裁"极爱赏千里",在他看来,顾氏兄弟是"此可与言学者也"。顾千里的大方,其实在学术上是获得了巨大回报的,在与段玉裁的交往中,顾千里的学问得到了极大的提升,顾千里也经常"向语苏州诸友袁又凯、黄荛圃辈"说:"吾学得诸茂堂先生。"相形之下,苏州另一位名声赫赫的藏书家黄丕烈就多少显得有些吝啬保守了。壬子(1792)秋日,段玉裁初寓苏州,久闻黄丕烈大名,知其"所购宋本好书极多",上门求借,无奈黄君"悭不肯借,殊为可憾"。这倒不是段玉裁的诬言,黄丕烈"例不借书"在苏州士林是尽人皆知的,"黄荛翁以不肯借书见訾同好"。

在研究的过程中,一般的学者都非常重视版本的选择,段玉裁亦不例外,但他绝不是那种一味"佞宋""泥古"的做派。他由《说文》的版本问题入手,曾多次表达过这样的观点:"今学者得锴本谓必胜于铉本(按:南唐学者徐铉、徐锴兄弟俩各自校订的《说文解字》,分别被称为'大徐本''小徐本'),得铉本谓必胜于《五音韵谱》。愚窃谓:读书贵乎平心综核,得其是非,不当厌故喜新,务以数见者为非,罕见者为善也。"学术研究中的文献、版本选择,应在认真读书之后，再从学术价值的角度做综合评判，而不是一定要选择罕见的珍惜秘本来唬人。熟读基本典籍，充分利用常见书，在常见书中发现、解决问题，其实这才是学问中的最高境界，段玉裁的这番话，亦可作为当下学界之针砭也。

四

苏州是清代"吴派经学"的发源地，也是学术研究的重镇。段玉裁寓居苏州的时候，苏州的学术界可谓群贤麇集，王鸣盛、钱大昕等吴派经学的代表性传人都与段玉裁有密切的学术交流和切磋。在做《说文解字》注的过程中，段玉裁邀请了苏州的年轻学人陈奂入住枝园，助他一臂之力，在段玉裁的培养下，陈奂终成为清代一流的学者。

陈奂（1786—1863），字硕甫，号师竹，晚自号南园老人，是苏州本地著名的学者，在音韵文字、训诂等方面，成就卓著，著有《诗毛氏传疏》《三百堂文集》等。他在音韵、文字、训诂方面的成就，可与金坛段玉裁、高邮王念孙鼎足而三，王欣夫在《蛾术轩箧存善本书录》中称赞其著述之精者，"乃在音韵、训诂，继段、王二氏而称鼎足"。陈奂早年问学于苏州人江沅。段玉裁寓居苏州后，与江沅关系密切，并视江沅为知音。陈奂在老师处读到段玉裁的《经韵楼集》，加朱、墨批，段玉裁见到后，称赞他的学识"出孔、贾上"，便收陈奂为弟子，曾邀其入住枝园，为段玉裁校刊书籍。其中细节，在江沅给陈奂的书信中可以得知。江氏在闽期间，曾给远在家乡苏州的陈奂写信说："闻近日下榻枝园，校刊□□，□□之甚。"书信原件残缺处，当为"说文"乎？通读陈奂的文字及其友朋书札，确实可知，陈奂曾受段玉裁之嘱，校订段氏所注《说文解字》。陈奂在校读了"手部"之后，发现了问题，虽然他是学生，但在书信中也毫不掩饰，及时指正，段玉裁将他视为学术上的"诤友"。对于学生的这番情谊，段玉裁自然心怀感激，在给陈奂的回信中，明确表示已经根据其建议，对注文重加厘正。现在通行的《说文解字》段注对"捼"的注释中有这样一段文字，接于"摧者，挤也"之后："《周礼·守祧》《礼经·士虞》《特牲》《少牢》，'隋祭'，或作'隋'、作'堕'，或作'捼'，或作'绥'。'隋'当是正字。'捼''绥'当是假借。郑云：下祭曰'堕'，'堕'之言犹'堕下'也。按：'隋'声、'妥'声，同在古十七部。许云：'捼，摧也。''摧'亦有'堕下'之义。'捼'篆，叠韵双声，皆当'妥'声。下'捼莎'一解，则更当从'妥'，不待言矣。'从手妥声'，各本作'委声'，今正。徐铉曰：俗作'捼'非，乃因《说文》无'妥'，而为此谬说也。"这就是段玉裁根据陈奂的建议补入的，这与段玉裁给陈奂的信中文字完全一样。

此外，陈奂还指出了段玉裁在"虫"部中的一个低级错误，"蠡"本应从"终"，但段玉裁的原稿中却写成了从"冬"。段玉裁在回信中也深表感谢，并将原稿中错误的地方加以改正："𠂕声，职戎切，九部。𠂕，古文终字，见'糸'部。"面对自己书稿中的错误，段玉裁也深表自责、自谴道："夜枕上思之，一毫不错。不知何以昨日何以糊涂错乱至此，所谓心不在焉。"细细读来，颇为真实感人，这绝不是段玉裁维护自己声誉的粉饰之词，实乃是学者青灯黄卷书斋著述生活的真实写照，更何况流离他乡，晚境苦困、杂沓不堪，所谓如鱼饮水是也。智者千虑，偶有一失，难免也，绝不能因一眚而掩大德。对朋友在学术上的错讹，陈奂和江沅等苏州学者所表现出来的是充分的理解和尊重，江沅曾对人说："茂堂先生垂老，精神已衰，往往有取未定本入刻，而反遗定本者，《尚书撰异》中某卷是也。"近代苏州著名文献学家王欣夫先生在《蛾术轩箧存善本书录》也由这一段学术情谊而生发议论曰："今观此深自刻责语，读者当谅其苦心，而徐承庆辈抵隙掊击，得毋太过。"苏州文人学者所表现出来的学术包容性和宽厚是非常可贵的，这也是苏州学术文化能够在各个时代不断前行，并引领时代潮流的重要原因。

《东吴六志》：中国第一部大学校史

十数年前，笔者在整理点校中国第一部中国文学史论著——黄人《中国文学史》时，曾在苏州大学档案馆翻检过徐允修所撰的《东吴六志》，对书中所记载的早期东吴大学在教学、研究诸多方面取得的成绩印象深刻。2020年，在苏州大学迎接双甲子校庆之际，又得机缘，详阅这部近百年前的小书。书虽小，然其意义非凡。1926年，《东吴六志》甫问世，东吴大学国文教授薛灌英在序言中就说，从晚清开始，许多新式学校如雨后春笋般涌现，"国中学校如林矣"，但始终以没有一部"胪陈始末之载记"的"学校过去史"为憾。薛氏所谓"学校过去史"，采用"以事别者"，详载学校"自始创而赓续相延之历史"，即是今日通行的校史。徐允修所撰的《东吴六志》正好弥补了这一缺憾，在当时就被视为前无古人的工作，就笔者目前不完全的调查，《东吴六志》是目前所知中国现存最早的一部大学校史。

《东吴六志》的著者徐允修，江苏吴县人，晚清贡生，是东吴大学早期年资最深的教职员，"凡历博习、中西、东吴三易名以迄于今"。早在光绪二十三年（1897），徐允修应东吴大学的前身博习书院之聘，任国文课教师。东吴大学创立后，他还担任学校的中文秘书，此后三十年一直没有离开东吴大学。徐允修来校前的东吴大学前史，"先生亲闻之"诸位耆硕故老；莅校后，"先生更身在局中，无役不与"，所以他对早期东吴大学校史"知之綦详且确"。在学校的工作之余，徐允修先生"回想前尘"，将"记忆所及，与较有兴味者录存"，写成《东吴六志》。全书分六章，分别记载了学校的起源、设备、成绩、师资、生徒、琐言

（按：指杂记）。因而，《东吴六志》对于考镜东吴大学最初的发展历程，理解创校之初现代教育思想的形成以及现代大学教育制度的建设，都有着非常重要的意义，也是最一手的原始文献。根据《东吴六志》的记载，东吴大学的许多教育理念，直至今天也属先进，笔者将其中所述内容归纳为"放眼世界，顺应潮流，中西融合，融会贯通，博雅淹通，务实创新"数语，或径可称之为"东吴经验"。具体说来，有以下四点认识，实可为今人借鉴：

一、在中西文化交融的教育实践中，顺应世界潮流，学习西学之同时，重视中华固有之文化，以期"相互考证，免除隔膜"

审视东吴大学之发展前史以及大学堂之创办，其背景是在近代中国积贫积弱、列强入侵的时局，更是在中西文化碰撞交融的大势下。孙乐文初来苏州时，也是抱着"望我华人同应世界潮流，恒以灌输西学为职志"的目的，"仿西国学校之意旨"创办中西书院的。东吴大学自成立起，一直秉承延续着中西书院中西并举的教学思路。与早年的一些教会学校相比，"孙校长设学，所最注重者，我国之国学"，"先生设学，首重国文"，这在东吴大学的课程设置中就能清晰地感受到。在孙乐文的支持下，中国第一部《中国文学史》由黄人撰著，诞生于东吴大学。孙乐文校长曾对中国学生说："中国学生当首取祖国固有之国粹，发挥之、光大之，不应专习西文，置国本于不顾。"对校中教职员、学生或是社会各界人士，只要"语及求学一事"，必谆谆谓之曰："地球面上无论何国欲图自强，其间重要关系，全在精究本国之学术，从未见有放弃本国学术，而其国得以兴盛者。今我以西学相饷，不过欲中国青年于本国学术外，得有互相考证之可能，免除中外隔膜而已。事有本末，功有体用，能勿误认，庶乎近之。"

孙乐文校长"相互考证，免除隔膜"的这一观念，比之晚清以来，中国学术思想界一直纠缠不清的"中西体用"问题的争论，确实要通达许多。中西文化只有在相互了解、相互沟通的情况下,才能够相互促进,共同推进人类文明的发展。正是在这种自由会通的学术氛围中,国文教习黄人在讲授《中国文学史》课程时,就向学生介绍了比较文学这一学科,并运用比较文学的观点、方法来研究中国文学,当之无愧地成为这一学科在中国发展的先行者。

对于中国传统文化、传统节日,孙乐文表现出了极大的重视和尊重,在东吴大学的假日安排中,每年除了"暑假约六礼拜,年假约四礼拜",也安排"端午、中秋两大节各假三天"。对于苏州本地文化,东吴大学的主事者也表现出极大的兴趣,1920年,学校设立了吴语科,系统地从事吴语及文化的教学和研究。如何立足中国文化、立足吴地,结合地方科学、文化、经济的发展,积极开展并推进教学和研究的深入发展,即便在今天也是我们面临的一个重要课题。

二、全人教育、"高尚教育"教育理念的全面实施

东吴大学肇造之初,就把《圣经》中的"Unto a fullgrown man"这句话作为校训,强调对学生人格、素养的全方位培养,实现为社会造就"fullgrown man"的教育理想。1927年,杨永清当选为第一位华人校长,把"养天地正气,法古今完人"作为中文校训,与英文校训相呼应。虽然东吴大学是一所教会大学,但在学生人格的塑造上,绝非如世俗所想象的那样,采用生硬的道德宣教,"其管理学务,一主宽仁"。校规中明确说:"本学堂以君子待人,设规极简,务望诸生亦以君子自待,勿负本学堂厚意。"在纪念孙乐文先生去世三周年的演讲中,东吴大学第三届毕业生杨惠庆将这种教学总结为"高尚教育"和"模范教育"。在这种全人教育、"高尚教育"理念的指引下,早期东吴大学的教学活动不仅仅局限于科学文化知识的传授,对教师学生的道德品行、科学精神、身体素质、审美能力以及演说辩论等诸方面的能力也尤为重视。

《东吴六志》在《志成绩》这一部分中对学生在体育、辩论、音乐诸方面所

取得的成绩记载得尤为详细，无须赘述。何以取得如此辉煌的成绩？这都有赖于东吴大学早已将这些视为涵养学生人格、发扬学校精神的主要途径。试以艺术教育为例，略作说明。所谓"陶情淑性，莫善于音乐"，故而音乐教育、艺术熏陶在东吴大学的人才培养中意义非凡。其中不乏由学生自发成立的民族弦乐社团（诸如景偓会等），更有"为学校所规定，与体育之兵操并重"的军乐队，校方如此重视，其目的是"发扬本校之精神者也"。此外，还有在中国大学戏剧社团中实属元老级别的东吴剧社，一直把戏剧的"意义与价值"定位为"表现人生"的艺术，以期"对于社会亦略有贡献"，也成为学校化育学生的重要舞台。这正是中国古代礼乐教化传统之继承与发扬："吟哦讽咏，浸润优悠……孰谓其无益于世道也哉？"

更有值得大书一笔的是，东吴大学的青年会，"联合同志，各以学问、道德相砥砺"，以"救世之旨"创办了惠寒小学。《东吴六志》虽未记载，但核之于《1922年东吴大学年刊》等档案，可以考知其详。1910年，青年会在望星桥堍的一间小屋中创办了"嘉惠寒畯"的惠寒小学，历经"艰难辛苦，缔造经营"，东吴学生中"愿牺牲一己而于教育事业上具热心者"，积极充当惠寒小学的"义务教员"，到1922年的时候，惠寒小学的学生已达72人之多。

三、通识教育的初步探索和实践

《1918年东吴英文年刊》上有一张东吴大学附属第二中学学生的兵操图，背景中礼堂门楣上挂着"学重淹通"的匾，这自然可以视为东吴系学校（从中学到大学）人才培养和课程设置方面的重要理念。自北洋政府"壬戌学制"颁布之后，东吴大学严格按照规定，实行了学分制。在东吴大学的课程设置中，明确提出了"主科"和"副科"相对应的学分要求。这就是东吴大学在积极探索的"主科—副科"（即今天之"主修—辅修"）制度，通过这一制度的实施来积极推行通识教育。在学籍规定中，还专门列有《主科—副科之规定》，其中明确讲到"主科—副科"制度的目的是"俾所学得臻融会贯通之境"，且规定"主科至少须有二十四学分，副科至少须有十四学分"。学生在完成本专业所列的必须修习的"主科"之外，还必须按规定完成一定数量与主修课程相关的"副科"，比如：中国文学专业的学生"得以任何文科学程为副科"，教育科的学生"得以文理科任何学程为副科"，生物学和化学的学生"得以他种理科学程或算学为副科"。这种追求让学生"臻融会贯通之境"的通识教育理念，在此后历年的学程规范中都得到了很好的延续。时至21世纪的今天，通识教育依然是高等教育改革的热点和难点，百年前东吴大学的一些做法，对今天的大学教学改革或许会有些参考和借鉴的意义吧。

四、审时度势的务实精神和与时俱进的创新精神

单就《东吴六志》所记载的史实来看，东吴大学肇造之初的主事者极具审时度势的务实精神和与时俱进的创新精神，这应是东吴校史遗产和学术传统中最宝贵也最值得传承的。早在东吴大学堂创立之前，来华传教的林乐知、孙乐文等人皆"望我华人同应世界潮流，恒以灌输西学为职志"，欲"仿西国学校之意旨"，创办"西法学校"，但考虑到当时的中国国情，实乃"尚在旧教育时代"，创办的所有学校都"不曰学堂、学校"，而是以当时中国人更易接受的"书院名之"。随着教会学校在中国办学规模和影响的扩大，以及旧式科举考试的逐渐式微，热衷于教育事业的诸位先生，"知华人之风气已开，设学时机已到，遂开始为筹备大学之运动焉"。就在筹备创立东吴大学堂的过程中，皆选派"林乐知先生、柏乐文先生等旅华较久、熟悉华事者，会同酌办"，他们并没有急于求成，而是根据中国的实际情况，"不敢鲁莽，先于我国社会、官厅各方面屡加探讨，迨至已有把握，即拟就计划书，先商之于学属部（即今校董部），再商之于差

会"，最后确定方针。在东吴大学堂办起来之后，以孙乐文为首的东吴主事者也是审时度势，循序渐进地推进着大学堂的发展。"校中规程，历年多有修改，屡经修改"，逐步完善，最终建立起较为合理的现代大学制度和教学体系，在当时的中国实属领先，一时群彦辈出，成就了20世纪上半叶中国教育史上的奇迹。

正是由于这种审时度势的务实精神和与时俱进的创新精神，早年的东吴大学不仅见证了中国现代大学筚路蓝缕的艰辛，也引领着20世纪前半叶中国现代高等教育发展的潮流，在这里诞生了许多中国现代大学教育的"第一"和"最早"：东吴大学是我国最早建立现代大学制度的高校之一，是最早开展研究生教育的大学，最早的硕士学位获得者、最早的大学学报《学桴》(《东吴月报》)、最早的大学文学社团刊物《雁来红》、中国第一部现代百科全书《普通百科新大辞典》、第一部具文学史意义与规模的巨著《中国文学史》等全国首创的新鲜事物，无不诞生于此。

邓邦述及其群碧楼的藏书故事

无数次走过侍其巷,巷子中的老楝树依旧那样安详平和。作为二十四番花信风的殿军,楝花开过,芳菲暂歇,送走了春天,迎来了夏日。一年一年,岁月的流逝,淡去了历史的痕迹,老房子屋脊上的瓦楞,垣墙上斑驳的旧痕,似乎还在诉说过去的故事。1932年,章太炎先生决计定居苏州,"尝买宅于侍其巷",后"以地窄未迁",其地今亦无从寻觅矣。然而老楝树旁边的侍其巷38号的门墙上,一块简易的木牌上,写着"邓邦述故居",似乎在骄傲而倔强地向世人昭示,这里曾有过一段值得后人叙说的往事……

一

邓邦述(1868—1939),近代著名藏书家、诗人,字孝先,号正闇,江宁(今江苏南京)人,清光绪二十五年(1899)进士,授翰林。清代两广总督邓廷桢曾孙。金陵邓氏自清初以来一直为江南望族。邓廷桢的高祖邓旭(1609—1683)本籍寿州(今安徽寿县),罢官后定居南京,在明代魏国公、中山王徐达万竹园旧址建园,仍用旧名,邓廷桢诗中所谓"我家万竹园,十亩森寒碧。揭来中山居,橐笔暂为客"是也。邓氏万竹园中有藏书楼青藜阁,邓邦述曾有诗追溯当年的盛况曰:"秘阁青藜列万签,古香喷纸透疏帘。"一时间,邓氏万竹园吸引了王士禛、方文、施闰章、魏裔介、顾嗣协等著名文人前来唱和。万竹园中丰富的藏书和诗文唱和,成为南京城南一道绚烂的文化景观,直到邓廷桢时,此风依然长盛不衰。邓廷桢有诗写道:"瓶花左畔列牙签,镇日焚香下布帘。束发儿能受章句,齐眉妇解理齑盐。良朋忆旧车频过,群从耽吟韵屡拈。"邓邦述的一生,酷爱收藏古籍。这既是邓氏家族传统的传承,也深受岳父、晚清著名藏书家、学者赵烈文(1832—1893)以及妻兄赵宽(1863—1939)的影响。对此,邓邦述在《群碧楼书目初编自序》中有过明确的叙说:"余年二十二,始就婚于虞山,外舅能静(赵烈文)先生筑天放楼,藏书数万卷,得读未见之籍。""赵止非(赵宽号止非)之强识洽闻,则吾藏书之导师也。"正是这些原因,邓邦述遂"慨然有志于收蓄"。

<h2 style="text-align:center">二</h2>

清光绪三十年(1904)前后,邓邦述开始了他的买书、藏书的生活,几乎把所有的薪俸都用于购书。邓邦述一生藏书总量约4万卷,其数量虽不算多,但质量特别高,仅宋刻本就达1800多卷,此外还有很多珍贵的元刻本、明刻本以及各种名家的旧钞、名校。

光绪三十一年(1905),邓邦述受清政府委派,前往欧美诸国考察宪政。次年回国后,就以重金购得两部南宋临安书棚本唐人诗集:《李群玉诗集》和李中的《碧云集》,这两部宋版书曾是清代苏州著名藏书家黄丕烈士礼居的旧藏。根据书卷中的题跋、印章可知,包括文徵明、金俊明、徐乾学、季振宜、安岐、黄丕烈等明清著名学者、藏书家皆曾入手收藏。所以,邓邦述视如拱璧,就从这两部书的书名中各取一字,把自己的藏书楼取名曰"群碧楼",由此拉开了邓邦述入藏宋、元版书之序幕,用他自己的话说,此乃"初买宋版书之始"。此后,群碧楼陆续收藏的宋版书有《曹子建集》《韦苏州集》《桯史》《刊误》《诗经》《披沙集》《崇古文诀》《大学分门增广汉事实》《五代史详节》《医说》,元刻本珍贵古籍有《法言》《梦溪笔谈》《唐三体诗说》《韦苏州集》《松雪斋文集》《唐诗鼓吹》《唐音》《风雅翼》《礼经会元》等。

　　晚清民国时期的藏书家,一度追捧明代嘉靖刻本,邓邦述群碧楼入藏的嘉靖刻本旧籍就曾多达150部,并把这些书籍聚集于一室之内,名其室曰"百靖斋"。

　　邓邦述一边藏书,一边不断整理、编目、研究,他先后为群碧楼的藏书编纂出《双沤居藏书目初编》《群碧楼书目初编》(附《书衣杂识》一卷)、《群碧楼善本书录》《寒瘦山房鬻存善本书目》等书目。这些书目较为详细地载录了邓邦述藏书的情况,书目中,还有不少小叙、题跋等文字,这些对我们了解邓邦述的藏书经过、藏书观念,以及他的学术思想,都有一定的帮助。

　　邓邦述藏书,略有"佞古"之嫌,对宋元以来的珍稀古籍,可谓不惜血本,也有一定的研究,但对于近世文献,则相对较为生疏茫昧。他曾入藏清代吴派经学代表人物沈彤的《释骨》,邓邦述认为这是未曾刊刻的传抄本,其实《释骨》不但有单行的写刻本,在沈彤的《果堂文集》中也有收录刊刻。伦明在《辛亥以来藏书纪事诗》中,以诗嘲之曰:"群碧徒知尊古本,一篇释骨语懵懂。"

　　痴迷于藏书事业的邓邦述,在买书的过程中,常常体现出一股"豪气",他说自己买书的时候有一种"千金市骨之意"。所以,无论他到北京,还是到上海、苏州、南京,书商都纷纷抱书上门,但凡有中意的古书,他都会"举债收之,初无吝色"。在清廷覆亡之前,邓邦述还有一份较为稳定的薪俸,虽然因买书而债台高筑,但他似乎对未来的仕途还有一定的期待,或者说是一丝的幻想,因而,他对债务并未太在意。但是,辛亥革命之后,邓邦述的人生和家境发生了重要的变故,他自述"辛亥国变,贫不自给",以至于"不克举火矣"。因买书而债台高筑,家中几乎无法开伙,在极度窘迫中,邓邦述离开家族世代居住的金陵万竹园,寓居苏州。

三

　　1921年,邓邦述开始定居苏州,与吴中文士交往密切,定居在侍其巷,仍依居宁时的旧称"群碧楼"。1929年夏,邓邦述和吴梅、王謇、张茂炯等八人,创立了六一消夏词社,填词唱和不辍,诚如他自己所说:"乔木鸣莺,不废嘤求之雅。"邓邦述能诗词,对倚声填词似乎更为喜欢些。据他自述,幼承家学,"弱冠之年即好倚声",尤倾心于常州词派的张惠言、周济,"茗柯(张惠言)、止安(周济),论选精当,心所笃跂"也。后又有幸厕身一代词宗朱孝臧之门墙,"叨闻绪论,顾传衣钵"。就邓邦述的词学渊源来看,他宗奉的是常州词派的"寄托说"。从家学来看,他的曾祖父邓廷桢,不仅是一位词人,更是一位心系天下家国的政治家和爱国将领,其词作中有很多咏及历史和时事,这无不对邓邦述的词创作有着很大的影响。邓邦述曾编辑过曾祖的词集《双砚斋词》,读后曾慨叹道:"曾曾小子,敢逊志于为箕?"邓廷桢的词作,"忠诚悱恻,咄唶乎骚人,徘徊乎变雅"。

　　这种强烈的现实精神,同样也在其诗歌创作中得到淋漓尽致的表现。据陈声聪《兼于阁诗话》载,邓邦述有《群碧楼诗钞》四卷,首数篇皆为述晚清闽台时事者。《客有谈台北近事者,赋以纪之》较为详细地叙写了中日甲午海战前后,丘逢甲、唐景崧抗日保台的爱国活动。《诸罗五绝句》(其二)则记载了台湾岛上的特产,上海和台湾岛之间的直航商船把台湾出产的糖源源不断地运到上海,其诗曰:"笋茁槟榔脆,林霏橘柚香。糖多知蔗美,浮海有新航。"

四

　　定居苏州以后,邓邦述的收入急剧下降,家计日益困窘。1927年,邓邦述因经济上亏空巨大,只得卖书还债。日本人闻风而来,想购买群碧楼中的珍贵古籍,但邓邦述不希望自己毕生收藏流到海外,就带着自己的《群碧楼善本书录》前去拜访蔡元培，表达愿意将自己珍藏的古籍以五万银圆的价格售予中央研究院。邓邦述自己曾在《群碧楼善本书录序》中说到此事，言辞中不无心酸和无奈："丁卯（1927）春，茹痛持一单向人求鬻。"据《沈燕谋日记》披露，中央研究院在购入邓邦述旧藏古籍的过程中，还经历了一些波折。当时负责中央研究院院务的地质学家丁文江提出不同意见，认为花五万银圆去购买一批旧书，不如用于研究地质，"岂非有益于国计民生者乎"？早在1923年，丁文江和张君劢引发了中国思想界的"科玄论战"，最终以丁文江为代表的科学派占上风为结局。因而，丁文江的这一态度是情理之中，也是能够理解的。但当时负责办理购书的叶景葵却回应丁文江说："如君所言，则京中琉璃厂的书铺统统关门，从此无处肯印中国书者矣！"此后，丁文江也不再阻止此事。邓邦述把自己珍藏的一半珍贵古籍善本卖给了中央研究院历史语言研究所，其中有不少宋元时代的佳刻。1949年后，邓邦述群碧楼的这部分藏书一直藏于台北南港的傅斯年图书馆。邓邦述为鬻存的书籍编了一份书目《寒瘦山房鬻存书目》，在这份书目的序言中，邓邦述颇含辛酸地说道："昔借债以买书，今鬻书以偿债。"令人不胜唏嘘感慨。

群碧楼所剩的其他书籍，在邓邦述去世后，家属又悉数给了苏州书商孙伯渊。孙伯渊在邓邦述的这批旧藏中遴选了300多种，运到上海，编目标价，准备出售。郑振铎等文化名家先后收到这份有标价的书单。1940年3月26日，郑振铎在给张寿镛的信中就曾说到这件事："孙贾曾将《群碧目》中各书，注明价格送来。"郑振铎看到这份书目后，不无赞叹道："佳本缤纷，应接不暇。"

邓氏藏书散尽后，历经岁月的沧桑，旧时的群碧楼，早已成为七十二家房客杂居的屋舍，山墙上斑驳的痕迹，在夕阳的映照下，似乎还依稀镌刻着曾经的风华。

先贤垂范

"时事关怀感慨深"：李超琼的诗歌及其理想人格

金鸡湖与李公堤

　　每当夜幕降临，华灯初上，李公堤上鳞次栉比的商户，被五彩缤纷的霓虹灯映照得璀璨夺目，人流川流不息，彰显着这里的繁华。然而，这条极具江南水乡特色的国际风情商业街，在一百多年以前，却是一项保护农田、便于水路交通的水利工程，其之所以命名为"李公堤"，就是为了纪念主持修建长堤的一代廉官李超琼。

一

　　李超琼（1847—1909），原名李朝昱，字紫璈，又字惕夫，号石船居士，四川合江人。清光绪五年（1879）中举。光绪九年，以候补知县分发江苏。光绪十二年，任溧阳知县。光绪十五年，署元和知县，次年实任。此后，辗转于江南诸地，先后担任阳湖县（今江苏常州）、江阴县、无锡县、吴县、南汇县（今属上海市）、上海县知县。1909年病逝于上海。

　　虽然李超琼并不以诗文著称，但其一生中有写日记的习惯，据他儿子在其日记上的批注说，李超琼每天晚上"亥时就寝"，"未寝前则写日记，数十年未尝或辍"。此外，他还喜欢作诗，且诗歌作品多以其行踪和任所为单元进行编集。幸运的是，李超琼的日记和诗文作品集手写稿，一直被其后人珍藏，现已捐献给了苏州工业园区档案馆。经园区档案馆的整理，已经公开出版，透过这些鲜活生动的文字，今天的我们可以真实、清楚地感受到百余年前这位苏州基层官员的言行和高风亮节。

　　清光绪十五年（1889）六月初九，李超琼调元和县令。六月二十九日，与溧阳县令的继任者完成交接。七月十八日，来到苏州，就任元和县。下车伊始，就遇到了苏州发生水灾，"淫霖败稼，农田十九成灾"。他亲眼见到洪水横流，田野淹没，李超琼悲悯不已，写了一组《潦农谣》，深情感叹道："早稻生芽田又绿，晚禾入水浪翻黄。更闻高阜无全粒，愁说明荒又暗荒。""没胫刈禾惟得半，凭船捞稻更无多。终朝呵冻犹胼手，无食无衣苦奈何。""北风猎猎寒刺

李超琼手稿

骨，携镰下水行屡蹶。稼穑艰难我亦知，此情未见谁信之！"

面对严重的水灾，李超琼积极应对，大兴调查之风，深入田间地头和乡民家中，着手"履勘情形"，对受灾的情况了如指掌，而后"分别轻重，剔荒征熟"，为真正受灾的百姓减免赋税，体现出求真务实的作风。在灾情发生的时候，斜塘、用直两镇的村民情绪激动，"势颇汹汹"，陈墓、唯亭一带有佃户"势将滋事"，面对这些复杂的社情问题，李超琼不畏艰辛，不惧困难，只身"单舸"，"驰往开导"，动之以情，晓之以理，"以情理曲喻之，乡民皆帖然知悟"。在李超琼的感召下，元和县"境中独安堵无事"。

元和县作为省城的"附郭巨邑"，县衙位于苏州城内，江苏巡抚衙门又在苏州城内，"与长洲、吴县分治省会"，官员间的社会关系、人际关系复杂，因而"政务最繁"，官吏、衙役中"舞法舞文"的现象较为普遍，且"尤未易收抌"。李超琼明知此事不易处理，而且会得罪一些权贵，但他毫无畏惧。在诗歌作品中，李超琼曾袒露过心声，其中有曰"吾官可去不可怵，良民岂任轻冤诬？""万目注观生畏敬""始知世有强项令""上官不吝转圜速，君非好辩实深忧"。"莅任之后"，李超琼就开始"密察而勤考之"，并将这些弊政"摘发"出来，令不法之辈颇感意外。李超琼诗中坚持"不以殃民为得计"，对弊政的查办绝不姑息，同时还"随时随事"辅之以"劝诫殷勤"，使得过去"舞法舞文"者，"渐乃知所忌惮"，"始皆惕然、忻然"，元和县衙的吏治得到了很好的整肃。

纵观李超琼几十年的仕宦经历，无论是在苏州的元和县、吴县任职，还是在江南其他地方任职，李超琼都始终坚持深入民间，到老百姓中去，与老百姓同呼吸共命运，这是他一以贯之的作风。用"夙兴夜寐"来形容，一点不为过，"朝来轻棹过齐门，踏遍湖东水上村"这样的情景，是他工作、生活的常态。在元和县令任内的第一个岁末，李超琼冒着风雪，行船巡遍元和县所辖的各乡镇，李超琼所作《岁暮巡乡舟中杂诗》可以为证："轻舟乍转葑门东，来趁黄天荡里风。行过车坊帆未落，又听飞雪打孤篷。""江合吴松水路宽，陈湖飞渡晚烟寒。僧居壮丽民居陋，寝浦重经未忍看。""鱼梁蟹簖锁溪漘，野市千家夹水滨。父老犹能谈往事，荒烟丛有宋宫人。""返棹西循甫里塘，天随游钓此江乡。寿昌桥下闲停楫，无数鱼罾晒夕阳。""双板桥西暮霭横，斜塘灯火隔江明。一篙又泊霜林外，尚听渔舟曳网声。""金鸡湖上晓晴开，解缆今朝向北来。澄绝沙湖风浪静，波痕绿到唯亭回。""竿头飞电遍江村，外跨塘边昼已昏。岁事阑珊民未乐，独含愁思入娄门。"一路行来，就先后到过莘门、黄天荡、车坊、吴淞江、澄湖、寝浦、甫里、斜塘、金鸡湖、沙湖、唯亭、外跨塘、娄门。

二

由于前一年的受灾歉收，清光绪十六年（1890）的春天，李超琼持续下乡放春赈。在赈灾发放中，李超琼加强对实际受灾人口的调查核实，切实做到"实无遗滥"，"民无流殍"，其间既没有漏发，也没有滥领冒领。与此同时，他还在元和乡境内创造性地提出了"以工代赈之法"，发动受灾的民众修建水利设施，修建了旽字圩等多处圩岸，增筑了莘门外、娄门外的官塘驿路，还修复了车坊等地多座倾圮的桥梁。

李超琼"兴锄利氓为己任"的所作所为，百姓和地方士绅看在眼中，深受鼓舞，一时间士绅和百姓们士气大振，纷纷向李超琼进言献策。元和县的士大夫吴大根、吴嘉椿、沈宝恒、潘祖谦、沈国琛、尤先甲、张履谦等，提出在金鸡湖中修建堤坝的请求。

金鸡湖旧称"金泾溇"，在元和县所辖区域之内，"东西广六里，南北袤十里，东达斜塘，西至黄石桥，南连独墅，北通娄江"，"巨艑小艓，往来如织"，是当地百姓和商船水路交通的"通津"。每逢北风怒号之际，"回飙骤发"，湖面的风浪滔天，湖面上的行船极易发生危险，动辄"樯摧楫倾，帆欹柁侧"。长久以来，

"顽飔啮堤",湖堤冲毁,"怒流溢入"金鸡湖南、北两岸的良田,使得原先的"绿原青陇,化为污渠"。一直以来,两岸的百姓都在谋划在湖中筑堤坝,以减轻风浪对堤岸和农田的损毁,然而"有倡无应,厥功不成"。

李超琼得知后,觉得此事重大,便与士绅、百姓共谋此事。李超琼在报请上级"台司"后,将此前赈灾的结余款一万两"以成斯举"。乡绅张履谦出钱二百万,沈国琛出钱一百万,筹措修建堤坝的施工材料,招集工匠。在施工的过程中,充分利用苏州城内的"碎瓦残甓",运来作为填充物料,"以实堤身",因此省下了一笔较大的开支;李超琼积极发动"贫民无食者,俾食其力","故工不浮",施工效率极高,也没有影响到农事,"越一载堤成"。长堤分东、西两段,"西堤自黄石桥东口至花柳村,长三百六十一丈;东堤自花柳村至斜塘西口,长三百一十九丈,共用钱一千八百万有奇"。为了更好地护堤,在堤岸边"护以菱芦,守以渔沪,荫以桃李"。

长堤筑好之后,登堤远望,水波不兴,"楫马船车,如行几席",一派祥和安宁的景象。自此以后,金鸡湖周边的农田因此而免受洪水的侵袭。李超琼曾在诗歌中描写堤成之后的景象有曰:"东来南去路平平,圩岸重围水上田。""新筑堤成舟楫稳,金鸡湖浪不惊人。"赖此,元和百姓受惠颇多,亦开启了"秋光满地熟吴秔"的富足生活,在李超琼此后的巡乡中,时常有这样的见闻和经历:"乌榜时闻乐岁声。""民喜官如逢旧友,我行野最得闲情。"在农业文明的时代,农业生产是国家经济的命脉,因此兴修水利、保障农业生产,就成为官员任职地方的首要任务。历史上有不少清官能吏,在其任职之地留下了著名的水利工程。唐代诗人白居易出任苏州刺史,疏浚山塘河,修建长堤,"尝作武丘路(按:今山塘街)"。完工之后,水路开阔,船行便利,百姓"免于病涉";此外,亦"可障流潦",解决了雨季的城市内涝。吴人范仲淹担任泰州西溪(今江苏东台)盐仓监的时候,主持修建了从楚州盐城经泰州海陵、如皋至通州海门的捍海堰,世人称之为"范公堤"。在李超琼看来,农田水利建设是县邑治理的基础,在苏州更是重中之重,他在《秋怀用东坡韵》一诗中说道:"不识滨湖田,谁能捍禾黍?三吴亟水利,宣泄汇黄浦。胡为三日霖,遂使忧百亩?"在他的主持下,金鸡湖长堤很快修建完成,张履谦等人邀请俞樾作文以纪此盛事。俞樾依照古时旧例,把金鸡湖上的长堤"名之曰'李公堤'"。

世人感念李超琼,将新修的长堤命名为"李公堤",但李超琼并没有丝毫得意或沾沾自喜,而是难得的"人间清醒",始终对民心、民意保持应有的敬畏,他在自撰年谱中有谓:"因人之力,而余尸其名,是可愧已!"这样的意思也反复见于他的诗歌作品中。在一次乘船勘察金鸡湖长堤的时候,他看到"巨浪重湖截,清流六港通。歌听帆上下,利便亩东南"的场景,内心自然有一种喜悦之情,但他在诗作和自注中都反复自陈道:"一诺经吾画,羞看拟白公。""邑人以为余始筑也,名之曰'李公堤',且书三字勒之石,甚以为愧!"

三

李超琼这一生,虽然官位不高,长期沉沦下僚,但其内心挂怀的始终是民生苦乐,他在诗中常说:"推此烛民隐,痌瘝若己私。""岁终苦乐千村异,老去情怀两鬓斑。无补民生图自困,一年曾得几时闲?"就连在病榻之上,他还心念民生和天下时事,"病余未损是诗心,镜里添多白发侵……年华如水消沉易,时事关怀感慨深",这是李超琼病中的自我抒怀。

"位卑未敢忘忧国",李超琼的一生,真正践行了陆游的这种爱国精神。对于个人的官位和得失,李超琼看得极为淡泊。李超琼有一组组诗《去官乐七章》,采用了古体诗中的"七章体",围绕"去官之乐乐如何"这一问题,展开叙事、议论、抒情,李超琼对于做官和"去官"的认识和理解,有着超越常人的清醒。诗作中有不少话语,足以令世俗中那些庸碌无为、唯官位是图的贪枉之辈汗颜。在诗歌中,李超琼对南朝官员褚玠"行李轻赍装"的廉洁清贫,表达出由衷的敬意,对陶渊明"不为五斗米折腰"的风骨更是推崇备至。在李超琼看来,为官一方,既要为民做主,解决好百姓的实际困难,同时还要清正廉洁,恪守官箴,做到"澄怀自拟玉镜朗,兀坐能使冰魂清"。唯有如此,才能在退隐之后,真正享受到"清白留传子弟贤,诗书陶铸儿孙福"的福报、内心的坦荡,更能体味到"澄怀自拟玉镜朗,兀坐能使冰魂清""青天白日开心胸"。至于官位之高低、升迁或贬谪,并不是衡量官员成功与否的准则,那只是世俗浅薄的认知。李超琼长年担任知县,仕宦之途并不煊赫,就连自己的生活也颇为清贫和拮据,但他却始终甘之如饴,诚如他的诗句所云,"饭洁蔬甘滋味足""宠辱不到天倪翔,悠游卒岁歌芬芳"。"君子固穷",却始终安贫乐道,不失节操,这是中国古代儒家知识分子的优良传统,是值得珍视的传统美德。今天的我们岂能因李超琼长年担任知县这一基层官职,始终没有得到升迁,而简单粗暴地认为他"多少有点问题"呢? 若如此,这不仅是对李超琼的偏见,更是对中国文化传统的隔膜和误解!

　　　附:俞樾《李公堤记》

　　吴,故泽国也,浅者沮洳,深者洄汋,其大者灏瀁潢漾,弥望无涯,虽饶荷荇芰莲之利,亦极叠淄盘涡之险。出葑门不十里,有金鸡湖焉,元和县所辖也。东西广六里,南北袤十里,东达斜塘,西至黄石桥,南连独墅,北通娄江。有花柳村者,介其中央,遂分一湖而二之,于是有南湖、北湖之名矣。巨艑小艓,往来如织,而南湖尤为通津。每当北籁怒号,回飙骤发,经由其地者,波而上,摇而下,樯摧楫倾,帆欹柁侧。长年三老,视为畏途。南北两岸,并有田畴,顽飔啮堤,怒流溢入,则绿原青陇,化为污渠。邑人聚谋,宜筑堤湖中,以絪其势。有倡无应，厥功不成。邑侯李公超琼，下车之始，咨访疾苦，以兴锄利氓为己任。于是，邑之士大夫吴君大根、吴君嘉椿、沈君宝恒、潘君祖谦、沈君国琛、尤君先甲、张君履谦等，佥以筑堤为请。会是岁淫雨为灾，朝廷发内帑以振之；又开振捐之例，集赀以助之，振毕而赀有余。乃言于台司，发所余银一万两以成斯举。张君履谦先出钱二百万，沈君国琛亦出钱一百万，备鸠工庀材之用。且役贫民无食者，俾食其力，故工不浮。运城市碎瓦残甓，以实堤身，故财不费。潘君祖谦、张君履谦总其成，沈君国琛与胡君秉璠、张君毓庆董其役，故农事不伤，而民胥劝。越一载堤成。西堤自黄石桥东口至花柳村，长三百六十一丈；东堤自花柳村至斜塘西口，长三百一十九丈，共用钱一千八百万有奇。护以菱芦，守以渔沪，荫以桃李，登堤而望，则南湖、北湖柔文碎浪，湉湉其波，楫马船车，如行几席。夹岸数十里，原隰龙鳞，有濡腴泽槁之功，无钻崖溃山之患。咸喟然而叹曰："美哉，斯举乎！"昔滑州有陈公堤，临安及惠州均有苏公堤，爰用其例，名之曰李公堤。余旅居兹土，乐观厥成，念汉时李翕《西狭》及《郙阁》，咸刻石勒名，传示后世。作而不记，后世胡述？因著本末，用竢方来。

长洲文氏家族的文化传承与丕变

在中国传统的观念中，仍世隆奕之观念颇为盛行，反映在谱牒之中，"诗书之泽，惟积乃厚，如水之淳，流演可久"这样的话语也就积渐成为习见者。对于这一现象和话语的理解，必须作深层次的思考，这里面首先有一个非常重要的命题，那就是"诗书"文化之泽的"厚积"，才是其历经数代而隆奕的关键。"诗书之泽"中所蕴含的不仅仅是科第与官宦之位，更是一种文化、精神因素的传承与演进，诚如文徵明在《相城沈氏保堂记》一文中所说："诗书之泽，衣冠之望，非积之不可；而师资源委，实以兴之。"相城沈氏作为吴中旧有的文化世族，其门第传承之盛，亦端赖于此。若徒以功名仕途、政治官宦以及由此伴生的财富物态因素为倚重，其结局必然是古人常常所说的"三世而衰""五世而斩"，这几乎是封建时代簪缨世家的普遍规律。吴中文氏家族之绵盛不衰，则一如沈氏，雍正年间苏州士人杨绳武在《文氏族谱续集序》中有云："吴中旧族以科第簪冕世其家者多有，而诗文笔翰流布海内，累世不绝，则莫如文氏。"文氏家族的文化传承与流响，不惟家族之内，更流及整个吴地文化圈，久而弥盛。钱谦益《列朝诗集小传》的《陆师道小传》有云："吴门前辈，自子传（陆师道）、道复（陈淳），以迄于王伯榖（穉登）、居士贞（节）之流，皆及文待诏之门，上下其议论，师承其风范，风流儒雅，彬彬可观，遗风余绪，至今犹在人间，未可谓五世而斩也。"无论从哪个角度来看，吴中文氏家族对研究明清时期江南家族文化都有着极为典型的价值和意义。

文氏是典型的外来迁入家族，用今天的话来说，其迁吴之始祖文惠是"新苏州人"，而就是这样的一个外来文化家族却成了明代苏州文化强劲发展的源头活水和新鲜力量，文氏家族在与苏州文化的相融相摄中，逐渐形成了自己的文化品格，而此亦复成为苏州文化的典范。从这个意义上来看，苏州文化之所以能够有明清以来的兴盛，与这些外来的家族关系莫大焉。如果苏州文化拒绝外来文明，呈现出一种故步自封的状态，也就断然难有明代苏州文化的高潮。对于文氏家族的文化内涵，苏州人以及历来的研究者也自然会联想到诗文书画，甚至将文氏家族在这些艺术领域中的禀赋和成就视为明清苏州文化之全部，这无疑又使得文氏家族乃至苏州文化的内蕴顿然缩水，境界大打折扣。文氏家族先世历代尚武，崇尚节义，而这一家族的优良传统在明清易代之际亦得到了淋漓尽致的展现，与吴中遗逸士绅群体构起了一道独特的风景。故笔者不揣浅陋，就此二端作一辨正考索，以期更为全面地认识文氏家族乃至明清时期苏州文化之传承与丕变。

　　文氏本非苏州故有之家族，且在文徵明高祖以前皆为武人，这一点在文徵明的文集以及文氏家谱中有明确的记载。文氏之祖著姓于蜀，后唐时迁至江西庐陵。宋代宣教郎文宝官衡州而家焉。至元季，文俊卿仕为湖广管军都元帅，镇武昌。其长子定开，入明朝为荆州左护卫千户，赐名添龙；次子定聪，侍朱元璋，为散骑舍人，后入赘于浙江都指挥蔡本为婿，后随蔡氏一起调防苏州。定聪之子（即文徵明的曾祖）文惠"至苏，赘于苏张声远氏，因留居吴门，占籍长洲，是为苏州一支"。以军队"尺籍"落户苏州的文氏家族，逐渐由武转向文，对此，文徵明在《俞母文硕人墓志铭》一文中曾坦言云："吾文氏自衡山徙苏，家世武弁，我先大父讳洪始以文显。"经过几代人的努力与经营，文氏最终成为苏州文化圈之引领者。

　　文惠之子文洪即始以文章为吴中人士所称许。文洪之子文林更与吴宽、沈周等苏州旧族中的著名文人成为挚友，互相切磋，诗文创作、书画技艺以及艺术品位在不断地提升。更有大量的史料说明，文林之子文徵明的艺术成长之路，就得益于包括吴宽、沈周、顾兰、都穆等人在内的吴中文士圈。文氏在和吴中旧有异姓文化家族之间的联通和互补之中，逐渐融入吴中文坛艺苑的主流圈子之中。这一点切不可视之等闲，正是有了这种本地旧有的与外来的、同姓与异姓之间的交流这一地域文化传承的重要环节和锁链，外来的、异姓的家族给当地旧有的文化家族带来了新的文化基因，使本地旧有文化发展过程中的惰性得以克服，从而形成一种良性的发展轨迹。这对旧有家族是一个巨大的推动，对新兴家族也无疑是一个新的机遇，对整个吴地文化的发展都是一个巨大的促进，无怪乎杨绳武有这样的论调："论谱牒于文氏，实吾吴之兴，非文氏一家之私已也。"与文氏家族相仿的还有苏州葑门彭氏，亦是一个显例。正是在这样的背景和进程中，文氏家族经过三代的努力，到文徵明手里，便开始主吴中风雅之盟，而且这一影响不仅限于家族内，在苏州当地更是深广弥久，诚如前引钱谦益所言。所以文氏子孙对这样的显赫也颇为自豪，到了清代，文含在辑纂《长洲文氏族谱续集》时，就不无骄傲地说道："吾宗自涞水府君（文洪）以文学起家，风流奕代，有著述已刊行世者，犹可考据，就含所知，志其目，然亦止存什一于千百。……至丹青翰墨，世擅其长，海内竟称者，无容复赘。"

若从文惠始以文章扬名吴中文苑起，文氏门风之盛历十世而不衰，兹以谱系表，随后配附文字说明，胪举其擅诗文、书画较著者于下：

文洪（1426—1479），字功大，一作公大，号希素。成化元年（1465）举人，屡试不第，以会试副榜授涞水教谕。著有《括囊稿》一卷、《文涞水诗》及《遗文》各一卷。善诗，饶有恬淡之意。

文林（1445—1499），字宗儒，号交木。洪长子。成化八年（1472）进士。官终温州知府。平日以经济自负，文学渊博，著有《琅琊漫钞》《文温州集》。

文森（1464—1525），字宗岩，号白湖。成化二十三年（1487）进士，著有

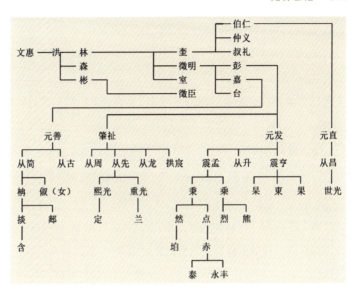

文氏族谱

《文中丞诗》一卷。

文伯仁（1502—1575），字德承，号五峰，又号葆生、摄山老农。庠生。嘉靖三十四年（1555）避倭徙南京。四十年作《浙江海防图卷》，备御倭之军用。晚居虎丘西麓，以书画自娱。善山水、人物，效王蒙笔法，笔力清劲，岩峦郁茂，时名甚噪。著有《栖霞寺志》《五峰山人集》。

文彭（1497—1573），字寿承，号三桥。以贡生廷试第一。少承家学，工各体书，才胜而功力远不及父徵明。工篆刻，其所著《印章集说》一卷、《印史》一卷以及《文三桥先生印谱》一卷，被后人奉为科律。画写墨竹，直入文同之室。山水苍郁似吴镇。亦能诗，有《文博士诗集》二卷

文嘉（1499—1582），字休承，号文水。岁贡生。曾历和州学正，故称为和州先生。致仕后在虎丘构归来草堂以奉养。能鉴古，工石刻，为有明一代之冠。书清劲，而成就不及父兄；精山水，有幽澹之致；亦能诗。著有《钤山堂书画记》一卷、《文和州诗》诗一卷。

文肇祉（1520—1587），字基圣，号雁（一作鹰）峰。诗文草隶，仿佛其父彭。著《虎丘山图志》四卷、《文录事诗集》五卷，并编辑文洪以来，苏州文氏家

族包括文洪、文林、文森、文徵明、文彭、文嘉及自己共七人的总集《文氏家藏诗集》。

文元发（1529—1602），字子悱，号湘南，晚号清凉居士。隆庆二年（1568）恩贡。居室名"学圃斋"，以诗书自娱，卒私谥端靖先生。存世有《兰雪斋诗选》二卷。

文元善（1555—1589），字子长，号虎丘。性坦率，机颖清悟，能诗善书画，皆造其精微。妇翁王穉登铭其墓云其画品第一，书男第二。著有《虎丘诗存》，已佚。

文从简（1575—1648），字彦可，号枕烟老人。崇祯十三年（1640）拔贡。入清不仕。工画，兼王蒙、倪瓒之长；书法李邕，深得其神。著有《枕烟诗存》，不存；今仅中国国家图书馆藏有其手稿《文彦可先生遗稿》。

文从龙，文肇祉三子，字梦珠，号三楚。万历十年（1582）举人。秉承家学渊源，善画山水。诗以古体擅长，不袭古貌，亦不趋时尚。著有《碧梧斋集》一卷、《停云馆诗选》二卷等。

文震孟（1574—1636），初名从鼎，字文起，号湛持，一作湛村。宅位于苏州城西宝林寺东，有世伦堂、药圃、青瑶屿等处。万历二十二年（1594）举人，天启二年（1622）殿试第一，授修撰。书画咸有家风，书迹遍天下，一时碑版署额几与文徵明相埒。著有《念阳徐公定蜀记》一卷、《姑苏名贤小记》二卷、《文文肃公日记》二卷、《北征纪行》一卷、《药园文集》二十七卷、《文文起诗》一卷等。

文震亨（1585—1645），字启美。天启五年（1625）恩贡。书画颇得家风。著有《福王登极实录》一卷、《长物志》十二卷、《秣陵竹枝词》一卷、《文启美诗集》三卷等多种。

文乘（1618—1646），字应符。廪膳生。能诗善属文，著有《文应符诗》一卷,见收于《启祯两朝遗诗》。

文柟（1597—1669），字端文，号曲辕，又号慨庵（溉庵）。庠生。善书画，能传文徵明之法。据《文氏族谱续集·历世载籍志》载录，曾著有《阅史》六编、《青毡杂志》《天变录》《课余手纂》《雁门家集》《慨庵诗选》一卷等。

文点（1633—1704），字与也，晚号南云山樵。幼即能诗。肆力古文辞，善画山水人物，深得家法。

文掞（1641—1701），字宾日，号古香，又号洗心子。志尚高洁，不交当世，所居停云旧馆傍老屋数楹，亭植古松幽兰，读书其中，终岁不出。诗初学高、岑，后出入苏、陆。书画能传其家学。好蓄古砚。卒后私谥贞宪先生。著有《十二观斋诗集》一卷。

文赤（1656—1704），文点二子，字周舄。敕赠文林郎，知县。据朱彝尊《曝书亭集》卷七十四《处士文君墓志铭》载，著《读史纪疑》《石室山人集》。

除了以上的胪举之外，文氏家族中尚有文仲义、文从昌、文从先、文果、文世光、文垍、文泰、文永丰等亦皆擅书画丹青。而文氏也培养出了文俶这样的女画家。文俶（1594—1634），名一作淑，字端容，款署"寒山兰闺画史"。从简女。适赵宧光之子赵均。明诗习礼，性明慧，书画得家法，所见幽花异草、小虫怪蝶，信笔渲染，皆能摹写性情，鲜妍生动，画苍松怪石，又极生劲之致。《无声诗史》称其云："写花卉苞萼鲜泽，枝条苒苒，深得迎风浥露之态。溪花汀草，不可名状者，能缀其生趣。芳丛之侧，佐以文石，一种蒨华娟秀之韵溢于毫素，虽徐熙野逸，不是过也。"

在排比以上这份名单所阅读的大量文献中，诸如"书画咸有家风""志存法祖，流风余韵，往往似之""颇类衡山，乃知家学渊源，点染有自矣"是出现概率尤为频繁的话语。这里所谓的"衡山"，即是指文徵明。就艺术品评而言，文徵明的艺术成就是中国绘画史的一个高峰，自然也是苏州文氏家族艺术传承的渊源所在。而文徵明这一辉煌成就的取得，是文氏家族与吴中文化不断融合渗透的结果。

世代尚武的文氏，从落籍苏州起，就一直致力于积累并发展文学、艺术。文洪"古貌古心，清苦力学，学尤深于易。吴下士多从之游，从游者多去，为显宦，而先生久不达"。虽说他仕途久不通达，"潦倒场屋三十年"，但文洪融合吴地文化，其诗歌、绘画的成就在当时就得到普遍的赞誉。在《文涞水诗集序》中有一首自题画作的《画景》，诗云："尺素山千顷，云多路更深。人行鹤巢磴，寺接挂猿林。雨过朝添磵，霞生晚护岑。江南旧风景，时得画中寻。"品味其文字与意境，诚如苏州名士王鏊所论："兴寄闲远，有唐人之风焉。初读之若简淡，咀嚼之久，乃有味乎其言也。"在朴简无巧中颇见风韵，尤词人艺匠所不能道也，由诗想见其画作，亦应是氤氲弥布、简澹悠远也。

经过父子、祖孙三代的传承，"文氏兄弟继举进士，职业治行，光于前人，又皆以词翰侈声闻，东丘文献，于是有征焉"。文徵明在绘画艺术上，首先得益于其父执辈苏州画家沈周（石田）。沈石田的绘画技艺，一直是文徵明所赞赏不已的。文徵明在《跋沈石田竹庄草亭图卷》中说："石田先生得画家三昧，于唐诸名家笔法，无所不窥。余晚进，每见其遗翰，便把玩不能舍，真海内宗匠也。此卷疏爽秀润，而布置皴染，多出于古人，盖得意作也。"对沈周的艺术成就敬仰之至，溢于言表。自弘治乙酉，谒石田翁于双娥僧舍，文徵明就从学于沈周，而老师对他可谓尽心尽力，"相从之久，未尝不为余尽"；而石田先生的一段话，对文徵明影响至巨，文徵明在《补石田翁溪山长卷》这一题跋中就有过引述："画法以意匠经营为主，然必气韵生动为妙。意匠易及，而气韵别有三昧，非可言传。""莫把荆关论画法，文章胸次有江山。""意匠经营"与"气韵生动"二者的完美结合，这正是沈周一生不变的追求，也是文徵明绘画艺术的核心。文徵明之子，也是画家的文嘉在《先君行略》中就这样说其父文徵明："性喜画，然不

肯规规摹拟。遇古人妙迹，惟览观其意，而师心自诣，辄神会意解。至穷微造妙
处，天真烂漫，不减古人。"在对古人妙迹的揣摩中，得其经营意匠而至"穷微
造妙处"，文徵明遂有了属于自己的风神与潇洒。而这一艺术特色，更在与其友
"唐子畏同志，互相推让商榷"之中，得到进一步强化，而终形成文家风范。

　　文徵明的成就在其家族内部形成了浓厚的艺术氛围和艺术传统。而他的
艺术影响绝不仅仅局限于家族内部，而是在与文人士子的往还中，又反哺于吴
中文坛艺苑。文徵明主中吴风雅者三十余年，故而在画史上，忝列文氏子弟之
知名者就有陆师道、陆治、钱谷、居节、侯懋功等人。清代方薰在《山静居画论》
中于是就曾有这样的论说："文氏子弟，妙有渊源。包山（按：陆治的号）、五湖
（按：录师道的号）、酉室（按：王谷祥的号）、夷门（按：侯懋功的号）诸子，大都
瓣香、停云，各参其法，而成一家。风骨清超，毋为浅视。"文徵明之法乳不仅限
于明代，就是清代画坛上的得益者亦绝不在少也。

　　在文氏谱系中，文徵明之外值得世人关注的当数明清之际的文震孟与震亨
兄弟，他们二人除却文学艺术方面的才能之外，更为世人所嘉赞的是其风骨与
气节。杨绳武《文氏族谱续集序》中将文徵明与文震孟兄弟进行比较时有云：
"明成化间，代有闻者，至待诏徵明先生，而文氏之学遂名天下。又传至文肃
公，以名德气节为时贤相，于是文氏之盛又不独以诗文笔翰显。"也许在明代中
期生活安定的环境中，文氏家族中那独有的"名德气节"并没有得到彰显，其
实这一精神遗产与传统一直都是文氏家族中教育子孙的重要内容。吴中文氏
与南宋爱国士人文天祥系出同宗，文徵明所谓"实与丞相天祥同所出"也。正
因为如此，文徵明的叔父文森"平生忠义自许，雅慕文山（按：文天祥）为人"，
又"以先世尝与通谱，且尝建节吴门，有功德于民"，于是向朝廷建议，在苏州
建祠得列祀典，"吴之有文山祠，实自公发之也"。《文徵明集》卷七中亦有《咏
文信国事四首》诗，赞美文天祥的气节与爱国精神，对文天祥"此身宗社许驱

驰""直以安危系天下"的抱负表达出由衷的敬重,并涵咏出"千年忠义属书生"这样的豪言壮语。文徵明在《肇孙北行》一诗中更是明言这正是文氏家族中历数世而不泯的精神财富,所谓:"三百年来忠孝在,慎言无溃旧家声。"直到清雍正十二年(1734),彭启丰为《文氏族谱续集》作序时,尚有这样的话语来评述有明以还文氏"节操文章"并举的传统:"有明二百年间,人物踵美,节操文章,卓然炳著,如文肃公以贞亮秉钧轴,以直道泯险夷,尤为乡邦所尸祝。由是以思贤者之风声,精采播于天壤,无所往而不在。"此处所说到的文肃公,就是指文震孟。

　　苏州文化给人的表象是悠然从容,有着不紧不慢的闲适,但是苏州士子在琴棋书画、诗文艺术这样的玩物中并没有丧志,这诚如先师严迪昌教授所说的那样:"吴地人文传统中有一种玩物而不丧志的品性,持大节之关键时刻,视死如归,决不辱志,绝不偷生。"有时这样的玩物,也只是一种现实苦闷与无奈的排遣而已。《无声诗史》陆师道传中说,陆氏在自己诗文书画已颇有名声之时,对文徵明尤其钦服,"造门用师礼礼之",还说到这样一个现象:"……自世宗朝,执政者好拔其党,据津要以相翼庇,而轻于弃名士大夫,士大夫亦丑之,莫肯为用,而吴中为最盛。前先生者,有王参议庭、陆给事棻、袁俭事帙,皆里居与先生善。而先生所取友,如王太学宠、彭征士年、张先辈凤翼兄弟,多往来文先生家,与文先生之子博士彭、司谕嘉日相从,评骘文事,考较金石二仓鸿都之学与丹青理。茗碗炉香,悠然竟日,兴到弄笔,缣素尺幅,一点染若重宝。"朝中宦官专权之下,吴中就聚集了一批从政治上退避的文人士大夫,他们里居于此,转而寄情诗文书画艺术。陆师道就是其中的一位。文徵明主持风雅之局,前来请益者比比。而这一点更集中体现在晚明至清初文氏子孙的身上。文氏子孙与苏州士子一样,亦将"标榜林壑,品题酒茗,收藏位置图史、杯铛之属"这些"于世为闲事"之事视为身之"长物",且怡然沉浸其间。文震亨更是将自己多年的心得体会汇著成《长物志》十二卷，所志之广，自园林兴建，旁及花草树木、鸟兽虫鱼、金石书画、服饰器皿，无所不包，通彻雅俗。在这些长物中消磨时日，也不乏久经孕蓄的不可轻忽的内力。

在晚明阉党专权的政治背景中，文震孟在苏州的士绅群体中起着中流砥柱般的领军作用。明熹宗天启七年（1627），苏州市民反抗魏阉的斗争中，颜佩韦等五义士罹难后，以文震孟为首的地方贤大夫，便"请于当道，即除逆阉废祠之址以葬之，且立石于其墓之门以旌其所为"。仅此一例，便足以说明文氏家族的风力、气骨，以及在苏州士绅文化圈中的号召力与影响力。

明清易代之际，文氏家族受到了严重的摧残和打击，而其后人在这一时势的大背景中，坚守文徵明以来家族中"三百年来忠孝在，慎言无溃旧家声"这样的训诫。文震亨、文乘叔侄先后殉难于阳澄湖与太湖上。震亨之子文果在苏州灵岩山出家为僧，师从爱国僧人弘储继起，法号轮庵超揆。而世称"南云先生"的文点，其频繁活动于大江南北，在当时的遗民群体中，几乎成为一个特殊的文化符号。据朱彝尊《处士文君墓志铭》记载，文点在十二岁时，正值甲申（1644）李自成陷京师，年幼的文点便泣曰："国破矣，奚以家为？"乙酉（1645），仲父文乘殉难，家尽破，文点即随父文秉依墓田而居，足迹罕入郡城，寄情山水自然，"肆力诗古文辞，兼纵笔为山水人物。善鉴者以为不失高曾规矩也"。文点在晚年修《文氏族谱》时，也曾明言自己一生的所为，实乃一准温州公（文林）之训："人立身自有本末，出处自有据依。"无怪乎朱彝尊以这样的铭文概其一生："点也式祖训，不以富易贫。潇洒弄翰墨，澹泊栖松筠。虽曾客京洛，素衣屏缁尘。伊人洵难得，可宗亦可因。谁搜遗民传，庶其考吾文。"直将文点视为东南遗民士子之典范。文点在中年以后频繁出游，与周茂兰、冷士嵋等为性命之交。他在《呈芸斋先生》一诗中有"偶谈先世频挥涕，为破家园只负薪"这样的诗句，既是周家身世的写照，也是自己族中惨史的记述。芸斋即周顺昌子周茂兰（1605—1686）的号，茂兰字子佩，亦能诗，与文秉、徐枋以及浙东之黄宗羲曾于康熙三年（1664）聚于灵岩山天山堂作七昼夜长谈，为遗老史事一大掌故。在文点去世后，冷士嵋不仅为其作《南云文先生墓表》，并一再哭之以诗："人没琴亡竹坞东，到来不与旧时同。白云秋石荒凉尽，空对寒山落木中。""不道寻君薤露边，一抔宫陇卧荒烟。山深路僻人来少，野草茫茫没墓田。"此时为康熙四十三年，距明亡甲申（1644）正好一甲子也。

在文氏逐渐中落的过程中，切莫以为其文化的渊源彻底中绝了。文震孟的私家园林艺圃，后成为著名遗民诗人、山东莱阳姜埰、姜垓兄弟的流寓之所，而姜氏在园中所新建的敬亭山房，则是东南遗民及其子弟聚集之所，而家国、民族情感以及人格精神在艺圃这一园林易主的过程中，实现了吴地文化精神与新的外来文化家族之间的一种结合，使得吴文化在更为广阔的时空意义上得到了延续……

怀古堂杨氏父子的人格精神及诗歌

元末明初，居住在苏州北郭（包括今相城元和街道）一带的多位诗人，群居切磋，诗歌唱和，形成了一个文学史上声誉卓著的诗人群体——"北郭十友"。据大诗人高启《送唐处敬序》一文所说，他与同里及游寓苏州"有文行而相友善"之士，往还密切，且"卜地适皆与余临"。他们"或辩理诘义以资其学，或庚歌酬诗以通其志，或鼓琴瑟以宣埋滞之怀，或陈几筵以合宴乐之好"，一时间，"北郭之文物遂盛矣"。北郭十友在隐居自适的生活中，相濡以沫，诗酒风雅，成为苏州文学史上一道独特的风景，而受到世人的瞩目。

相形之下，明末清初怀古堂主人杨补（1598—1657）、杨焴（1617—1692）父子在苏州城北陆墓古镇上精心营构的秘密诗人群落和遗民家园，却因历史迷雾的翳障而被人轻忽。明末清初诗坛文界的重要人物，诸如钱谦益、吴伟业、王时敏、孙宝侗、宋琬，以及遗民隐逸之士，诸如徐汧、徐枋、徐柯、杜濬、邢昉、顾梦游、文震亨，无不与陆墓怀古堂杨氏父子有着密切的往还。本文通过文献的梳理，对隐沦多年的怀古堂杨氏父子及其诗歌创作做一简要的评说，以勾勒明清之际陆墓的文脉，更借以表彰清初苏州北郭文人的精神风貌，此诚如清初诗人张云章诗中所誉："巢许高风孰等伦，勾吴往往见遗民。一生忠孝南州后，两世栖迟北郭人。"

一

陆墓杨氏原籍江西清江，明嘉靖、隆庆年间，杨补的父亲杨润来苏州做生意，遂定居在陆墓。钱谦益在《处士杨君无补墓志铭》中有较为详细的记载："无补名补，别自号古农。其先临江之清江人，父润，贾于吴，娶张，生无补，家焉。……（杨补）娶袁氏，生五子：炤、烜、熺、燧、燕。"杨补之子杨炤在其所作《陆墓》诗的正文和自注中都有过明确的交代，其诗有曰："嘉隆年住此，祖父骨埋兹。……一乡安宅里，百世奉家祠。故国宗风厚，孙曾其念之。"在诗歌的自注中，杨炤有曰："先大父自清江来流寓。"

在杨炤的诗中，有两个重要的信息尤可关注：一是自杨润落户陆墓之后，杨氏一族遂在此繁衍生息，融入并参与到在地文化社群的营建中，所谓"一乡安宅里，百世奉家祠"是也；二是历经明清易代的鼎革沧桑，杨氏家族群从以及他们的苏州同人，在人生出处与大节的选择上出奇地一致，无一例外地都表现出江南士人的铮铮铁骨，所谓"故国宗风厚"，正是家风和在地士风的真实表现。

陆墓杨氏的始迁祖杨润，徐枋为之作《杨伯雨传》，文中说道："伯雨名润，自号联江，豫章临江府清江人也。父巨。伯雨幼为其伯祖诚烈后。世本农家，诚烈则贾于吴，伯雨从焉。"嗣父在苏州暴病而亡。润"修洁自好"，"吴人争重之，周氏以女妻焉，居齐门外之陆墓里"，遂定居苏州。"生平喜读书，尤嗜医学，制丹丸治病，一二十年犹验。手钞方书七峡，凡若干卷。"据徐枋《杨无补传》的记载，"（杨补）其父素知医，欲令以医术为生，弗屑也"。虽然杨补、杨炤父子都没有学医、行商，但杨润的个人品性，"卓然有成，诒子及孙"，成为陆墓杨氏的家风，得到了很好的传承。从杨炤的诗句"故国宗风厚，孙曾其念之"中，可见一斑，在杨炤的心目中，朴厚的家族宗风，正是祖父留给儿孙辈的唯一精神遗产，故而时时"念之"。

　　杨补的风神，在钱谦益为他所撰写的《处士杨君无补墓志铭》中就言之甚明了。"处士"，这是钱谦益，也是明清之际江南文士们对杨补最为普遍的评骘之词。在晚明时期，"山人""处士"几乎遍天下的时候，"处士虚声尽力夸"，天下尽是沽名钓誉之徒，但杨补与那些"飞去飞来宰相衙"的沽名钓誉之辈完全不一样，他是真正的处士。钱谦益在其墓志铭的开端便作如是之论曰：

　　　　呜呼！天下有处士而后有真诗人。真处士而不为诗人者，则有之矣；真诗人而不为处士，未之有也。为诗人者，服处士之服而无其志，其为诗也，佣僦而已矣。言处士之言而无其行，其为诗也，裨贩而已矣。近代布衣称诗，项背相望，杰然以处士自命者无有。人将曰，彼不为处士，犹得为诗人。何其待诗人之薄也！呜呼！处士吾不得而见之矣，得见诗人者斯可矣。循其名，考其实，杨君无补其庶矣乎！

　　杨补"貌羸秀，须髯髯然，风韵甚远"，他的温良平和、冲淡风雅，在徐枋的《杨曰补小像赞》中也有集中的赞誉："其中温良，泽乎风雅。勃颛并隐，耦耕于野。山高水深，千仞不下。古之沉冥，无复过者。"诚所谓"人若其诗，诗如其人"，杨补为人挚诚坦易，甘于平淡自然，再加上他善于绘画，故而所作诗歌多"清新古淡"之韵。杨补善画，特别喜欢元代常熟画家黄公望（字子久）的山水，"落笔似黄子久"。他认为，黄公望山水画的成就得益于虞山者尤多，"谓子久粉本在是"。所以他"好游虞山"，"坐卧不忍舍"，在前辈艺术家的意境和大自然中汲取养分，"揽取其烟峦雨岫，绿净翠暖，用以资为诗"。虽然杨补的诗集未能流传至今，画作之流传亦不甚广，但我们完全可想见其作真乃是"画中有诗，诗中有画"者也。钱谦益最欣赏他的诗句便是这般："闲鱼食叶如游树，高柳眠阴半在池。"钱氏以为此乃"文外独绝",于是便"书之扇头",以至于时人"争相讽诵"。

　　杨补的诗画,颇受一时名流之推赏,诸如董其昌、陈继儒、文震孟、文震亨、姚希孟、王时敏等"负天下重望"者,都"以诗文推许无补,而呼为小友"。其"名重一时,倾动都下,馆阁诸公无不与之为友"。"四王"中的王时敏评价其画有曰:"曰补社兄画格画学高妙渊深,独步海内。"

　　在散淡风雅之外,杨补还有"金刚怒目"和慷慨任气的一面。崇祯十七年甲申(1644)五月,杨补"闻北都之变,遂归吴门,隐居邓尉山焉"。不久之后,明朝旧臣拥立福王朱由崧,在南京组建了弘光政权,"南都再建,柄国诸公多旧游,屡趣之一出,终不应"。南京弘光朝的"柄国"者多为"旧游",面对老友的多次催促和征招,杨补毅然决然地拒绝了,发表了一通感人肺腑的言辞,声泪俱下,令在场的人不禁动容。对于势位和权力,他视之若草芥,但对于友情和道义,他却情比金坚。

　　当他得知老友徐汧(谥文靖)在弘光朝中因陈时政、纠劾奸佞而得罪"贼臣","时贼臣构文靖公甚急"。杨文骢(字龙友)与弘光朝"柄国"当权的马士英有姻亲关系,杨补就"立起如金陵",找到这位旧交,当面质询:"天下以文章声气推君垂三十年,天下之所以交重君者,以君能右善类,附正人也。君于柄国者为至亲,君言无不得当者。天下莫不闻徐公负天下苍生之望,天下方倚望之为相,以佐大业。君居能言之地,而不为推毂,天下故失望。今事急,君固何以谢天下?"临了还撂下了掷地有声的一句话:"龙友不言,可以绝交矣!"在杨文骢的斡旋下,徐汧之事最终得解。

　　不久之后,南京被清兵攻克,"江南破,行被发之令",已经隐居在光福深山中的杨补得知消息之后,"懔然起曰:'唉!徐公其死矣。'",他太了解徐汧这位老友,话语刚落,"顷之而文靖殉节讣果至"。徐汧这位正直的爱国之士,选择为明室殉节,投虎丘新塘桥下而死。在徐汧自沉之前,曾"偻而就无补谋死所焉",亦将其子徐枋托付给老友。所谓"受人之托,忠人之事"也。在徐汧自沉的消息传来之时,"无补语其子炤:'吾暂不死,赀文靖余晷耳。'"。

后来,杨补觉得光福的山中亦不甚安然,不适合继续隐居其间,就又回到陆墓,"屏居陆墓,禅诵不辍。浮沉人间,忽忽不自得"。在六十岁那年,杨补"寝疾十日"后离世。临终前,"自知不起,呼家人预属家事,数语而已"。但对老友徐汧之子徐枋的关照却远甚于自己的家事,他对儿子杨炤说:"吾交天下士多矣,今固未有如孝廉昭法者,即书画小道,彼亦将继数百年之绝业矣。蔡邕曰:'吾家书籍,当尽与之,惟得所归耳,徒藏无益也。'吾愧无藏书可以益孝廉者,所有画本数十百幅,可尽归之,无忘吾言。"杨补去世后,杨炤谨遵父亲的遗命,"卒以其家所藏尽归孝廉"。杨补的精神操守和人格精神也在杨炤和徐枋这些子侄辈的后生身上得以延续和衍传。

二

杨炤,字明远,号潜夫。早从吴县金俊明学,髫龄"能诵陶、杜诗",所作"五言有警句",父友顾梦游、邢昉等人"咸叹异之"。甲申、乙酉之变,杨炤与父亲一起,潜遁归隐,居住在光福邓尉山中,弃科举之业,隐而不出。"自处于遗民故老之间",与徐汧之子徐枋、徐柯兄弟为莫逆之交。

在朝代更迭的历史剧变中,杨炤以遗民志士自居,家国存亡的感愤,全寓于诗歌创作之中。"大抵潜夫既专摩少陵,为诗史之学。五十年中,市朝改易,陵谷变迁,程马默化,舟壑潜移,苟可以寓其感愤者,皆于诗乎发之。"

诗歌是杨炤一生心力之聚集,也是他最为看重的。在七十岁的时候,杨炤"预为终制",对自己的身后事看得特别平淡,关照儿子说:"一旦不讳,气绝便殓,敛毕便葬,毋择时日,毋讣亲友。"对自己的诗集却是反复交待道:"惟老人名心未净,节衣食之余,以我友某某所选我诗如干首,剖劂告成,亦一快也。"友人选编的杨焵诗集,自是得到本人认可的,也是深得其心的。幸运的是,杨焵的《怀古堂诗选》在子孙的努力下,最终得以刊刻,也留存至今。

《怀古堂诗选》的编排颇有深意,以《怀古十章》开卷,以《遗命》结篇终帙。《怀古十章》作于顺治五年戊子(1648),在组诗中,杨焵连续以伯夷和叔齐、长沮和桀溺、"商山四皓"、邵平、申屠蟠、袁闳、管宁、焦先、陶渊明、郑思肖等十组历史上著名的志士为喻,自明心志。兹节录其中三首,用以体会杨焵拳拳的故国之思和耿直不阿的人格风操:

> 于戏周武王,二士犹非之。义不食其粟,西山可乐饥。奈何后世人,受禄罔不宜。大都惜一身,何暇顾四维?无如此二士,视死甘如饴。采薇非续命,兄弟聊相嬉。

> 少年诗未学,早爱陶潜诗。反复吟高篇,其人如见之。至性自天禀,岂弟溢言词。连征不肯起,自顾晋室遗。风高行自坦,王弘酒不辞。偶值黄花开,悠然摘一枝。

> 开辟无此世,所南丁其时。画兰且无地,我身将安之?本穴颜其庐,尺土存宋遗。著书寄孤愤,精诚天地知。铁函井中出,桑沧旋复移。天道不可问,吾生良可悲!

这组诗正是杨焵作为遗民志士的自我表白,因而深得当时诗坛名家前辈的赏识,钱谦益、吴伟业、王时敏、曾灿、宋琬、邢昉等皆有评赞,钱谦益在其所作的《杨明远诗引》中对这组诗给予极高的评价,其中有谓:《怀古十章》,明远之志在焉。谢皋羽之诗,长留天地间者,微斯人谁与归?"谢翱是南宋末年的爱国志士和著名文学家,他的《登西台恸哭记》以及《西台哭所思》《过杭州故宫》《冬青树引》等诗文作品,桀骜有奇气,节概卓然,是遗民诗文的典范。杨炤的诗作无论其精神内核还是艺术风韵,都足以步武谢翱,也足以"长留天地间"。

据徐柯《杨潜夫家传》的记载,杨炤一生作诗"至二千余首,都为五十卷",遴选之后刊刻的《怀古堂诗选》,收录的都是顺治五年戊子(1648)以后所作。这些诗作篇篇所记,皆为时事,就诗歌的主旨和风格来看,与南宋末年爱国诗人汪元量的尤为接近,可以视为明清易代之际吴中遗民文人"诗史"书写的代表。明朝灭亡以后,杨炤不忘旧朝,他在《上元》组诗的第三、四首中有谓:"崇祯初载尚尧天,莫说嘉隆万历年。""太平灯火实难忘,往事低徊空断肠。"每年的三月十九日,杨炤也会如不少遗民诗人一样,对着京阙的方向深深地拜谒,作诗抒写家国之思:"身是崇祯士,生从万历年。衣冠叨圣代,毛发长尧天。故国能无念?今朝倍怆然。忍含皋羽泪,逐客醉花前。""先皇死社稷,下士失生成。一世伤孤露,千秋痛圣明。龚开久化碧,皋羽尚吞声。岁岁宣陵泪,宁求孝子名?"这些作品皆出自肺腑,情感真挚,词浅意深,无不引起同人的同频共振。

退隐山林的遗逸生活是清苦而寂寞的,首先要面对的是物质生活的匮乏。杨炤的《仲夏》一诗正是这样的写实:"仲夏十日雨,屋内无干土。蜗牛满败壁,蒿莱緊环堵。贱子清晨起,蓬垢涤甑釜。行灶煨楄柮,疏烟出柴户。淘米汲井水,泥深没两股。畦蔬不得剪,况堪问市脯?小儿正啼饥,邻妻唤吃乳。包裹过墙头,感愧交肺腑。室人向隅泣,艰苦方细数。何繇耳目静?恨不作聋瞽。"全诗出语自然浅切,然颇有"此老无声泪垂血"的感染力。

"自然弃掷与时异,况乃疏顽临事拙",杜甫的这一句诗,基本上道尽了历史上大多数遗逸之士直介的秉性。与物质生活的贫困相比,遗逸之士更需要在遗世独立中保持人格、精神上的坚守。众口哓哓、蝇营狗苟的世俗社会,"个个都成薄小穿",明末的时候,俗谚中将"钱之恶者"称为"薄小穿"。这是杨焀在偶见明朝旧钱币时,托物寄兴,所写《今日》诗中的末句,沉痛地感慨世风日下,人情浇薄,其中大有世人皆醉我独醒的意蕴,其诗曰:"偶见嘉隆万历钱,长怀全盛泪潸然。请看今日人情恶,个个都成薄小穿。"

好在吴中大地上,始终有一批志同道合的遗逸之士,在贫病交加和孤独寂寞中坚守着道德底线,与杨焀以诗文相和,互通声气,在历史沧桑巨变中,真如空谷足音也。杨焀在给其师金俊明的赠诗中有谓:"结庐亦尘寰,居然在空谷。无慕陶潜柳,不栽张庆竹。架上有藏书,瓶中有储粟。味道每忘忧,浩然存我独。芳若幽兰花,洁比清霜菊。"在杨焀看来,吴中佳山水,完全可以"望峰息心""窥谷忘反",更可以疗慰遗逸者内心的孤寂和寥落。在他的笔墨下,陆墓一带浩渺的湖荡便是其栖息流连的精神家园和心灵绿洲,对此不禁油然而生"涉江"之想,此诚其《长荡春泛》一诗所云:"春心不自抑,率意为欢赏。既洽寻山兴,复生涉江想。恰当风日佳,悠然进兰桨。长天何荡荡,积水何泱泱。绿杨映垂垂,黄鹂鸣两两。此时尽一尊,浩歌激清响。遥望秦余山,开怀对西爽。斜阳半村户,遥岸挂渔网。逶迤出前浦,苍苍月初上。"

三

杨氏父子本就与江南士绅交往甚密,他们挚诚坦易、刚直不阿的品性以及强烈的家国情怀,自然吸引了不少遗民志士前来陆墓,纷纷拜会故人。在这一相对较为隐秘的私人交游圈中,故交老友在诗词唱和中,相互倾吐共情,陆墓杨氏的怀古堂已隐然成为一个遗逸之士汇聚的精神家园。安徽桐城诗人方孝标与徐柯等人来陆墓访友,写下了《同冯洁士、徐贯时访杨明远于陆墓,留宿怀古堂分赋,限十三元韵》这样的诗作,诗曰:

凉飙引轻舸,苍茫问水村。中有杨子居,萧条峙寒原。叩门书声歇,披水颜色温。威风隐其德,环堵千仞尊。自非素心交,安得窥藩垣? 偕来冯与徐,皆为名贤昆。密坐茅堂上,浮鸥视乾坤。唤妇馔香粳,呼儿具芳樽。感子简易志,来岂为盘飧? 犹忆崇祯季,吾父侍前轩。同时徐詹事,方驾称弟昆。后遭冤句乱,锁钥重津门。则有冯司马,慷慨请南辕。所谋适不用,坐见天地翻。尊君一布衣,咳唾等玙璠。能持诗画笔,下使公卿奔。三老俱折节,倾酒每晨昏。反复四十载,往事唯具言。今夕又何夕,我辈共讨论。勉哉承前烈,毋令古道谖。

方孝标诗有几个词语颇值得注意,"素心交""名贤昆""简易志",这既是方氏族自述心志,也透露出前来陆墓怀古堂的皆为旧时有"素心"之交的"名贤"昆仲,他们个个都是胸怀坦荡诚挚的"简易"之人,怀古堂与那种心思、城府极深之人是完全绝缘的。各地的遗逸之士来到陆墓,做客怀古堂,并非为了"餐饭"和"盘飧",旧友相逢,有说不尽的话语,且"不足为外人道也"。"犹忆崇祯季"的往事,历历在目,"往事唯具言",故国故事不堪回首;"坐见天地翻","所谋适不用",报国无门,白驹过隙,已然四十余载,只能相互宽慰,相互鼓励:"勉哉承前烈,毋令古道谖。"

张云章来到陆墓,拜访杨炤之后,把杨氏父子和徐汧、徐枋父子相提并论,视其为吴中大地上不失"巢许高风"的代表,作诗相赠曰:"巢许高风孰等伦,勾吴往往见遗民。一生忠孝南州后,两世栖迟北郭人。门外轮蹄无俗客,湖中鲑菜有常珍。开樽特地因留我,话旧掀髯岸角巾。"并在诗中说,杨氏父子所居,略显寂寞清冷,却将他们誉为夜空中独明的少微星:"莫道江天偏寂寞,少微隐映一星明。"

易代之后，杨补在多次辗转之后，最终隐居陆墓旧宅，昔日的友朋之辈，纷纷前来雅聚，题诗寄赠，互诉衷曲。据杨焆的文字记载："先君子屏居陆墓，一时王、文、韩、方诸君毕集，士皆指北郭为南村。"陆墓杨氏怀古堂中苏州遗逸文人的集群唱和的盛况，徐崧在《百城烟水》卷三中也有记载："陆墓，去齐门外六里许……顺治戊子秋，余与金俊明孝章、杨补无补、方夏南明倡南字韵诗于陆塘寓斋，远近和者几及二百人。"

除了苏州本地的，还有从外地特意前来拜会的，其中名声较著且赠诗数量最多者，首推高淳遗民诗人邢昉。邢昉在《答杨曰补吴中见》诗中写道："避地家屡迁，子居宣公墓。渺渺怀清风，千秋此相遇。策棹诣尔庐，情忻任洄洑。花飘沿岸芳，燕乳残春曙。别离候圆月，盈盈凡几度？岂无夙昔欢，顿隔平生趣。碧草空复滋，白门已非故。徒然黯黯心，共向沧洲去。""洄洑""白门"旧事，是每次相见、每次诗歌唱和中必然会提及的话题，但慷慨激昂的"情忻"追怀总是短暂的，最终无不是沉入"黯黯"难收的伤怀之中。

随着杨补和父执辈的故老纷纷谢世，"诸君毕集"的场景似乎有些衰歇，但杨焆还是能继承父志，秉着宁缺毋滥的原则，与方孝标（别号楼冈）、顾梦游（字与治）、宋琬（号荔裳）、孙宝侗（字仲愚）以及徐枋（字昭法）、徐柯（字贯时）等志士往还。他在《独居村巷，赏会寡俦，嗟我怀人，死生契阔，离索之感，情见乎词》诗中有这样的自陈曰："休将北郭比南村（先君子屏居陆墓，一时王、文、韩、方诸君毕集，士皆指北郭为南村），有几词人文可论？大雅一从先子殁，能诗犹喜此翁存（谓王与公）。秣陵师友怀方顾（谓楼冈学士与治先生），山左风流忆宋孙（谓荔裳观察、仲愚才子）。眼底翩翩徐二在（谓贯时），还疏晨夕限城门。"

明清之际，苏州陆墓的怀古堂杨氏与木渎上沙的涧上草堂徐氏是世交，更是精神上相互携持依偎、相互取暖鼓励的灵魂之伴。从杨补、徐汧，到杨焆与徐枋、徐柯兄弟之间的深情厚谊，在徐枋的《居易堂集》、徐柯的《一老庵诗文集》以及杨炤的《怀古堂诗选》中,留下了太多的文字之盟,这些本应成为清代文学史乃至中国文化史上的一段佳话,却因缘际会,隐入历史的尘烟之中,不亦可乎?杨炤曾有《徐生行》一诗赠徐氏昆仲,在诗中既追溯了徐、杨二氏两代的深厚情谊,更明言,只有徐生才是真正"爱我根中肠"者,也是少数能理解自己"心曲"的知音,诚如诗中所谓:"徐生徐生,尔能知我之心曲。"徐枋和杨炤隐逸乡村,不入城市数十年,但是他们之间的书信往还和诗歌酬和却从来没有停止过,徐枋曾应杨炤之请,为其父、祖作传。在杨炤与徐氏昆仲的诗集中,相互间的酬和之作亦复不少。杨炤在赠徐柯的诗作中,较为真实地叙述了他们之间相与就正诗篇、酌酒深论的场景:"移家爱汝返吴门,卜宅还期到北村。不负归来端为我,从兹相近数倾尊。人生难得真朋友,老去同于好弟昆。吾有诗篇须就正,灯前酌酒请深论。"

陆墓怀古堂曾经的风云和风流,渐渐被雨打风吹去,散落、沉积在历史文献的吉光片羽之中。对于这样一个隐微而独特的江南文人集群,我们还是有必要怀着崇敬之心进行钩稽,复现一段难忘的沧桑,表达对先贤的礼敬。最后就以方孝标的《至日同杨明远、宋既庭过徐贯时二株园宴饮分赋》诗为结,作为对陆墓怀古堂杨氏父子以及明清之际吴中忠孝楷模的缅怀和凭吊罢:

> 徐生之园先代余,托门扫空忠孝俱。自非胶漆承前图,过客那得窥绳枢?我来吴门十月初,遍访徐生知者无。风尘始税蔺门车,草茅已为故人锄。至日阳生花欲舒,石栏阴洞争盘纡。须臾丰膳出中厨,更携子弟列座隅。杨云宋玉皆文儒,纵谈喧闹清夜徂。徐生意气空江湖,何独于我如友于?忆昔戊辰趋燕都,吾翁携我观石渠。亲见若翁堂堂躯,置膝爱我如明珠。甲申避地奔三吴,烽烟吹断北来书。若翁见我悲且吁,问我高堂双鲤鱼。自是分携事变殊,二十

年来过隙驹。行路谁怜赵氏孤,泪水空传楚大夫。吾翁言及必沾裾,古人交道其庶乎?尔我何心愧楷模,江河世态空纷如。对君歌舞忘艰虞,春风次第遍姑苏。两山青峙具区铺,更欲从君提玉壶。

薛雪：俞家桥畔的一代儒医

　　苏州城南苏医新村的西南入口处，有一座实在不是很起眼的俞家桥。然而在200多年前，这里曾居住着苏州的一代名医——薛雪。因为薛雪，这里曾吸引了袁枚、沈德潜、郑板桥、卢见曾等诗坛画界的名流，前来雅集唱和，诗酒风流，极一时之盛。

一

　　薛雪（1681—1770），字生白，号一瓢，别号扫叶山人、槐云道人、磨剑道人，清代著名的诗人、文学家和医学家。薛雪从根本上来说，还是一位文人，从医只是机缘巧合而已。据《墨林韵语》《国朝画识》等书画文献记载，薛雪集诗书画三绝于一身，其"诗出叶已畦，书仿东坡居士，其写墨兰亦精妙"。薛雪题在自己所画墨兰上的题画诗，时出佳作，若："我自濡毫写《楚辞》，如何人唤作兰枝。风晴雨露君看遍，一笔何尝似画师？""逢场争说所南翁，向后人文半已空。不是故将花叶减，怕多笔墨恼春风。"薛雪诗文俱佳，著有《斫桂山房诗存》《一瓢斋诗存》《抱珠轩诗存》《一瓢诗话》等。

　　薛雪早年师从苏州名儒、大诗人叶燮（号已畦）。故其论诗，与叶燮《原诗》多有相合处，他认为："诗文与书法一理。具得胸襟，人品必高。人品既高，其一謦一咳，一挥一洒，必有过人之处，享不磨之名。"他的诗论著作《一瓢诗话》多有独特的感悟之言，言简意赅、精辟深刻，对诗坛的不良倾向时有一针见血的批判，如："古人作诗，到平淡处，令人吟绎不尽，是陶镕气质，消尽渣滓，纯是清真蕴藉,造峰极顶事也。今人作平淡诗,乃才短思涩,格卑调哑,无以见长,借之藏拙。"无怪乎吴江人沈懋所在《一瓢诗话》的跋语中称赞道:"是编自抒心得,痛针俗病,凡所指斥,皆能洞中窾窍,非好为叫嚣者比。先生于诗亦可谓三折肱矣。"

薛雪的诗歌创作,深得叶燮和同门之称赞,作为同门、一代诗坛盟主的沈德潜对其诗赞赏有加:"其诗绮丽者本飞卿(按:温庭筠),镌刻荒幻者本昌谷(按:李贺),平易者本乐天、东坡(按:白居易、苏轼),而最上者则又闯入盛唐壶奥。"沈德潜论诗力主盛唐"格调",论薛雪的诗歌,认为其佳作可以"入盛唐壶奥",实在是一种极高的评价。

"扫叶庄,一瓢耕牧且读之所也。"沈德潜曾为薛雪扫叶庄作记,文中有曰:"扫叶庄,在郡城南园。薛征君一瓢著书所也,地在俞家桥。沿流面城,树木蓊郁,落叶封径,行人迷迹,宛如空林。"两三百年前的南园,还是荒芜空旷之地,清晨时分,薛雪推窗而望,"残月在窗,明星未稀,惊乌出树,荒鸡与飞虫相乱,杂沓无序","四顾山光,直落檐际"。俞家桥周边的景象,时入薛雪的诗笔。薛雪的这些小诗语言清淡天真,情韵绵永,读来还是颇有韵致的,如他的《南园晚归》:"一回蹊径一方塘,得得篮舆趁夕阳。行到水穷桥又转,荳花香杂麦花香。"此外,如《闲园杂咏》诸作,则写尽了闲居之乐以及友朋间的深情:"几日不来亭上游,落红无数绿阴稠。跳鱼浴鸭池波暖,春色去人何处留?""茆盖虚亭土筑墙,柳除苔径水周堂。客来茶熟闲眠起,话到西窗下夕阳。"

俞家桥畔最著名的一次雅聚当数乾隆十六年(1751)端午后七日的"招宴水南园"雅集。虽然雅集当天大雨,沈德潜等人未至,但是群彦毕集,大家依然兴致极高。出席的叶长杨(定湖)、虞景星(东皋)、许廷鑅(竹素)、李果(客山)、汪俊(山樵)、俞来求(赋拙)等,"皆科目耆英,最少者亦过花甲",时年三十六岁的袁枚躬逢盛事,专门创作了一首长诗《薛征士一瓢招同许竹素汪山樵李克三叶定湖俞赋拙虞东皋集扫叶庄各赋一诗》，描写了此番"水南园"雅集的盛况："一瓢不饮好饮客，糟丘高筑苏阊门。七百斛秫曲了事，三十六封书召人。端午后七日，大开水南园。坐中衣冠何伟然，霜眉雪鬓堆玙璠。彦先挥羽扇，林宗垫角巾，王融作才语，乐令能清言。文史玄儒张旗鼓，词波四起风轩轩。"在袁枚看来，这次雅集完全可以和南朝齐梁时期的"兰台聚"、唐代白居易的"九老会"相抗衡，正所谓"早已上压中丞兰台聚，下继香山九老群"。更有甚者，袁枚直把这次雅集喻为"神仙会"："疑是张乐洞庭野，帝台石上觞百神。又疑云仙传真诰，灵箫墨会来纷纭。"这场盛会留给袁枚的记忆是极为深刻的，时隔十年，他还不止一次地在诗中咏及，其中有谓："往日耆英会，曾开扫叶庄。于今吴下士，剩有鲁灵光。"此外，他还在《随园诗话》中特意留下一笔。

二

薛雪是清代苏州儒医的代表，他原本并无意于医，但后来因为母亲患湿热之病，便开始钻研岐黄之术，肆力于医。在医学研究和临床实践中，薛雪把《周易》等传统典籍中蕴藏的哲学思想融入，医术日益精进。薛雪尤其擅长湿热病症的治疗，他所著的《湿热条辨》等医学著作，对传统医学中的温病学贡献甚大，成为乾隆时期和叶天士齐名的苏州名医。薛雪与乾隆时期的儒者、文人、诗家有着密切的交往，所以他的名声，尤其是医术，就随着诸多文人为他所作的诗文作品而流播，获得了极高的社会声誉。

乾隆诗坛性灵派大诗人袁枚与薛雪交往尤密，是俞家桥扫叶庄的常客。无论是他本人，还是家中僮仆得病，都会请薛雪为之诊治。在袁枚的《随园诗话》中，袁枚不但对薛雪的诗歌有很高的评价，还记载了他目睹薛雪治病救人的故事。

薛雪的性情孤傲，不喜结交富贵公卿，但凡公卿患病延请，他往往拒之。

他在家门口贴了一副对联："且喜无人为狗监，不妨唤我作牛医。"这里有两个典故需要略作说明：一是"狗监"，典出《史记·司马相如列传》，西汉文学家司马相如因狗监杨得意的荐引而名显；二是"牛医"，典出《后汉书·黄宪传》，东汉黄宪贫贱，其父为牛医，同郡戴良才高倨傲，但只要拜见黄宪，无不整肃衣冠和仪容。后世用这两个典故比喻出身微贱而有声望之人。从这副对联中，就可以感受到薛雪孤傲的性情，他绝不愿结交权贵，更不愿借由公卿显赫之辈引荐，他只想身居陋巷，箪食瓢饮，乐在其中，这大概也就是薛雪自号"一瓢"的原因吧。

乾隆二十年（1755）春，袁枚到苏州游玩，家中的一名厨师王小余得病，卧床不起，多名医生诊治无效。就在大家准备为王小余掩棺入殓的时候，薛雪来访，此时的天色已晚，只见薛雪手持烛火，仔细地察看了一下王小余，便笑着说："人死了！但我就是喜欢与疫鬼搏斗，或许我这一出手，恐怕能够战胜疫鬼，也未可知。"于是，他就拿出一颗药丸，用石菖蒲捣烂取汁，将药丸一起调和，命轿夫用铁箸撬开病患紧闭的牙齿，灌下药汤。只见王小余的喉头微微一动，汩汩然似咽似吐。薛雪随即嘱咐周围的人说："派人好生看护，等到鸡鸣之时，定当有声，或许有救。"后果如薛雪所言，第二天再服薛雪新开的一剂药，病人就转危为安。

乾隆三十年（1765），袁枚再次来到苏州，他的另一位厨人张庆，得了"狂易"之病，他一看到日光，就视如满天雪花飞舞；只要吃了少许的食物，就感觉肠痛欲裂。不少医生都医治无效。薛雪看了之后，认为这是"冷痧"，不需要诊脉，只需要刮痧治疗。薛雪为其刮治，全身出现如掌大的黑癍，刮过之后，病症霍然而除。

早在乾隆十五年（1750），袁枚寓居苏州，身染沉疴，他在《姑苏卧病》诗中这样描写自己的身体状况："一床高卧阖闾城，五月黄梅听雨声。"就在许多医生束手无策之时,薛雪给袁枚开出的方子极其简单:以木瓜代茶饮。袁枚服后不久就见奇效,只觉得浑身上下通透畅快。袁枚在《病中谢薛一瓢》一诗中记载了这一过程:"十指据床扶我起,投以木瓜而已矣。咽下轻瓯梦似云,觉来两眼清如水。"同时还对薛雪的医术大加称赞道:"先生七十颜若沃,日剪青松调白鹤。开口便成天上书,下手不用人间药。口嚼红霞学轻举,兴来笔落如风雨。枕秘高呼黄石公,剑光飞上白猿女。年年卖药庆韩康,老得青山一亩庄。白版数行辞官府,赤脚骑鲸下大荒。"以袁大才子的名声,广告效应绝不会差,而且袁枚已是在公开向世人宣传,苏州俞家桥畔的一隅之地"扫叶庄",确确实实居住着一位降临人间的"神医"。袁枚在《病起赠薛一瓢》一诗中不吝这样的美誉之词,高度称赞薛氏的医术:"九州传姓氏,百鬼避声名。"在诗句之下,袁枚还特意加了一条自注,讲了这样一件事情:"江孝廉病,为厉鬼所缠,呼曰:'薛君至矣!'即逃去。"当时的老百姓早已把薛雪视为"神医"了!在这种看似夸饰、虚诞的记载中,有一点却是不争的事实,那就是薛雪的医术高明、名声显赫,已然成为当时许多病患的精神支柱,只要听到薛雪将前来诊治,患者无不在精神上受到极大的鼓舞和提振。

　　面对广大病患和袁枚等众多文人的赞誉之词,薛雪也受之不却,他曾对袁枚戏称道:"吾之医与君之诗,共以神行,人居室中,我来天外。"虽说是戏谑之词,但从中不难看出薛雪对自己医术的自信。从薛雪的这番自我期许中,多少可以印证《清史稿·薛雪传》中对他的评价:"于医时有独见,断人生死不爽,疗治多异迹。"

三

　　乾隆时期,薛雪和叶天士都是苏州地界上赫赫有名的医生,在野史笔记以及苏州的民间传说中,常有二人不睦的说法。清代苏州名医唐大烈(字立三,号笠山）所辑录的《吴医汇讲》卷二就说叶、薛"二公各有心得，然不相上下"。这样的传说日盛，以至后来《清史稿》也采用了这一说法，几乎成为历史的定谳之论。清代学者陆以湉在其《冷庐医话》中就连续记载了两则叶、薛相互斗"法"的故事。

在乾隆某年，吴地发生较大的疫情，苏州府设置医局以救济百姓，一时名医汇集，他们每天都要去医局一次。有一天，有一位更夫前来诊治，只见他"身面浮肿，遍体作黄白色"，首诊的医生是薛雪，薛雪见后说："水肿已剧，不治。"更夫在绝望中离开的时候，恰巧遇到了轿中的叶天士，叶天士从远处就对他大声说："你不是更夫吗？你的疾病只不过是被驱赶蚊子的蚊香之毒侵袭所致，只需两服方剂即可。"更夫在煎服了叶天士的方剂之后，很快病愈。薛雪听说之后，大为失色，立即激起了内心的不平之气，他发誓要在医术上超越叶天士。回到家中，薛雪就把居所的匾额换成了"扫叶庄"，叶天士听闻后也把家中原先的匾额换成"踏雪斋"，这就是野史和民间盛传的叶、薛二人"以盛名相轧"这一故事的开端。

在此后不久，薛雪终于获得一次挽回颜面的机会，在与叶天士的医术PK中大获全胜。有一天，叶天士接诊了一位因过量食用油炸食物而身体不适的患者。叶天士见到患者，便对他说："无药可救。"万般无奈之下，家人带着病患向薛雪求救，当薛雪得知叶天士曾以"无药可救"回绝了眼前的这位病人，便决计收留这位病人，并施以参汤、药剂，化病人肠胃之积滞。病人服下不久，腹中便响声如雷鸣，大泻过后，身体痊愈。

作为一代名医，无论是薛雪还是叶天士，都以悬壶济世、治病救人作为自己行医的道德准则。他们之间的冲突也好，PK也罢，其实体现的是乾隆时期"儒医"与"时医"之间的对峙和价值冲突。薛雪以文人学士身份行医，虽然他医术高明，救人无数，医学成就也很高，但是他"不屑以医自见"，是典型的"儒

医"。而叶天士则属于典型的"时医",他出身于世代行医的家庭,文化素养不
及薛雪,但以临床经验丰富而著称。二人在医学上的成就和造诣各有千秋,正
如清代名医黄凯钧(号退庵)在其《遣睡杂言》所说的那样:"二君皆聪明好学,
论人工薛不如叶,天分则叶不如薛。"论学养深厚、思维灵敏,薛雪远在叶天士
之上,至于药剂之"蕴酿烹炼"之功,薛雪则相形见绌。

　　作为薛雪的同门,沈德潜大概对坊间所传是持保留意见的,在他所作的
《扫叶庄记》中,从俞家桥之得名说起,作过一番巧妙的陈说。元代"俞叟石涧
(按:俞琰,号石涧道人)隐居,注《易》于此,故桥以俞名";薛雪在俞家桥的扫
叶庄,也曾集中精力注释《易》,不但"能补俞《易》所未及",而且时时更正俞
氏之讹误,"类与扫除落叶相似;则以扫叶颜其庄者,意或在于斯矣"。亦可聊
备一说。

米堆和尚薛寀的传奇人生

近年来,苏州光福太湖之畔的米堆山逐渐成为"网红"之地,或在山巅,或在山脚湖畔,尽赏太湖日落,亦是一大美事。"米堆山为邓尉山左冈,突然高耸,如米泻之状",故有"米堆"之称。早在清代,米堆山就是光福赏梅的胜地,不少诗人都驻足于此,流连忘返,留下诗作。康熙年间,著名诗人王士禛来苏州,登上米堆山,欣赏到湖光山色映衬下的梅海盛景,写下"苍茫望烟水""浩渺叹观止""疏篱照梅蕊""行行画图里""虽非月里传,颇谓桃源比"等诗句。而当明清易代之际,米堆山是不少遗民志士栖隐山林、谋划大计的隐逸之地。其中最负盛名的当数武进人薛寀,其挂冠、落发,隐居于此,并以米堆山为名号,人称"米堆山人"。

一、"忠节"家风的传承

薛寀,字谐孟,一字千仞,号岁星,常州府武进县横林人。横林乡五牧、余巷(地处今常州、无锡交界处,原属一地,都隶属武进,新中国成立后区划调整,五牧划归无锡)的薛氏家族,历史上人才辈出。晚明文人郑鄤,也是武进横林人,在其《明文稿汇选序·薛方山》中,历数横林薛氏家族人才辈出以及家风、学风之传承,其中有谓"(薛应旂)先生之后""文章之泽衍而愈长""一传而方伯""再传而太仆纯台、光禄玄台""皆以忠节著""今谐孟复继起"。

薛应旂(1500—1585),字仲常,号方山,薛寀的高祖父。武进薛氏之兴起,以薛应旂为标志,他和同乡唐顺之在明代后期的学术思想界有着举足轻重的地位，他们"对常州文士生活的各个方面影响深远，他们还是无锡县东林领袖们的导师"。薛应旂一生爱才如命，很多人品、学识俱佳的年轻后进，都得到过他的提携，因而深受儒学生员的爱戴。他的弟子邹应龙，是弹劾严氏父子的第一人，《明史·林润传》有谓："世蕃之诛，发于邹应龙，成于林润。"

曾经与薛应旂同朝为官的唐龙，上疏嘉靖皇帝，力保薛应旂有曰："旂性过自执，学不徇人，疾恶如仇，去奸如脱，为国任怨，愿陛下留之。"薛应旂任南京考功郎中，主京察，给事中王晔弹劾权臣严嵩，严嵩命尚宝丞诸杰写信给薛应旂，让薛应旂罢黜王晔。薛应旂不但没有罢黜王晔，反而罢黜了诸杰。由此惹怒了严嵩，屡遭贬谪迫害，宦海沉浮，最终被革除官职。之后，薛应旂归隐乡里，一心著述授徒。顾宪成、顾允成以及他的孙子薛敷政、薛敷教，后来都成为东林学派的领军人物，以风义高节著称于世。

薛敷教（1554—1610），字以身，号玄台，薛寀的祖父。自幼与无锡顾宪成兄弟受教于祖父薛应旂，务尚气节。万历十七年（1589），进士及第，与高攀龙同出赵南星之门，益以名教自任。因上疏忤旨，被勒令回籍。万历三十二年（1604），与高攀龙、顾宪成在无锡建东林书院，专心讲学，在继承宋代濂洛关闽之学清议传统的同时，更强调论学必须"与世为体"，与顾宪成、顾允成、高攀龙、钱一本、叶茂才等人并列"东林八君子"。薛敷教"家居二十年"，依然保持刚正不阿的品格，讽议朝政、抨击阉党，"力持清议"，不避权奸，故朝中"大吏有举动，多用敷教言而止"。

二、东林精神的法乳

横林薛氏家族的先辈，"皆以忠节著"，薛寀幼承庭训，故能"复继起"之。且薛寀一直把自己视为东林党后人，自年轻时代开始，他就深受东林精神的法乳，这是他一生为人、为学最基本的底色。

天启五年乙丑（1625），在与阉党激烈的斗争中，"东林六君子"杨涟、左光斗、袁化中、魏大中、周朝瑞、顾大章殉难，东林党人迎拜"六君子"的牌位，年轻的薛寀跟随着东林党前辈高攀龙、叶茂才，"肃衣冠拜奠"。次年，高攀龙去世，薛寀作了一首长诗《吊湘累》，此诗一出，立即就遭到了魏忠贤党羽的忌恨，"忌者欲贽之奄"，居然想把薛寀抓起来献给魏忠贤处理。薛寀深陷其中长达一年多，"丁卯秋（天启七年，1627），大病间犹汹不已"，此事最终因天启皇帝驾崩、魏忠贤倒台，才得以平息。早在天启六年（1626），东林书院被魏忠贤下令拆毁，高攀龙曾写了十首《废院诗》，高攀龙之子高世泰（字汇旃）把父亲的诗文刊刻出来，薛寀读后，感慨万千，追和十首，在其《读废院诗有感十首》中抒发了对包括自己祖父在内的东林前辈的无比崇敬之意："党碑屹屹比凌烟，伊雒风流别有缘。较昔龟山超一格，皎然出处总无惩。"在薛寀眼中，被魏忠贤列名《东林党人碑》，实在是一件光荣的事情，其荣耀堪比唐初表彰二十四位开国功臣画像凌烟阁，东林前辈们用鲜血和生命践行着二程的理学思想（"伊雒之学"），其精神道德的境界已然超越了宋儒杨时（号龟山）。薛寀在诗注中明确指出，东林党人最大的精神遗产就是独立不阿的人格，面对强权和高压，绝不屈服，所谓"东林先辈，始终无受要人牢笼者"也。

三、第一流的文人风采

薛寀的为人处世，深得晚明时期清流文士的高度评价。明末杭州著名文人卓发之在给朋友的书信中就曾说："谐孟当今文人第一流，不可不一物色也。"

薛寀交往的朋友，多忠烈之士，诸如杨廷枢、顾炎武、黄宗羲、吴伟业、陈维崧、杜濬、顾梦游等。他也常常为忠义烈士、耿直志士作传、作序，如他曾为常州籍的忠烈之士吴钟峦作传，也为孤耿文人周樾林的文稿作序。在《周樾林先生稿序》中，薛寀欣赏周樾林的"冰雪云霞之才"，更对其"冰雪云霞之品"深表赞赏和钦佩。在文中，他讲了这样一件事：亓诗教（号静初）是天启年间政坛上的"齐党"之首，暗中与魏忠贤结纳，"以间道偏锋为中珰所依托"，权力煊赫。面对亓诗教的"暗索之知"，周樾林不怕得罪权臣，义无反顾地拒绝了亓诗教的"暗索"，"力却郁轮袍之援，甘受褫削而不悔"，并作《讽鹿马一论》以讽之。薛寀在字里行间，充盈着对周樾林"掉臂孤行，满身是胆"的赞赏之情。

　　薛寀在崇祯四年（1631），与吴伟业同科进士及第。授职武学教授、国子监助教，迁任南都（今江苏南京）刑部主事、郎中，"曾居金陵定淮门"。后出知归德（今河南商丘）、开封府。在担任知府期间，颇有善政，深得百姓的拥戴。薛寀去世之后，河南归德府的老百姓甚至把薛寀视为当地的城隍神，王士禛《居易录》卷三十二中曾记载了一个故事，说河南夏邑籍庶吉士李薛的前身是薛寀。李薛的父亲曾梦见一个神人"峨冠章服，至其家"，并对李父说："我薛某也，上帝命为汝子。"梦醒之后，李薛就出生了，其父便给儿子取名为李薛，"仍以谐孟为字"。在这个看似荒诞不经的故事中，可见薛寀在百姓心目中的地位，其原因便是王士禛书中所说的，薛寀"官归德知府，有善政。卒后，人传为归德府城隍之神"。

　　处于内忧外患中的明王朝风雨飘摇，遍地四起的起义军让地方官员也无力应对。薛寀担任开封知府的时候，"流寇"势力日炽，为了维护一方安定，薛寀向上级提出了很多保境安民的建议，但是"寀所上计，宪臣多不能用"，薛寀深感失望和无奈。崇祯十一年（1638）的冬天，李自成大军围攻开封城，薛寀带领军民奋战，但是援军迟迟不至，"寇围汴城三日，黄、左诸帅至，勉馈给之"（清赵怀玉《米堆山》诗的自注）。这次，李自成的大军对开封城猛攻七昼夜，毫无收获，最终离去。开封城暂时守住了，但是经历了这次事件，薛寀充分认识到晚明朝廷的腐朽，决计挂冠还乡。在离开前，他"流涕大呼曰：'时事去矣！'"。而他采用"投劾归"的离开方式，也显得那么与众不同。所谓"投劾"，就是自己向朝廷呈递弹劾自己的状文。这一辞官的方式，源于汉代文人崔篆，崔篆因耻于为王莽所用，就选择了投辞自劾而归的方式，显示了士人的铮铮铁骨。

挂冠归隐的薛寀，回到家乡武进横林，登览家乡的横山，作《游横山》诗以抒怀，诗作开篇就曰："足迹半中原，返顾发深耻。"大有陶渊明式"觉今是而昨非"般的后悔和懊恼。然而在山行游览中，"陟巘觌灵湫，幽贞贲潭水。潜鳞负青冥，至性能自理"，他似乎逐渐悟透了人生的"至性"和"至理"，最终立下了归隐山林，"相招采兰芷"的志愿。

四、隐居苏州的米堆和尚

乡村里居的平静生活，很快被甲申、乙酉之变打破。明亡的消息传来，薛寀在震惊悲痛之余，选择了落发逃禅，归于苏州灵岩山弘储继起门下，与徐枋等一众苏州遗民志士为友。

薛寀"生平敦孝友，尚节概"，与灵岩山弘储继起法师弟子良琚、苏州徐枋最为友善，"气谊终身无间，往还书问诗偈甚多"。作为薛寀最好的朋友，徐枋对其在苏州禅居的情况颇为熟稔，徐枋曾在《怀旧篇长句一千四百字》中叙写薛寀的这一段人生经历，"开封太守髡华颠""尚友每寻《高士传》""头陀说法饭金仙""堆山米汁真逃禅"。诗中还有自注，对四句诗作了更为详细的解释和补充："郡伯乱后剪发为头陀，居玄墓真如坞僧舍，自谓吾名寀，今不冠，当去宀，又剪发，当去丿，仅存米字。玄墓有米堆山，因名米，号堆山。天真烂然，饮酒终日不醉，与余最善，余尝载酒饮之，过其宿处，室中惟有《高士传》一卷。"这是后来包括尤侗《艮斋杂说》、王应奎《柳南随笔》、王士禛《居易录》、杨钟羲《雪桥诗话》等史料笔记相关记载的史源。

经历明末的社会动荡，薛寀挂冠归隐，回到江南之后的薛寀，认为自己已然没有官帽，就把自己名字"寀"上的"宀"去掉，改为"采"。在明朝灭亡之后，他坚决不愿仕清做"贰臣",就落发逃禅,遁入佛门,又去掉"采"字顶端的一撇,改名为"米",展现了自己剃去头顶之发、远离尘世的决心。又因他隐居之地在苏州光福的米堆山,便改号曰"堆山",人称"米堆山人""米堆和尚"。

虽说出家为僧,但他绝没有忘怀天下。他隐居在光福玄墓的真如坞雪香庵,但与诸如顾炎武、归庄、魏畊、孙枝蔚等仁人志士的联络密切,且此时隐居在光福的苏州志士尤多,如杨补、杨炤父子以及徐枋、杨廷枢、吴有涯等。薛寀的雪香庵和杨廷枢的古柏轩,隐然成为苏州遗民志士的秘密聚集点,他们时常在一起慷慨悲歌,抒发深沉的家国之感,也在秘密谋划复明之计。他们的行为受到了官府的注意,顺治四年(1647)四月二十四日,杨廷枢和薛寀被捕。杨廷枢面对江苏巡抚土国宝的劝降,坚决不愿变节仕清,作《绝命诗》十二首,其中有诗曰:"人生自古谁无死,留取丹心照汗青。正气千秋应不散,于今重复有斯人!"临刑就义前大呼:"负纲常名教之重任,愿为宋室文文山。""魂炯炯而升天,当为厉鬼;气英英而坠地,期待来生!"薛寀则因是佛门中人而得以赦免,最终回到常州老家。爱国诗人顾炎武听到这一消息之后,非常震惊,作诗三首以纪此事,并赠薛寀。顾炎武的诗题较长,但清晰地记载了这一段史实,诗题曰《寄薛开封寀君与杨主事同隐邓尉山并被获,或曰僧也免之,遂归常州》,诗曰:"别君二载余,无从问君处。苍苍大泽云,漠漠西山路。神物定不辱,精英夜飞去。只有延陵心,尚挂姑苏树。他日过吴门,为招烈士魂。燕丹宾客尽,独有渐离存。"

米堆山人和隐居在光福的文人志士群体及其精神光辉,在友人和同道中永远被铭记。孙枝蔚在其诗作中,以"南向鸟"和邓尉山遍地绽放的"北枝梅"为喻,颂扬缅怀薛寀:"性如南向鸟,寒似北枝梅。……游人纷眼底,谁识我心哀?"昆山诗人归庄每每借着邓尉赏梅的机会,前来拜访友人志士,在他的心目中,光福邓尉已然是"秦世桃源""田横孤岛",其诗有谓:"商家麦垄歌初咽,秦世桃源径已芜。""垄上倘能兴大楚,岛中莫便殉诸田。"

数百年之后,拂去历史的尘埃,其精光依然不灭。近代学者张其淦《明代千遗民诗咏》卷四有诗咏到薛寀及光福邓尉、米堆诸山周边的遗民志士,歌颂他们的志节堪与梅花冰姿玉骨相媲美,可以作为本文之结,不妨一读:"邓尉有和尚,梅花濯雪水。米堆有和尚,去冠但穿履。曾现宰官身,今皆成佛子。首阳多净土,素食良有以。"

梁章钜：联语谆谆传廉风

位于西美巷的况公祠是纪念一代廉官况锺的专祠,现已成为苏州市廉政教育和廉政建设的重要阵地。丰富多彩的展陈形式,让况锺勤政为民、清正廉洁的高尚品德深入人心,也感染、激励了许多人。展厅中有一副对联曰:"姓氏播弦歌,韦白以来成别调;功名起刀笔,萧曹自古是奇才。"既是对况锺人品和政绩的褒奖,更是集中体现了苏州千余年来的廉政文化传统。这副对联的撰写者是清代著名的学者、官员梁章钜。

一

梁章钜(1775—1849),字闳中,又字苣林,号苣邻,晚号退庵,祖籍福建长乐,出生于福州。嘉庆七年(1802),中进士,步入仕途,曾任江苏布政使、甘肃布政使、广西巡抚、江苏巡抚等职。道光十八年(1838),任职广西巡抚兼署学政的梁章钜上疏主张重治鸦片囤贩,强调"行法必自官",并积极配合林则徐严令梧州等地官员捉拿烟贩,杜绝复种罂粟。道光二十一年(1841),梁章钜亲自带兵防守广西梧州,并增兵南宁等地,运送大炮支援广州的防务。他曾上疏朝廷,抨击琦善等人在广东"开门揖盗",歌颂三元里人民的抗英斗争,他也是历史上第一个向朝廷提出"收香港为首务"的官员。

梁章钜的一生,宦海迁播,与苏州关系最为密切。曾先后数次到苏州,先后担任江苏按察使、江苏布政使、江苏巡抚和署理两江总督,督抚江苏十多年,政绩斐然,深受苏州老百姓的拥戴。

作为一代楹联大师，梁章钜撰写的楹联往往脍炙人口，广为流传，其中最为苏州人津津乐道的是集宋代著名诗人欧阳修、苏舜钦的诗句，为沧浪亭所作的经典名对："清风明月本无价，近水远山皆有情。"作为官员，梁章钜本人也经常自撰或是赠人楹联，以楹联这种传统的文学形式来表明自己清廉为政的理想，也用以达到教育身边同僚和百姓的作用。

梁章钜在湖北江陵任职的时候，曾在官署的大门上自题一副楹联，以通俗易懂的语言，向世人昭示了自己坦荡的君子情怀："政惟求于民便，事皆可与人言。"作为地方父母官，必须心地纯正，襟怀坦白，诚恳老实，光明磊落；为政一方，就应该除弊兴利，造福人民，使百姓安居乐业。道光六年（1826），梁章钜调任江苏布政使，作为楹联专家的他便在位于苏州的江苏布政使藩署大门上题联以自励："爽气挹天平，国计民生如此象；雄藩称地户，湖光江色照余心。"一生数度督抚江苏，梁章钜确是按此座右铭，以范仲淹为楷模，严以律己，清正勤勉，以百姓之民生为首要之务，他的行为和心迹，湖光山色可照，天地苍生可鉴。

梁章钜的好友余小霞升官赴任，在离别之际，梁章钜集苏轼的诗句，创作了一副集句联以赠："劝子勿为官所腐，知君欲以诗相磨。"上联取自苏轼《秦少游梦发殡而葬之者，云是刘发之柩，是岁发首荐，秦以诗贺之，刘泾亦作，因次其韵》一诗，是苏轼庆贺刘发得官时的告诫之语；下联出自苏轼《张作诗送砚反剑，乃和其诗，卒以剑归之》一诗。从这一联不仅可以看出其制联技巧高明，更可以看出梁章钜当官拒腐的坚决态度。

二

梁章钜初到苏州任职，非常重视文化建设。他深感先贤在道德引领、廉政建设方面的垂范作用至巨，下车伊始，就着手修复苏州府学中的四座名宦祠：

况锺祠、韦应物祠、白居易祠、陈鹏年祠。祠堂完工后,梁章钜创作了一组诗《重修苏州郡学旁名宦各专祠工竣分纪以诗》,表达了梁章钜对先贤的纪念,也用此来警砺自己。在诗作中,梁章钜发自肺腑地表达了对四位先贤的深切仰慕之情和追随之意:"等闲已见疲民活,并代相承长吏贤。""真与斯民共乐忧。""卧理能教末俗移。""清德宜民是我师。"在《况公祠》一诗中表达得最为淋漓尽致,其诗曰:"下车倏已凛风裁,念念东南杼轴哀。韦白以还成别调,龚黄自古是奇才。神官姓字流传遍,儒士功名特达来。我亦十年兰省客,南宫香火首重回。"

在《况公祠》一诗中,梁章钜开宗明义道:"下车倏已凛风裁,念念东南杼轴哀。"刚到苏州,梁章钜就已经被况锺的凛凛精神和风操感动,这种感动并非停留在口头的说说而已,梁章钜觉得自己应该像况锺一样,通过具体的实事,来解决江南百姓的民生实际问题。诗中的"杼轴"一词,原指旧式织布机上分管纬线的杼管和分管经线的轴管,在诗中用来指"经纬天下",说得更通俗一些,就是做好治理工作。

梁章钜最早到苏州时担任江苏按察使,几年后又调任江苏布政使,据《清史稿·职官志》记载,布政使的主要职责是"掌宣化承流,帅府、州、县官,廉其录职能否,上下其考,报督、抚,上达吏部"。既要负责对府、州、县各级官员的考察工作,还要负责一省的财税、民政方面的很多事情。从初到苏州任职,到后来再度来苏州执掌地方政务,梁章钜心心念念的始终都是百姓的切身之事。道光十一年(1831),江淮地区遇大水灾,梁章钜率领属下捐廉募款,赈济灾民。同年,在他的主持下,修复了练湖牌坝。他还带头筹款兴修孟渎、得胜、澡港三河的水利工程,以保百姓免受水患之苦。道光二十一年(1841),梁章钜刚由广西巡抚调任苏州任职江苏巡抚,便亲自带兵到上海,会同江南提督陈化成部署抵抗英国侵略者的入侵,积极组织宝山、上海、川沙、太仓、南汇、嘉定等地的老百姓兴办团练,严密设防,使英军不敢轻举妄动。次年五月,告病还乡的梁章钜在回乡途中得知英军攻进长江，两江总督牛鉴闻风逃遁，镇江陷落的消息之后，心情无比沉重。当他到达福建浦城之后，又听说清政府已经同意英国人在福州设立码头的消息，痛陈时局之弊。

梁章钜修建以况锺祠为代表的名宦祠，在表达敬畏先贤名宦之心的同时，也有自我警策激励之意，何尝没有警示教育州、府官员的用意？诗歌最后一联"我亦十年兰省客，南宫香火首重回"便是最好的证明。

诗歌的中间两联，是对况锺一生的高度概括和总结。自唐代以来，苏州历史上出现了许多清廉自律的名贤、循吏，以韦应物、白居易为代表，逐渐形成了"苏州刺史例能诗"的传统，但况锺却似乎是一个例外，算是"别调"。况锺虽然能写诗，但算不上是一个诗人，而且况锺没有科举功名，出身于低层的"刀笔吏"。况锺以他的实干出名，深得朝廷的信任，在礼部的考绩中，朝廷为表彰况锺的清正廉明，诏进授正三品俸禄，并让他连续担任苏州知府。在梁章钜看来，况锺倒颇似汉代以清廉能干而著称的两位"循吏"代表——龚遂、黄霸。在祠堂的对联中，梁章钜将诗中的"龚黄"改为"萧曹"，以西汉初年的开国元勋萧何、曹参与况锺相提并论，更凸显出他出身寒微，却做出了令世人瞩目的成绩。况锺在苏州执政十余年，更深受本地百姓士绅的爱戴和拥护，当时的苏州民间流传着这样的歌谣："太守不回，我民不宁。太守归来，我民忻哉。""况太守，民父母。早归来，乐田叟。"在况锺积劳成疾去世后，苏州文人杜琼在挽诗中赞道："生受国恩期作相，死当庙食定为神。"这些朴素的诗句，都很好地印证了"神官姓字流传遍"的历史真实，在况公祠的对联中，梁章钜用了较为典雅的"姓氏播弦歌"，其意则别无二致。

三

后来，梁章钜应长洲县令王锡蒲（字槐午）之请，又把这四首礼敬先贤的诗歌加以精简，改写成对联，悬挂在名宦专祠中，供人凭吊讴歌况、韦、白、陈四位清官。梁章钜不愧是古代的楹联大家，况公祠中的对联直到今天依然还是名对。至于题咏其他三位苏州先贤的对联，亦堪称佳作。

"唐史传偏遗，合循吏儒林，读书不碍中年晚；苏州官似谥，本清才名德，卧理能教末俗移"，这是韦公祠中对韦应物一生的评价。对于韦应物的生平事迹不见于新、旧《唐书》，梁章钜颇有不平之意，但韦应物却因在苏州的惠政，赢得了百姓的口碑，这就足矣，故而联语中有"苏州官似谥"一说。直到今天那副对联还流传在口："姓字播弦歌，韦白以来成别调；功名起刀笔，萧曹自古是奇才。"在白公祠中的对联中，梁章钜化用白居易的诗句"谁辨心与迹，非行亦非藏"，对白居易一生在政治上、文学上的成就给予全面的评价，显得大气磅礴，其联曰："讽谕岂无因，乐府正声熟人口；行藏何足辨，名山大业定生前。"

题陈鹏年祠的对联，则借"惟楚有才"一典，点明陈公籍贯湖南，进而赞美陈鹏年屏绝贿赂，不畏强暴，敢于与朝中权贵恶势力斗争的可贵精神品格，其联曰："洛蜀任分门，惟楚有才，增赋肯凭官似虎；河淮方夺路，如尊乃勇，拯民忍使国无鸠。"据《清史稿》等史籍记载，康熙朝重臣张英曾向康熙帝举荐陈鹏年曰："吏畏威而不怨，民怀德而不玩，士式教而不欺，廉其末也。"陈鹏年出任苏州知府，不到一个月的时间内，便雷厉风行地处理了三百多个"历史遗留案件"，兴利除弊，力革钱粮耗羡等诸多积弊，"询民疾苦，请赈货，全活甚众"。因此得罪了两江总督噶礼，噶礼遂密报朝廷，说陈鹏年所作《虎丘诗》，有"怨望"乃至悖逆之意，"欲文致其罪"，康熙帝相信陈鹏年的人品，直接否定了噶礼的奏报："朕阅其诗，并无干碍。朕纂辑群书甚多，诗中所用典故，朕皆知之。"

梁章钜在楹联研究和创作上，成绩卓著，他撰写的《楹联丛话》是中国第一部系统研究对联的专著,其中还载录了很多用以劝世警世、倡导廉政之风的对联,有些是他自己创作的,也有其他人创作的。这些优秀的联语作品,在今天的廉政文化建设中,依然有着重要的借鉴意义。姑录几则,作为本文之结:

唐史传偏遗,合循吏儒林,读书不碍中年晚;
苏州官似谧,本清才名德,卧理能教末俗移。
——〔清〕梁章钜《题韦应物祠联》

兵甲富于胸中,一代功名高宋室;
忧乐关乎天下,千秋俎豆重苏台。
——〔清〕宋荦《题范文正公祠联》

非关貌取前人,有德有言,千载风徽追石室;
但觉神传阿堵,亦模亦范,四时俎豆式金阊。
——〔清〕陶澍《题五百名贤祠联》

岁时风情

清代苏州年节岁时的诗意书写

『李娄』声中炒米香

长盛不衰的『香雪海』赏梅风习

『依约晓窗人未起，卖花声里到苏州』

『荷花生日·黄天荡·并蒂莲

红蓼滩头秋已老

清代苏州年节岁时的诗意书写

早在一千五百年前的南朝时期，宗懔撰写了一部《荆楚岁时记》，依时变、节令的次序，系统记录了荆楚地区一年之内的各种风俗活动，开创了中国古代岁时书写的体例。到了后代，这一书写方式受到世人的追捧，苏州地区的文人学者似乎对此特别青睐，清代就涌现了顾禄《清嘉录》和袁学澜《吴郡岁华纪丽》等极具代表性的著述。

顾禄，字总之，一字铁卿，自署茶磨山人，道光、咸丰年间苏州人。顾禄家境富裕，富才性，喜结交名流。顾禄一生尤措意于苏州风土、风情，他所著的《清嘉录》，取陆机《吴趋行》中"土风清且嘉"一语的意思，按照岁时记的体例，详细记载苏州的节令习俗，并以大量的经史典籍、地方志、历代诗文作品参证。他的好友韦光黻在《闻见阐幽录》中说顾禄的《清嘉录》和《桐桥倚棹录》，"外洋日本国重镂其版，称为才子"。著名历史学家顾颉刚在《苏州史志笔记》也曾给予高度评价。

袁学澜（1804—1879），原名景澜，字文绮，号巢春，元和（今江苏苏州）人。据《（民国）吴县志》记载，袁学澜"世居尹山袁村"，自幼"独溺苦于学"，23岁时在乡里倡议组织"尹山吟社"，诗歌创作在吴中小有名气。后因科场考试不利，遂专心于苏州风俗人情的调查研究，并以此为题材，创作了《姑苏竹枝词百首》《田家四时绝句百首》《吴俗讽喻诗》《吴门新年杂咏》等诗，袁学澜也因此获得"风俗诗人"的雅号。《吴郡岁华纪丽》则是袁学澜关于苏州岁时风俗写作最重要的代表作，这部稿本藏于南京图书馆，后据此点校出版，成为研究苏州风俗最为重要的一部典籍。

无论《清嘉录》，还是《吴郡岁华纪丽》，对吴地年节风俗的叙述和书写，都是其重头戏。正如俗语所说："腊八过后就是年。"顾禄和袁学澜对于苏州年节的书写就从腊八开始，一直持续到农历正月十五前后，持续的时间长达一月有余。

清代苏州岁时年节的书写，不仅具有较为浓厚的学术气息，还富有生活气息，字里行间无不洋溢着团圆喜庆、欢乐吉祥的节日氛围，极具感染力。这一切，无不得益于清代苏州文人对传统岁时书写体制的创新，即在《荆楚岁时记》单纯文献援引和考证的基础上，增加了大量的诗歌作品，用形象生动的文学语言和文学形态，赋予岁时书写以生活的温度、人情的温暖和节日的温馨。

顾禄自己虽然并没有创作很多关于吴地岁时风俗的诗词，但他的《清嘉录》中著录了大量先贤和同时代人所写的苏州节令诗词，与其同时的蔡云所作《吴歈百绝》，选录尤多，如写吴人正月初五接财神时争先恐后的情状曰："五日财源五日求，一年心愿一时酬。提防别处迎神早，隔夜匆匆抢路头。"不但极具市井生活情韵，也别有幽默和机趣。《清嘉录》中所选吴曼云的一首诗《压岁钱》，极富童趣，不妨一读："百十钱穿彩线长，分来角枕自收藏。商量爆竹饧箫价，添得娇儿一夜忙。"难怪他的好友何桂馨在为《清嘉录》题诗时要说："吴趋自古说清嘉，土物真堪纪岁华。一种生涯天下绝，虎丘不断四时花。"

相形之下，袁学澜对《吴郡岁华纪丽》的诗意表达更为自信，也有着很高的自我期许，他为此书自题，作诗数首，反复致意曰："要与吴中添近事，旗亭补唱《竹枝》声。""吴趋风土著《清嘉》，弄笔闲窗纪《岁华》。""好景从头记四时，山谣里谚并歌词。""田家月令齐民术，本计宜从卷里寻。""频参稼圃蚕桑话，聊代香山讽喻诗。"从袁学澜的自题文字中，我们可以清楚地看出《吴郡岁华纪丽》和顾禄《清嘉录》之间的学术渊源，也可以看到他不避俚俗，对民间文化、风俗人情的高度重视，更可体会到他搜集整理、研究风俗，创作大量风俗诗的真正意图在于秉承白居易以来的讽喻诗传统,正是他所谓的"聊代香山讽喻诗"。

袁学澜将白居易的新乐府精神视为自己文学创作的出发点,这一点在其编撰《吴郡岁华纪丽》的过程中得到了很好的贯彻。《吴郡岁华纪丽》卷首有一条凡例,明确讲到其"著书立说之旨,专以觉世牖民为务",所以在书卷端,列《吴俗箴言》数则,"以示民去奢即俭之意"。其中有曰:"宴会所以洽欢,何得争夸贵重,烹调珍错,排设多品,一席费至数金?"在袁学澜眼中,年节也好,宴会也罢,只要气氛融洽欢怡足矣,完全不必讲究排场和奢华,因而力倡"酌丰俭之宜,留不尽之福;物薄而情敦,费省而礼尽"。

在咏年节的诗中,袁学澜有一首《安乐菜》,其诗写道:"冷淡家风不费钱,菜羹滋味乐终年。霜塍剔出连根煮,甜到千家饤岁筵。"结合诗歌的自注,我们可以清晰地了解,在苏州人除夕夜的年夜饭中,有一道安乐菜,其菜平凡家常,"名雪里青,以风干茄蒂,缕切红萝卜丝,杂果蔬为羹,下箸必先此品,名安乐菜"。菜肴虽然普通平淡,但是袁学澜的诗却在平淡中赋予它美好的诗意。同样的意蕴,在蔡云的《吴歈百绝》中也有异曲同工的诗性表达:"分岁筵开大小除,强将茄蒂入盘蔬。人生莫漫图安乐,利市偏争下箸初。"时至今日,尚有津津乐道,侈言吴地物产富饶、生活精致奢华者,读到这些返璞归真的平淡之诗,岂能不汗颜?

"孛娄"声中炒米香

　　旧时吴地有一个叫"炒蚕豆"的儿童游戏,虽然简单,但孩子们乐此不疲。游戏玩法是两个小孩面对面站立,双手互握,随着吴语童谣唱起:"炒蚕豆,炒黄豆,孛娄孛娄翻跟头。"参与游戏的两人,都高举起握住的双手,低下头,从手臂下转过身体,两人背对背,然后再转过来面对面。游戏中的童谣,还有另一个版本:"炒蚕豆,炒黄豆,哔裂剥落翻跟头。""哔裂剥落"在现在的吴语中还经常被使用。这一游戏无论其形还是其意,都是对过年前炒蚕豆、米花这一节日生活场景的模仿,平时并不常见。

　　炒蚕豆、米花,坊间俗称为"炒炒米",这一年节风俗在吴地历史悠久,早在南宋时期,江南人家就会在家里炒炒米,当时称之为"爆孛娄""糯米花"。南宋苏州诗人范成大在其所著《吴郡志》和诗歌作品中描写苏州人正月十五元宵风俗的时候,就写道:"撚粉团栾意,熬稃腷膊声。"在诗歌的自注里,范成大解释道:"炒糯谷以卜,俗名'孛娄',北人号'糯米花'。""腷膊"与"孛娄"都是象声词,是米粒在加热的锅中爆开时发出的声音。

　　古代正月十五前后"爆孛娄",主要用于占卜,人们根据米花爆炒出来的大小和形状,预测新一年中的吉凶,民间有"卜流年"的说法,所以"爆孛娄"又被称为"卜流"。对此,苏州历代方志中都有相关的记载,明代王鏊的《(正德)姑苏志》中就有谓:"十三日,以糯粒投焦釜,老幼各占一投,以卜终岁之吉凶,谓之爆'孛娄',亦曰'米花',又曰'卜流'(言卜流年也)。"明代文人李戒庵有《孛娄》诗云:"东入吴城十万家,家家爆谷卜年华。就锅抛下黄金粟,转手翻成白玉花。红粉佳人占喜事,白头老叟问生涯。晓来妆饰诸儿女,数点梅花插鬓斜。"把"爆孛娄"写得既有生活气息,又富有生动的诗韵。顾禄在《清嘉录》中亦承其说,把"爆孛娄"列为苏州年节中的一大风俗,并谓:"乡农以糯谷入焦釜,老幼各占一粒,曰'爆孛娄',谓卜流年之休咎。"

范成大和《清嘉录》中说"爆孛娄"是用来占卜的,但在旧时过年前,几乎家家户户都会"爆孛娄",制作米花糖等食物,用于春节期间品尝。过去的岁末年底时分,有人会在家里自己"爆孛娄",也有多户人家一起请人"爆孛娄"的情况——他们请来专门从事炒米加工的人,上门集中炒制,只要按锅支付一定的加工费即可。

"爆孛娄"使用的大米,一般是糯米,也有用粳米的。粳米在淘洗沥干水分之后,就可以直接入锅翻炒。如果用糯米的话,事先要将糯米煮熟,晒干,揉搓成一粒粒的糯米饭粒,然后才可以炒制。糯米炒出来的炒米要比粳米更蓬松酥脆一些。

在大米入锅之前,需要先把铁锅烧热,在锅里放几勺食用油,再加入淘洗干净的细砂。先均匀翻炒细砂,直到细砂冒出青烟,待烟散尽后,即可将大米放入锅中。大铲刀在锅中快速翻动,随着米粒在锅中发出"哔裂剥落""膈膊""孛娄"的爆裂声,炒熟的大米香气四溢。在这一环节中,添加食用油是非常重要的,加热以后的食用油可以促进米粒的爆裂、开花,现代烹制爆玉米花的时候也离不开这一步,道理则是一样的。锅中加入细砂,为的是使锅子受热均匀,防止大米炒糊。此外,灶膛里的火候控制也非常重要,锅台上炒制的人随时会与烧火的人交流,及时调整火候。最后把混合着细砂的熟炒米倒入细网眼的钢丝网筛中,用力均匀地筛动,将炒米和细砂分开,一锅香喷喷的炒米就出锅了。也可以用这种方式炒制蚕豆、黄豆、花生、山芋等,这样炒制出来的成品酥脆清香,也很受欢迎,与炒米炒制的唯一区别就是伴炒的细砂要稍微粗大一些。

待炒制出来的炒米冷却，就将其装入密闭的陶罐中存放，以防止受潮。炒米可以直接作为零食来吃，也可以制作成炒米糕（米花糖）、糖水泡炒米等。江南地区的炒米糕是用熬化的饴糖混合着炒米，也可以加入熟芝麻、熟花生、熟黄豆等，在热锅中混合均匀，再用模具（一般人家会用木制的方盘）压制成平整紧实的大米糕块，看好时机，用锋利的菜刀迅速切成小块。切糕块的时机要把握好，切糕块必须等到大米糕块半硬半软的时候，太软的时候切则不易成型，太硬的时候切则容易切碎。使用的刀具也一定要锋利，且切糕块的动作要迅速，因而过去制作炒米糕，需要制作者有一定的经验。过去的江南农村人民，用沸水冲泡炒米，加上一小勺白糖，这便是一顿简易而家常的早餐或午餐。如果在糖水泡炒米中加上两三个水潽蛋，那就是接待亲友和贵客的重要礼遇了。家中如果有产妇或病人，也会用鸡蛋泡炒米和水潽蛋作为调补身体的食物，并适量加入一些红糖。

过去的人们，无论是炒炒米，还是吃炒米糕，都带着浓浓的年节味道，充满着节日里隆重的仪式感。现代都市中，有一种膨化食品——爆米花，几乎是年轻人在电影院观影时的最爱。这一现代美食源自国外，使用的原料不是大米而是玉米，虽然其制作原理和方法与中国古代的"孛娄"大同小异，但人们在吃爆玉米花的时候，总是缺少了过去人们吃炒米时的喜悦和幸福感。

长盛不衰的"香雪海"赏梅风习

中国自古就有赏梅的风气,明清以来,天下赏梅胜地渐多,其中声名较著者有"江宁之龙蟠,苏州之邓尉,杭州之西溪",而苏州邓尉赏梅之风尤甚。早在明代,就有"邓尉梅花甲天下"之说,明代文人姚希孟曾在《梅花杂咏序》中有曰:"梅花之盛不得不推吴中,而必以光福诸山为最,若言其衍亘五六十里,窈无穷际。"

据徐崧、张大纯《百城烟水》记载,邓尉山在苏州城外的光福古镇,"去城七十里,汉有邓尉者隐此,故名。又因后晋青州刺史郁泰玄葬此,一名'玄墓'"。早在两千多年前,东汉大司徒邓禹隐居的时候,光福一带的群山中就种有梅树。宋元以后,邓尉周边的乡人多以种梅为业,隙地遍地种梅,蔚然如雪海,其中较为著名的山头有铜坑、吾家山、蟠螭山、弹山、石壁、石嵝等。赏梅之风蔚然兴起,遂成为东南文士名流的风雅之举。清人沈朝初的一阕《忆江南》词,则写尽了苏州文人邓尉赏梅的盛况:"苏州好,鼓棹去探梅。公子清歌山顶度,佳人油壁树间来。玄墓正花开。"

早春二月,正值光福群山梅花盛开之际,苏州士人和百姓纷纷由水路取径木渎,"径灵岩山","过善人桥",南历"箭泾之水"(一箭河),直抵光福虎山桥,进入梅海,开始尽情欣赏弥望不绝的"粉鲜玉皎"胜景。清代苏州文人袁学澜在其《吴郡岁华纪丽》中就以敷陈的笔法描绘了吴郡人士迤逦数十里,浩浩荡荡前往光福赏梅的情形:

郡人舣舟虎山桥，襁被遨游。舆者、骑者、屝而步者、提壶担榼者，相属于路。率取道费家湖、马家山、蟠螭山、铜坑、石壁、弹山，而以石楼为投最。其地俯窥旁瞩，蒙然竭然，曳若横练，凝如积素，绵谷跨岭，扬菁眠烟，七钿九华，宝妆天绘。而邓尉山前，香花桥上，坐石栏徙倚，日暖风来，粉鲜玉皎，秾芳遥袭，熏袂染衣。时有微云弄白，岚气萦青。左瀎湖镜，右障岩屏，水天浩漾，苍翠互错，资清欲冶，蒸成香国，真脱然尘埃矣。

苏州人士对邓尉赏梅的痴迷不仅仅表现在游赏者数量之多上，更体现在时间维度上的愈久弥坚。但凡来过邓尉，领略过此间无尽的"梅花消息"者，无不为之钟情一生，这份情愫甚至化作其至死不变的情结。清代诗人吴彦芳曾与友人麕集游邓尉，只因这场二十年前的偶然邂逅，便对邓尉赏梅的兴味至老益浓，写下了这样的诗句："结伴寻春邓尉山，梅花消息此山间。亦知花与人同瘦，谁信春来客总闲？松径微风翻粉蝶，湖心斜日点烟鬟。廿年前一登临遍，今老依稀兴未删。"

乾隆时期的常熟诗人孙原湘自幼听闻玄墓梅海的盛名，直到他十七岁时第一次来到光福，见到绵延数十里的梅海，脱口而出的竟是"积想十年才满愿，关心百事总前缘"。自此以后，只要有闲暇时间，孙原湘便几乎年年前来苏州赏梅，并写下了许多咏梅诗。他在《雨中自邓尉至潭山下看梅》的第六首中，便把自己对邓尉梅海的钟爱之情表现得淋漓尽致，正是"扶筇折屐自年年，旧侣同来各沓然。只有梅花情不改，一回相见一回妍"。

苏州人如此痴狂的赏梅风习，自然也被许多风俗诗人摄入笔端，通过一首首《竹枝词》将此盛况再现，并使之声名远播。其中最为著名的当数清代著名诗人王士禛的一首《邓尉竹枝词》，把邓尉山周边络绎不绝的赏梅人群写得跃然纸上,诗曰:"二月梅花烂熳开,游人多自虎山来。新安坞畔重重树,画舫青油日几回?"而苏州本地文学家汪琬似乎也不示弱,也在其《竹枝词》中这样写道:"两两吴娃结束同,竞呼画舫趁东风。白堤玄墓花如雪,春在蜂黄蝶粉中。"

在长盛不衰的赏梅活动中,历代文人自然少不了对梅花的姿态及其内在的精神意蕴进行咏唱,宋人林逋的一语"疏影横斜水清浅,暗香浮动月黄昏"似乎已经写尽了梅花的风姿和神韵,无怪乎辛弃疾要在其词作中发出这样的感慨:"未须草草赋梅花,多少骚人词客。总被西湖林处士,不肯分留风月。"即便这样,也不能完全掩抑文人墨客咏梅的热情。特别是置身于浩淼无垠的邓尉梅海之中,"千林一望间。浅深花远近,上下鸟绵蛮"。诗人亲历万株梅花同时绽放的盛景,信步其间,不由得吟咏出这样的诗句:"特访梅花信,漫行春谷中。路随云共白,村与树俱空。""暖日东风芳草薰,平湖春霁碧氤氲。铜坑东下花林接,一路穿香入白云。"心醉酲然其间,几乎所有的诗人都会产生这般强烈的感受:"邓尉山头履初踬,吟魂恍被香魂慑。平生侈口说幽奇,真境乍逢心转怯。雪积空林白满山,交光雪月寒千叠。烛龙衔照玉龙蟠,万顷湖波浮暖靥。最爱凌虚画阁看,晴香翠湿相围压。姑射仙人昨夜来,人间粉黛谁堪接?"

正因为有了这样的逸兴端飞,眼前之景和意中之境浑然相融、相摄,诗人就会以其传神的笔触写尽自己徜徉梅海之中惝恍迷离、如梦如幻的感受,其中最具代表性的当数清代苏州诗人尤侗的一阕《清平乐·咏梅蕊》词,淋漓尽致地展现了梅花盛开时节的迷人景象:"烟姿玉骨,淡淡东风色。勾引春光一半出,犹带几分羞涩。　　陇头倚雪眠霜,寒肌密抱疏香。待得罗浮梦破,美人打点新妆。"

一路画舫如织,行进在邓尉、玄墓梅林的河道之中,不仅有满目如雪这样梦幻般的视觉冲击,还有沁人心脾的阵阵暗香袭来,称为"溢雪流香"亦不为过也。"雪""香"并举,更是邓尉梅海的一大特色。康熙三十五年(1696),时任江苏巡抚的宋荦,冒着蒙蒙细雨,到光福古镇赏梅,在梅花最盛的吾家山欣然写诗题词,其诗曰:"探梅冒雨兴还生,石径铿然杖有声。云影花光乍吞吐,松涛岩溜互喧争。韵宜禅榻闲中领,幽爱园扉破处行。望去茫茫香雪海,吾家山畔好题名。"末句所谓的"吾家山畔好题名",在其题注中,宋荦有明确的交代:"余于吾家山题'香雪海'三字。"康熙帝先后三次、乾隆帝先后六次到邓尉探梅,都写有多首咏梅诗,乾隆帝在《邓尉香雪海歌叠旧作韵》就对宋荦的题名表示赞同:"邓尉西北山名吾,昔游未到兹到初。奇峰诡石更幽邃,商邱(按:指宋荦)三字泐厓诬。虎山桥春水碧涨,光福塔舍利光舒。湖山表里互映带,都拱香雪为范模。"自此之后,宋荦在崖壁上所镌刻的"香雪海"三字,便成为光福梅海的代称,名闻天下,流传至今。自此以后,几乎所有的诗人在诗作中,都是"雪""香"并举,描绘邓尉梅海的景象。如孙原湘在其《雨中自邓尉至潭山下看梅》第四首中,就把邓尉山令人痴迷流连的"花外见晴雪,花里闻香风"的意境铺陈得惟妙惟肖,其诗曰:"入山无处不花枝,远近高低路不知。贪爱下风香气息,离花三尺立多时。"

作为赏梅胜地,邓尉"香雪海"有一个优势是其他地区难以媲美的,那就是漫山的梅花花海和近在咫尺的万顷太湖相映带,乾隆帝南巡时书写的两副对联"万顷湖光分来功德水,千重花影胜入梅檀林""春入湖山韶且秀,雪凝楼观净无埃",便是对这一特色的最好概括。对于自然造化如此钟秀的苏州,本地文人时常在文学书写中流溢着一种难以抑制的自豪之情。明代画家文徵明时常和友人流连于太湖之畔、邓尉山麓,他在《玄墓山探梅倡和诗序》曾这样描写邓尉"香雪海"的美妙:"玉梅万枝,与松竹杂植。冬春之交,花香树色,蔚然秀茂。而断崖残雪,上下辉映,波光渺弥,一目万顷,洞庭诸山,宛在几格,真人间绝境也。"梅花因山水而增色,山水因梅花而生辉,交相辉映,相得益彰。

如果游赏者登山远眺,就可以欣赏到"香雪海""玉梅万枝""花香树色,蔚然秀茂"的盛况和万顷太湖"平湖春霁碧氤氲"的浩渺烟波相映成趣的绝妙景致。清代著名诗人沈德潜就在其《晚入邓尉山宿还元阁》一诗中描写了这样的览胜所得："凭轩送远目,百里纳清旷。晴雪漫陂陀,香风透屏障。花影连湖光,夕阳摇滉漾。"除此之外,还有很多游赏者会选择驾一叶扁舟,荡桨湖面,远眺梅海,充分领略"断崖残雪,下上辉映,波光渺弥,一目万顷"的逍遥洒脱。在明清时期的诗人中,宋荦似乎尤其乐于此道,他在诗中颇为得意地写道:"花事盛江南,看宜蕊半含。春风吹小艇,远岫送晴岚。""溪桥聊待月,画舫忽闻歌。烟水迷蒙际,幽香几阵过。""细雨春波远浸天,梅花烂漫满溪湾。""画桨每侵疏影瘦,芳尊浑带冷香还。决胜雪夜寻安道,归路渔灯照醉颜。"

宋荦在苏州为官长达十四年之久,作了很多咏梅诗,更在邓尉镌刻了"香雪海"三字,后世便把他视为邓尉梅海的知音。其实,像宋荦这样流寓苏州而成为梅花知音的文学家还有很多,晚明时期的贵州文人杨龙友就是其中之一。杨龙友有一篇《看梅记》,就详尽地历数了自己和邓尉山梅花的渊源。杨龙友在欣赏过杭州西溪梅花之后,就听朋友说:"吴门邓尉山梅花四十里,较此则三山(按:指东海三神山蓬莱、瀛洲、方丈)之与名岳,洛神之与夷光(按:指西施),大有仙凡隔,不可失也。由是,梦寐花神,十有六年,无日不作春想,无春不作游想,而鹿鹿鱼鱼,忧思百折,逮此良愿。"同是江南梅花,苏杭梅花竟有仙凡之别,友人何以如此厚此薄彼?杨龙友的内心始终带着这一疑惑,直到崇祯戊寅(1638),他来到苏州,游历了邓尉之后,方得一解其想。他在游记中写道:"再入转幽,溪桥错出,空青撩人,草香路细,舍舟登岸者久之,真不减在山阴道上。""左右直视,香气氤氲,大约有数十里。尝闻径山竹盛,题为'竹海'。玄墓之梅,余亦欲以'梅海'赠之。"徜徉在光福古镇的群山之中,"逶迤峰上",登高远望,杨龙友似乎已经完全融入梅海,甚至发出这样的喟叹:"自下仰视,不几向屃气楼台中行耶!"至于苏州人津津乐道的湖山与梅花相映成趣的钟灵毓秀之美,杨龙友亦在文中细致摹状,所谓"凡梅花盛处,皆此湖之光影所接也"。

此外，他更描绘了月夜泛舟湖上观月赏梅的绝妙景象，大有苏子泛舟赤壁的雅趣，其文曰："月严人静，谑浪中流，洗盏更酌，漏箭约三下，看太湖如掌，流入胸次，而花依山麓，袭袭送清，烟霭中不知狼藉过千树也。将达光福桥，见小艇掠舟西去，从人疑之。余语千仞曰：'安知非放鹤林逋乎？'……万峰深邃，恍坐莲花水上，不知何福消受耳。"

说到邓尉"香雪海"，还有一事不得不提，那就是光福的古寺名刹多掩映在梅林花海之中。所以，在邓尉探梅的行程中，时常还会有这样的意外和欣喜："野店经行好，精庐（按：指寺庙）取次探。"也会邂逅"钟敲响雪三州浪，阁浸空香万壑梅"这样的奇景。在诸多寺庙中，最有名的当数康熙帝、乾隆帝赏梅时都曾驻跸的圣恩寺，乾隆帝曾御书寺额"梵天香海"、堂额"众香国里"、"千林烟月"。最具有传奇色彩的，还当推《红楼梦》第四十一回中曹雪芹所虚构的玄墓蟠香寺，妙玉就在此出家，在苏州的时候，她就搜集"香雪海"梅花花瓣上的雪水用来沏茶。这是小说家的虚构，但其诗性的笔调却实实在在地写出了苏州"香雪海"的风雅大美，不妨一读，以作卧游"香雪海"胜景之结束：

> 黛玉因问："这也是旧年的雨水？"妙玉冷笑道："你这么个人，竟是大俗人，连水也尝不出来。这是五年前我在玄墓蟠香寺住着，收的梅花上的雪，共得了那一鬼脸青的花瓮一瓮，总舍不得吃，埋在地下，今年夏天才开了。我只吃过一回，这是第二回了。你怎么尝不出来？隔年蠲的雨水，那有这样轻浮，如何吃得。"

"依约晓窗人未起，卖花声里到苏州"

晚明文人陈继儒在《小窗幽记》中有曰："论声之韵者，曰溪声、涧声、竹声、松声、山禽声、幽壑声、芭蕉雨声、落花声，皆天地之清籁，诗坛之鼓吹也。然销魂之听，当以卖花声为第一。"陈继儒（1558—1639），字仲醇，号眉公、麋公，华亭（今上海松江）人，晚明著名文学家、书画家，也是一代山人雅士的代表，在他的笔下，亟亟称道的居然是卖花声，而且远胜一切自然之天籁。需要说明的是，陈眉公笔下令人销魂的卖花声，自然是用吴侬软语吟唱而出的，若没有吴地的生活经历，似乎很难领会这样的韵味。

但凡踏上苏州的土地，春夏时节，时而会从狭窄的小巷或是遍布城内外的水巷中传来"栀子花，白兰花……"的叫卖声，这种绵长而悠远的吆喝，毋宁说是歌唱，这悠悠的叫卖和吟唱，似乎有着浸润心田的万千温情，使人在轻歌慢语中感受着江南的无限神韵和水乡的款款风情。吴语一直被世人誉为"天下最美的声音"，尤其是江南女子软糯妩媚的声声歌唱，元代诗人谢宗可就在其组诗《咏物诗》中专门描写江南女子卖花声让人产生的无限遐思和想象，极富有诗意，值得一读：

　　春光吟遍费千金，紫韵红腔细细寻。几处又惊游冶梦，谁家不动惜芳心。响穿红雾楼台晓，情逐香风巷陌深。妆镜美人听未了，绣帘低揭画檐阴。

在春日里，无论是在漫天柳烟的迷蒙中，还是在绵绵春雨交织成的氤氲中，不经意间，就能够听到卖花姑娘温软柔美的"紫韵红腔"，一声声圆匀嘹呖，似"呖呖莺声溜的圆"。如此妩媚软糯的叫卖声，飘忽于深深悠长的江南小巷，所有人都能够感受江南无限烂漫的春光。更有甚者，以"响穿红雾楼台晓，情逐香风巷陌深"的情韵销摄闺中人的魂魄，那些"幽闺自怜"的"妆镜美人""听未了"，就不由得涌动起游冶、惊梦之情思，并由此产生"如花美眷，似水流年"这般惜春的无限感慨。谢宗可不愧是一位摹景抒情的高手，在诗歌最后以低垂的帘幕和昏晦的光影收束，把"妆镜美人"听闻卖花声之后"此恨绵绵无绝期"的哀婉写到了极致，风神无限，令人有迷离惝恍之感。

这样的情绪和感觉似乎一直存在于文人墨客的想象之中，因而也就会时常在其笔端流露出来。有"乾隆第一诗人"之称的黄景仁在他的两首《即席分赋得卖花声》中，更是将谢宗可诗中"绝怜儿女深闺事"的情思和意绪发挥到了淋漓尽致的地步，正所谓"听多偏是惜花人""惜花无奈听成愁"：

> 何处来行有脚春？一声声唤最圆匀。也经古巷何妨陋，亦上荆钗不厌贫。过早惯惊眠雨客，听多偏是惜花人。绝怜儿女深闺事，轻放犀梳侧耳频。

> 摘向筠篮露未收，唤来深巷去还留。一场春雨寒初减，万枕梨云梦忽流。临镜不妨来更早，惜花无奈听成愁。怜他齿颊生香处，不在枝头在担头。

如果说谢宗可和黄景仁的诗歌属于"男子而作闺音"，描写的还只是女子的感受，并不能完全代表传统文人士大夫的感受的话，下面我们就来读几首男性

8诗意苏州

文士笔下借卖花之声实现自我抒怀的作品。

许久以来，世人称道吴侬软语的卖花声时，都喜欢援引陆游的那句"小楼一夜听春雨，深巷明朝卖杏花"，以之为吴地风雅之证明。陆游所作，题曰《临安春雨初霁》，很显然，其诗所描写的并非吴中，而是杭州的景象。难道卖花声这般极具苏州风韵的场景，就没有经典的诗句为引证吗？其实不然，苏州地区文人笔下的佳作亦复不少。明代常熟诗人邵圭洁在一首《苏台竹枝词》中，就饱含着对家乡的深挚之情，深情地摹状了江南水乡的独有的山水光影，在水光潋滟、"片片明霞"之外，邵圭洁更以极富诗性的笔调，复现了飘忽于江南湖光山色之间，隐约流荡在纵横交错水巷中的卖花声，虽然只是"三五声"，零零星星，若有若无，却是情韵无尽。其诗曰：

鱼尾晴霞片片明，鸭头新水半塘生。
平川荡桨一十里，深巷卖花三五声。

苏州的水巷是曲折而幽长的，又是静谧而优雅的，轻柔悦耳的卖花声穿梭萦绕在苏州的水巷深处，不仅增加了苏州水巷的市井气息，还使得文静的苏州水巷活泼生动了起来。自此之后，"栀子花，白兰花……"这一吴地百姓最为熟悉、最为亲切的叫卖声也就无需再用陆游的诗句为证了，有邵圭洁"平川荡桨一十里，深巷卖花三五声"的吟唱就足矣。

城市的声音，尤其是带着浓郁乡情的乡音，本应该是一个城市文化重要的组成部分，然而在城市现代化的进程中，这种带着无限乡愁的乡音越来越被人淡忘。记住乡音，就是记住城市的声音，也是传承城市历史、城市文化的重要方式之一。在苏州，除了温婉的卖花声，还有许多值得记住的乡音，诸如太湖流域的渔歌，江南特色鲜明的采菱歌、采莲歌等。古往今来，有多少文人墨客将这浓浓的乡愁融入声声亲切的乡音之中,在苏州文学史上,也不乏这样的经典佳作。

　　元代末年,绍兴籍诗人杨维桢寓居苏州,对苏州的风土人情和风物青睐有加,在他创作的《吴下竹枝歌》组诗中就有许多描写苏州各种声音的内容,其中既有江南女子采菱时的声声歌唱,也有青年男女买花赠花、互诉衷情时的情歌对唱,还有文人雅士之间诗酒风流中的踏歌嬉乐和赠答唱和,兹引其中的三首小诗如下:

　　　　　　三箬春深草色齐,花间荡漾胜耶溪。
　　　　　　采菱三五唱歌去,五马行春驻大堤。

　　　　　　马上郎君双结椎,百花洲下买花枝。
　　　　　　畧罜冠子高一尺,能唱黄莺舞雁儿。

　　　　　　灼灼桃花朱户底,青青梅子粉墙头。
　　　　　　踏歌起自春来日,直至春归唱不休。

　　元末苏州文人陈基在与杨维桢、顾阿瑛等人在阳澄湖畔的玉山草堂雅集的时候,也时常被吴地如歌似曲的声声叫卖吸引,他在《次韵怀玉山》一诗中这样写道:"滑滑春泥满郡城,出门策马不堪行。未能学道从缑母,且自忘忧对曲生。流水小池垂钓影,春风深巷卖花声。《停云》赋罢心如渴,安得沧浪濯我缨?"徜徉在吴地秀润的山水之间,更有流水小池之畔垂钓的从容和淡定,此乐何极!和煦的春风拂面,时而也会夹杂着三两声温软惬意的卖花声,缭绕于深巷之中,飘入耳边,静静地倾听着,望峰息心、窥谷忘返的情意油然而生,诗歌结句所谓"《停云》赋罢心如渴,安得沧浪濯我缨",正是这样一种情怀的直接抒写。

对于流寓苏州的外地游子，卖花姑娘轻声慢语的浅吟低唱，温情脉脉地抚慰着游子孤寂的灵魂，解弛着各自内心的思乡愁绪。"一程春雨一程愁，小阁重帘水上头。依约晓窗人未起，卖花声里到苏州。"这是清代常州诗人刘嗣绾离乡到苏州谋营生时所写的小诗《题水阁》。刘嗣绾原本是带着满怀愁思离开家乡的，当小船驶入苏州山塘河时，沿河的水榭在水雾和晨曦的映衬下，尽显祥和安宁，就在此时，不经意间，从远处，不知是岸上还是水面上，隐隐传来一阵吴侬软语的叫卖声："栀子花，白兰花……栀子花，白兰花……"真叫人销魂。随着时间的推移，寓居姑苏的时日越长，便越发地喜欢这样的诗意场景，尤其是在迷蒙的烟雨意境中，静享着这样温婉细腻的情调。不知《卖花声》这一词牌的创立，是否与这样的情境存在着某种关联？旧时的词乐早已不传，我们自是很难求证，若是从诗意的角度去理解吴地文化，心中存着这样的假设，无疑是最有诗意的，也最有美感想象和期待、憧憬的。

这样的诗情画境，到了近现代也还时时复现于文人的笔端，现代著名作家周瘦鹃的一阕小词《浣溪沙》更在莺声嘹呖中，把吴地娇娃的纯美和娇羞写到了极致，其词曰："生小吴娃脸似霞，莺声嘹呖破喧哗。长街叫卖白兰花。　　借问儿家何处是？虎丘山脚水之涯。回眸一笑鬟鬓斜。"读着这样的清词丽句，会和多数人一样，眼前每每幻化出一位位娇柔的吴地娇娃，耳际萦绕着滴沥溜圆的近乎歌唱的叫卖之声。"借问儿家何处是？虎丘山脚水之涯"，这倒是完全写实的笔调，也写出了苏州卖花声之所以历经千年而弥久不衰的原因。

据顾禄的《桐桥倚棹录》记载，苏州的虎丘山麓、山塘街一带种植花卉之风尤盛："自桐桥迤西，凡十有余家。皆有园圃数亩，为养花之地，谓之'园场'。种植之人俗呼'花园子'。"盛产各种花卉名木，常见花木不下百种，"大抵产于虎丘本山及郡西支硎、光福、洞庭诸山者居半。其有来自南路者，多售于北客；有来自北省者，多售于南人。惟必经虎丘花农一番培植，而后捆载往来"，山塘街成为明清时期江南地区最为著名的花卉贸易集散地，无怪乎诗人翁照在其诗歌中要感慨："更怜一种闲花草，但到山塘便值钱！"虎丘、山塘栽培花卉之盛况，在清代苏州状元石韫玉的《山塘种花人》一诗中表现得也颇为集中：

> 江南三月花如烟，艺花人家花里眠。翠竹织篱门一扇，红裙入市花双鬟。山家筑室环山市，一角青山藏市里。试剑陂前石发青，谈经台下岩花紫。花田种花号花农，春兰秋菊罗千丛。……

春日里，鲜花大量上市的时候，山塘河上就出现了石状元《山塘种花人》诗中的繁忙景象："桃花水暖泛清波，载花之舟轻如梭。"穿梭不息的花船上，各色时令鲜花应有尽有，卖花女子甜美温婉的叫卖声，伴随着欸乃的橹声、汩汩的流水声，还有馥郁芬芳的花香，洒满山塘河，也飘洒到苏州城的每一条水巷。枕河而居的人家，听到声声叫卖，支开临河的窗棂，招呼一声，花船渐渐停靠岸边，卖花女子的纤纤玉手递来三两串带着晨露的鲜花，或是白兰花，许是茉莉花，这样的场景和画面，极富有市井风情，也极具诗情画意的美感。

诗意是美好的，让人充满无限憧憬和神往，然而现实中的景况却令人尴尬和不解。随着虎丘山麓鲜花种植的萎缩，山塘花市的盛景不再，而今行走在街巷中、园林景区入口处的卖花者，大多为年迈龙钟的老妪，她们的眼神中流露出丝丝乞怜和哀伤，声音苍老而生硬。古典诗词的描写中，卖花声相伴相随的多为吴越之地的美娇娥，但吴娃娇媚的幻想，实在只能算是世人的"意淫"而已。晚唐时期的苏州诗人陆龟蒙在《阊阖城北有卖花翁讨春之士往往造焉因招袭美》诗中有曰："故城边有卖花翁，水曲舟轻去尽通。十亩芳菲为旧业，一家烟雨是元功。"与陆龟蒙同时代的诗人吴融有《卖花翁》诗曰："和烟和露一丛花，担入宫城许史家。惆怅东风无处说，不教闲地著春华。"在南宋诗人陆游的诗中，卖花的绝不是什么"南国婵娟"，而是被后世交口传称的"山阴卖花叟"，陆游之诗曰：

> 君不见会稽城南卖花翁，以花为粮如蜜蜂。朝卖一枝紫，暮卖一枝红。屋破见青天，盎中米常空。卖花得钱送酒家，取酒尽时还卖花。春春花开岂有极，日日我醉终无涯。亦不知天子殿前宣白麻，亦不知相公门前筑堤沙。客来与语不能答，但见醉发覆面垂鬖鬖。

放翁此诗题目甚长，但有利于理解诗旨，故不避冗繁录之："城南上原陈翁，以卖花为业，得钱悉供酒资，又不能独饮，逢人辄强与共醉。辛亥九月十二日，偶过其门，访之，败屋一间，妻子饥寒，而此翁已大醉矣。殆隐者也。为赋一诗。"卖花陈叟之豪放，自是让人难忘，然而，放翁诗作之立意似乎并不在此，所谓"以花为粮如蜜蜂"，良以是也。原来，在卖花这一看似风雅的风俗背后，其实隐藏着花农的辛劳和心酸。世人对陆放翁笔下"山阴卖花叟"的播传，更多着力于"卖花得钱送酒家"的"八卦"，后人真正能味得此中诗旨者唯元末明初的刘伯温，他在《题陆放翁卖花叟诗后》一诗中有曰："君不见会稽山阴卖花叟，卖花得钱即买酒。东方日出照紫陌，此叟已作醉乡客。破屋含星席作门，湿萤生灶花满园。五更风颠雨声恶，不忧屋倒忧花落。卖花叟，但愿四海无尘沙，有人卖酒仍卖花。"在遇到风雨灾害的时候，花农们担忧的不是自己屋舍的安全，而是雨打飘零，"花落"无数的扼腕。这样的立意，倒是在一定程度上传承发扬了白居易新乐府诗的精神。巧的是，白居易新乐府中就有《买花》一诗，李唐王朝，世人甚爱牡丹，故而种花、卖花就成为田舍之人的生计"旧业"之一，这正是白居易诗中所谓："有一田舍翁，偶来买花处。低头独长叹，此叹无人喻。一丛深色花，十户中人赋。"

"荷花生日"·黄天荡·并蒂莲

　　荷花在中国有很长的栽培历史,早在《诗经》时代,它就经常出现在人们的歌吟唱诵中,诸如:"隰有荷华。""彼泽之陂,有蒲与荷。""彼泽之陂,有蒲菡萏。"荷花因其出淤泥而不染的高洁品性,受到世人追捧,成为中国文化的一个重要符号。屈原在《离骚》等经典诗作中,就以荷花为君子美德的象喻,作自白曰:"制芰荷以为衣兮,集芙蓉以为裳。不吾知其亦已兮,苟余情其信芳。"

一

　　在中国古典诗歌的传统中,莲花与江南水乡似乎有着某种割不断的紧密联系。自汉代以来,民歌中就一直传唱着"江南可采莲,莲叶何田田""采莲南塘秋,莲花过人头。低头弄莲子,莲子清如水"这样的诗句。苏州地处江南文化的核心区域,水网密布,"近湖渔舍皆悬网,向浦人家尽种莲",种莲、赏莲、采莲这样的风习,千百年以来经久不衰。难怪唐代苏州著名诗人陆龟蒙在诗中自豪地写道:"水国烟乡足芰荷。"每年的农历六月,莲花盛开之际,苏州的百姓士绅自发地前往城内外的各处胜地,观莲赏荷,在明代形成了苏州独有的节日——"观莲节"("荷花生日")。

　　晚明公安派文学巨匠袁宏道莅苏,出任吴县知县,曾亲历了苏州人夏日的狂欢节——"观莲节"。他以清丽灵动的小品,写尽了苏州人的"游冶之盛",这也许是古人对"荷花生日"盛况的最早记载。其文曰:"荷花荡,在葑门外。每年六月廿四日,游人最盛。画舫云集,渔刀小艇,雇觅一空。远方游客,至有持数万钱无所得舟,蚁旋岸上者。舟中丽人,皆时妆淡服,摩肩簇舄,汗透重纱如雨。其男女之杂,灿烂之景,不可名状。大约露帏则千花竞笑,举袂则乱云出峡,挥扇则星流月映,闻歌则雷辊涛趋。苏人游冶之盛,至是日极矣。"天启二年(1622)六月二十四日,浙江名士张岱偶至苏州,正赶上苏州人一年一度"荷花生日"赏荷的热闹场景,"见士女倾城而出,毕集于葑门外之荷花宕",颇为震撼。后来,他把这段见闻记载在《陶庵梦忆》中,其场景、文字与袁宏道之文相类,可作相互印证。

在袁宏道、张岱之前,苏州文人笔下早已有很多诗歌佳作,极写夏日荷花荡、黄天荡赏荷的盛况,虽未明确说是六月二十四日,但从这些诗作中,可以清楚地感受到苏州夏日赏荷风俗渊源已久。文徵明的父亲文林,曾与友人吴瑞等结伴到葑门外荷花荡畅游,相互作诗唱和,不知不觉中,竟然移晷忘倦。文林诗曰:"采芳日暮未言归,处处村家掩杼机。水漫莲洲愁路断,月明沙渚觉鸥飞。高歌小海风波急,回首横塘烟火微。兰棹屡移尊屡倒,不知露下已沾衣。"文徵明的儿子文彭、文嘉也曾邀约梁辰鱼、许初、黄姬水等好友,同游荷花荡,分韵作诗。在笙箫歌吹的催生下,田田的莲叶和亭亭的荷花,在文士们的眼前似乎幻化成为翩翩起舞的宫娥,还有出浴的杨太真、行云行雨的巫山神女……梁辰鱼在其题诗中写道:"镜湖秋净碧氤氲,菡萏香来百里闻。睡醒太真初试浴,梦回神女未行云。舞衣挹露红愁堕,宫扇翻飞翠欲分。处处兰舟载箫鼓,江天归去值斜曛。"梁辰鱼不愧是一位才情独绝的戏剧大家,他的诗写得惝恍迷离,极富才子情韵。

二

太湖消夏湾,历史上曾经也是苏州赏荷的胜地。"消夏湾为荷花最深处,夏末舒华,灿若锦绣,游人放棹纳凉,花香云影,皓月澄波,往往留梦湾中,越宿而归。"据旧时的《苏州府志》记载,"洞庭东、西山人善植荷",太湖水域中的"荷花有红、白、黄数种","夏末秋初,一望数十里不绝,为水乡胜景"。消夏湾传为吴王、西施避暑行宫之地,后也成为苏州人避暑之胜地,明代苏州大学士王鏊《消夏湾》诗有曰:"信是人间无暑地,我来消夏又消闲。"湖湾中田田弥望的荷叶和灿若锦绣的荷花,更为夏日增添了些许清凉和风雅。"十里荷香明镜间,扁舟来往乐渔蛮。柳阴深处凉风起,独占吴王消夏湾。"清代诗人朱方霭的这首《吴中杂咏》,以浅切清雅的文字,赋予市井乡野生活以无限的诗情画意。清代大诗人洪亮吉晚年归隐江南,游览洞庭东西山时,坐船从东山到消夏湾,夜宿消夏湾的荷花中,独自静享着荷花的千娇百媚,摇曳多姿:"荷花碍月舟不前,花气熏客宵难眠。三更一棹破花出,客梦尚结花香边。东山荷花十里长,千枝万枝送客忙,花朵露滴波心凉。西山荷花一湾好,千枝万枝迎客早,曙色上波花愈姣。杨梅树绕荷花湾,深紫已落新红殷。荷花香破梦亦阑,再转已入仙人关。"诗人用文学的笔调写来,自是令吾等读者无不向往月夜泛舟赏荷的景况。

　　在园林中赏荷,亦是苏州人夏日里独一份的福利和雅趣。古代苏州士大夫、官宦人家造园,都会在园中营缮赏荷的景观。王献臣建造拙政园之初有三十一景,其中就有"水华池""芙蓉隈"二景。水华池,在园的西北隅,池中种有红莲、白莲,徜徉在临水的"芙蓉隈"之畔,可尽赏池荷之韵。五百年前的文徵明在园中赏荷时,就作诗两首,以纪其胜:"方池涵碧落,菡萏在中洲。谁唱田田叶,还生渺渺愁。仙姿净如拭,野色淡于秋。一片横塘意,何当棹小舟?""林塘秋晚思寥寥,雨挹红蕖淡玉标。出水最怜新句好,涉江无奈美人遥。"今日之拙政园,依然是苏州人赏荷的最佳选择之一,虽然园中不复有文徵明时代的"水华池""芙蓉隈"之名,但"远香堂""香洲""留听阁",皆可"适耳目之观",延续着拙政园绵长悠远的赏荷风雅。

　　拙政园之外,几乎每一座苏州古典园林中,都可以赏荷消夏,在园林这方心灵绿洲中感受着自然的灵动和幽趣,参悟着佛老的玄妙和虚静。这样的小诗,读来似缕缕清风,可作消夏之佳品,不妨一读:"怡园好,莲渚浴红衣。欹岸水花莲动影,穿林山鸟带声飞。斜月柳桥西。""碧流滟方塘,俯槛得幽趣。无风莲叶摇,知有游鳞聚。翡翠忽成双,撇波来复去。""微微林景凉,悄悄池鱼出。欲去戏仍恋,乍深惊遂逸。行寻曲岛幽,聚傍新荷密。不有濠梁兴,谁能坐终日?"

三

在苏州历史上,还有一处赏荷胜地与苏州文脉紧密关联,那就是昆山顾阿瑛的玉山草堂。元代末年,顾阿瑛聚集天下名士,齐集园中,"操觚弄翰",诗书画曲,"尽其欢",主人将诸贤所作诗文汇辑成《玉山名胜集》,洋洋大观,堪称古代文人雅集之首。即便历经兵燹之洗劫,玉山草堂之风雅荡然无存,清代《四库全书》纂修官在给《玉山名胜集》写提要时,依然充满着无限仰慕和赏叹之情说:"其宾客之佳,文辞之富,则未有过于是集者⋯⋯文采风流,照映一世。数百年后,犹想见之,录存其书,亦千载艺林之佳话也。"

经历元末农民大起义的兵燹洗劫,顾氏园囿已化为荒烟蔓草,麋鹿随处游走其间,玉山雅集之盛况不再。在历经六百年的沧桑凋敝之后,这段玉山风雅又因为一方古砚和一株并蒂莲花而再次得以接续。

1934年,著名学者叶恭绰偶得一方刻有《并蒂莲》诗的古砚,铭文注明莲出正仪东亭。叶恭绰遂循此来到正仪绰墩,考察东亭莲池中并蒂莲花的孑遗,经过考证,他认为这一元代遗存物种"即天竺传来之千叶莲"。随后,他便着手整治顾氏园亭,修葺东亭荷花池。次年夏天,他和著名摄影师郎静山等一大批友人再度前来正仪,欣赏顾氏玉山遗物——并蒂莲,填写《五彩同心结》词,以记其盛事。在词序中,叶恭绰对此事的来龙去脉有详细的记载曰:"昆山真义镇

并蒂莲

之东亭子，为顾阿瑛玉山佳处故址之一。今岁池荷盛开，重台骈萼，并蒂至五六花。余偕姚虞琴、江小鹣、郎静山临赏。以其叶小，藕窳而不结莲房，又花瓣襞积，卷如蕉心，正与吴中华山刘宋造像中所刊千叶莲同，因断为即天竺传来之千叶莲。盖花中如海棠、海石榴、山茶，凡舶来种恒现多层，此殆同例也。元末明初迄今已六百年，沦落荒村中，今始幸邀吾徒一顾。感赋此阕，以属阿瑛，兼示同人。"其词曰："前身金粟，俊赏琼英，东亭恨堕风涡。六百年来事，灵根在、浑似记梦春婆。濠梁王气，都消歇，空回首、金谷笙歌。无人际、红香泣露，可堪愁损青娥。　　栖迟野塘荒潋，甚情移洛浦，影换恒河。追忆龙华会，拈花笑、禅意待证芬陀。五云深处眠鸥稳，任天外、尘劫空过。好折供、维摩方丈，伴他一树桫椤。"透过叶恭绰的词作，我们可以感受到词人由眼前所见的并蒂莲，引逗而出的无限历史感慨，特别是"金谷笙歌"空回首的无尽伤惋。

　　在顾阿瑛生活的时代，并蒂莲作为玉山草堂中的尤物，已然成为文人墨客们竞相吟咏的对象，在《玉山名胜集》中就留下过这样的佳句："莲叶秋深才绿净，苹花露冷尚香浮。""芙蓉千树齐临水，橘柚满林都是霜。""琼莲倚盖，晓水靓妆孤袅。"其中最具有代表性的还数袁华的《咏渔庄》："红白芙蓉照画屏，秋波如镜映娉婷。并头花似双娥脸,一朵浓酣一朵醒。"魏鹏亦有《并头莲花》一诗,将并蒂莲这一奇珍异卉的风神和情态写得曼妙多姿,引人入胜:"若耶溪里万红芳,那似君家并蒂祥。韩虢醉醒殊态度,英皇浓淡各梳妆。徒劳画史丹青手,漫费词人锦绣肠。向夜酒阑明月下,只疑神女伴仙郎。"

又是一年赏荷时,与家人前往昆山亭林园赏并蒂莲花,听着叶恭绰与玉山遗物的故事,读着《玉山名胜集》中的诗句,只能借周瘦鹃先生的诗句为结,那便是"莲花千叶香如旧,苦忆当年顾阿瑛"。

荷花生日之际,应景写下了以上文字,聊以消暑可也。

红蓼滩头秋已老

　　前几日，和朋友相约去天平山赏枫。大概是天气的原因，天平红枫尚未进入盛时，同行的朋友不免有些许的遗憾。就在不经意间，飘落在山坡、水岸边成片的红蓼花倒显得异常抢眼，煞是好看。霎时间，脑海里跳出了这样的诗句："红蓼滩头秋已老，丹枫渚畔天初暝。"这是清代无锡诗人杨芳灿的《满江红·芦花》词，词人把红蓼、丹枫与芦花并举，作为秋日江南最富代表性的景物。事实上，早在四百多年以前，在天平山庄主人范允临的眼中，红蓼、白蘋和丹枫正是重阳前后天平山最富有时令特色的景致，在他的书启中时常可见这样的说法："白蘋烟尽，有怀枫叶以摅丹；红蓼汀寒，徒望连波而饮润。"一直默默无闻的红蓼，居然因红枫未盛，"乘机"抢镜而进入我们的视线，依此说来，我们已然在成片的红蓼丛中感受到了江南浓浓的秋意。

　　秋菊、丹枫和芦花，作为秋天代表性的物候与景观，世人自然不陌生，蓼花之所以能与其并列，实在是离不开历代诗人的生花妙笔。在苏州园林中，名花异卉尤多，红蓼也许是最被人轻忽无视的那种，她的名字大概就叫"路边的野花"。红蓼开花，呈穗状的花序，微微下垂，与狗尾巴草的形态相似，故而在民间有"狗尾巴花"之称。被弃路尘的野花，在文人笔墨的加持下，立显高端大气上档次，浓浓的诗情中透出清新的文艺范儿。不妨通过几首诗词，来看看"狗尾巴花"是如何逆袭的。

　　"十分秋色无人管，半属芦花半蓼花""簇簇菰蒲映蓼花，水痕天影蘸秋霞""红蓼花繁，黄芦叶乱，夜深玉露初零""临岛屿、蓼烟疏淡，苇风萧索""秋水无痕清见底,蓼花汀上西风起""蓼屿荻花洲,掩映竹篱茅舍""秋到梧桐我未宜,蓼花何事已先知。朝来数点西风雨,喜见深红四五枝"……宋人笔下的蓼花,多与西风玉露、秋水孤烟、竹篱茅舍、黄芦菰蒲、枫叶荻花相呼应,构成一幅幅凄冷幽寒的清秋图景,别有一番冷艳之色。这些诗句词句,流传至今,依然脍炙人口。

水岸边,红蓼花,映衬着萧疏的竹篱茅舍,极易引发人们的乡关之思和人生的飘零之感。其中最为人们所津津乐道的则当首推《红楼梦》中贾宝玉的《紫菱洲》诗。迎春出嫁,离开大观园后,贾宝玉在迎春曾住过的紫菱洲一带徘徊,见"那岸上的蓼花苇叶,也都觉摇摇落落",情不自禁地吟出"蓼花菱叶不胜愁,重露繁霜压纤梗"这样的诗句。历史上这样的名句也不胜枚举:"暮天新雁起汀洲,红蓼花疏水国秋。想得故园今夜月,几人相忆在江楼?""客路半生常泪眼,乡关万里更危台。蓼汀荻浦江南岸,自入秋来梦几回。"陆游似乎对红蓼花情有独钟,在一生的宦海沉浮和飘蓬转徙中,时常把秋日红蓼作为思乡、归隐等诸多情感的寄托。"记取镜湖无限景,蘋花零落蓼花开",字里行间充满了浓浓的乡情。他在《功名》诗中有谓:"要识放翁新得意,蓼花多处钓舟横。"陆放翁已然将自己视为隐沦江湖的横舟钓徒,何以为伴?他的选择居然是蓼花,蓼花丛中,一艇渔舟,沉醉清秋,此正乃"蘋叶绿,蓼花红,回首功名一梦中""老作渔翁犹喜事,数枝红蓼醉清秋"。他甚至在诗中写道:"蓼花荻叶可以解我忧,鸬鹚白鹭可以从我游。"

红蓼不仅是诗人笔下的尤物,也是中国古代老百姓餐桌饮馔中的重要食材和调料,陆游《岁晚》诗中就写到了南宋时期人们采摘蓼花的嫩叶作为食材的风俗:"儿童斗采春盘料,蓼茁芹芽欲满篮。"红蓼的枝叶有一股独特而刺激的辛辣味,在辣椒传入中国之前很长一段时间内,它是古人用来调味及去除食材腥膻之味道的材料,同时也是制作酒曲的重要原料。清初吴江学者陈启源在《毛诗稽古编》中，详细稽考历史文献，有谓："蓼虽秽草，然古人饮酒，资其性味。内则烹鸡、豚、鱼、鳖，皆实蓼腹中，又切之以和羹脍，与葱、芥等耳。汉史游《急就篇》，蓼与葵、韭、苏、姜，并列于蔬品。《淮南子》亦云：'蓼菜成列。'《说文》以为辛菜，而尹都尉书有种芥、葵、蓼、韭、葱诸篇。"同样的说法也见载于清代御定大型类书《渊鉴类函》中："古人种蓼为蔬，收子入药。后世饮食不用，惟造酒曲者，用其汁耳。"现在在江南、荆湘、巴蜀地区的农村，还有红蓼捣汁，和米粉发酵，制作酒曲的传统技艺。

天平红枫大受苏州人之追捧，要追溯到清代。然而，唐寅、文徵明等文人才子，早在明代就掀起了秋赏红蓼的风尚，有诗为证："一抹斜阳归雁尽，白蘋红蓼野塘秋。""最是晚晴堪眺咏，夕阳横抹蓼花湾。"

苏园札记

周丹泉：被遗忘的制瓷名手、园林大师

计成：历经三百年『出口转内销』的造园大师

清代诗人朱绶墨池园、小交芦馆中的诗意书写

斜塘名士尤侗的园居生活和诗书人生

寒碧山庄『翛然意远』的诗画风雅

苏州园林『博物志』的诗意解读

周丹泉：被遗忘的制瓷名手、园林大师

自古以来，艺术收藏者对仿品、赝品无不深恶痛绝，然而晚明时期苏州制瓷艺术大师周丹泉所作的精仿古瓷，以其高超、精湛的技艺而深得世人之赏誉，他烧制瓷器的窑口甚至被人盛称为"周窑"。清代学者蓝浦、郑廷桂将他列为中国古代陶瓷史上的名家，在他们所著的《景德镇陶录》中有这样一段记述："周窑，隆、万中人，名丹泉，本吴门籍，来昌南造器，为当时名手，尤精仿古器，每一名品出，四方竞重购之。周亦居奇自喜，恒携至苏、松、常、镇间，售于博古家，虽善鉴别者，亦为所惑。有手仿定鼎及定器，文王鼎炉与兽面戟耳彝，皆逼真无双，千金争市，迄今犹传述云。"

周丹泉，名秉忠，字时臣，一字时道，丹泉为其别号，以号行世，吴门（今江苏苏州）人氏。自幼诵习诗书，喜书画，且有较深的造诣。他的书画作品受到一些文人雅士的赞许，当时就有"经事苍秀，追踪德迹"这样的评论。虽然也曾任奉议大夫、河南卫辉府同知等职，但是周丹泉终究还是无意于机戈丛生的仕宦之路，甚至视之如"儿戏"，他在自题小像中就有过这样的自我表白："曾读父书非混世，也随儿戏漫登场。"

明隆庆、万历年间，周丹泉痴迷上了制瓷艺术，于是他背井离乡，前往江西学习瓷器烧制技艺。周丹泉的勤奋好学，再加上他深厚的文化修养和书画功底，使他的瓷器作品极具古朴典雅的气息，因而周丹泉本人也很快在景德镇众多窑工和制瓷艺人中脱颖而出。周窑所烧制的仿古瓷成为当时最为受欢迎的产品，在苏州、松江、常州、镇江、杭州、湖州、嘉兴等地尤甚，深得藏家之宠爱。

晚明时期杭州籍大收藏家高濂在其《遵生八笺》卷十四中谈论到定窑的时候，竟然认为周丹泉仿制的定窑瓷在艺术上绝不逊色于定窑的"制法"工艺："近如新烧文王鼎炉、兽面戟耳彝炉，不减定人制法，可用乱真。"关于周窑仿制古瓷，因其精美绝伦、以假乱真，还流传着一个这样的传奇故事。

明嘉靖年间，说起常州府最大的文化世族，自当首推唐氏。抗倭英雄、著名学者唐顺之的儿子唐鹤徵（号凝庵）素负博雅之名，从镇江靳氏后人手中购得宋代定窑所产白瓷鼎。唐氏家族收藏的奇玩珍宝可谓积案盈箱，但自从得此定窑白瓷鼎后，其他藏品都黯然失色，定窑白瓷鼎顿时成为唐家的镇宅之宝。且海内品评定窑瓷器者，也都必首推唐鹤徵家中所藏的这件宝物。

周丹泉与唐鹤徵素有交情。有一次，周丹泉从苏州金阊水码头出发，沿运河北上，途经常州时，顺道到唐府拜谒老友唐鹤徵，他此番到唐府拜访的主要目的便是一睹定窑白瓷鼎的风采。再三请求之下，周丹泉终于见到了这件旷世珍品，他反反复复地摩挲着这件瓷鼎，嘴上啧啧称赞，同时用双手悄悄地度量着鼎的尺寸，并暗暗把鼎上的纹饰摹在纸片上，旁边的人丝毫没有觉察。

半年过后，周丹泉从景德镇回苏州，又再次来到常州，拜访唐鹤徵。忽然，他从自己的袖中取出一个白瓷鼎，对老友说："半年前在您家中见到定窑白瓷鼎，如今我也得到了一个。"唐鹤徵看到之后，大吃一惊，就拿出自己家藏的那只宝贝和周丹泉呈献的鼎比较，居然款式、纹饰毫厘不差，又把周丹泉的那只鼎放在自家装宝贝的锦盒里，居然也严丝合缝。唐鹤徵惊奇地问道："您是从哪儿得到这一宝物的？"周丹泉平静地说道："实不相瞒，半年前，在您府上借观白瓷鼎，我用手度量器物的形状以及大小轻重，回去以后，我就完全按照府上所藏宝贝的原样仿制而成的。"唐鹤徵不禁叹服不已，花四十金买下了周丹泉所制的这只仿品，藏在家中，作为副本。

到此为止，这个故事似乎应该结束了，但在清代学者姜绍书《韵石斋笔谈》

的记载中,这还只是开头。至于后来的故事,《韵石斋笔谈》的记载越发传奇。由于常州唐家所藏定窑白瓷鼎的名声太盛,天下不知有多少名宦大僚、富商巨贾对此垂涎欲滴。到了万历末年,淮安有一名富商杜九如,依恃家财丰厚,特别喜欢罗致奇珍异宝,出累千金亦在所不惜。他先后购求到董其昌收藏的汉代玉章、刘海日收藏的商代金鼎,一直以得不到唐氏的定炉为人生最大的憾事,终日形之于寤寐。为此,他曾专程到常州拜访唐鹤徵的孙子唐君俞,并承诺愿以千金为筹,只求能一睹定窑白瓷鼎的风采,以慰生平。唐君俞拿出周丹泉的仿品,这位富商激动无比,连连说"平生得未曾见",并一定要以千金之价强行购得。在富商的软磨硬泡下,唐君俞只得听任富商将周丹泉的仿品带走。

唐君俞是一位谦谦君子,尚侠气,居心仁厚,生平从不做昧心之事。所以就派家人对富商杜九如说:"我家主人一直秉承祖训,不敢轻易把定窑瓷鼎示人,您所见到的只是仿品而已。现在您以千金之价购得仿品,我家主人甚是愧疚,所以愿意退回千金。"富商反而以为唐氏借口悔约,持之愈坚,连所得的仿品也不肯拿出来了。唐君俞在百口莫辩的情形之下,只好亲自带上真品与仿品进行比照并观,富商才相信唐氏所说的事情,但他还是坚持留下了周丹泉的仿品。

杜九如死后,就连杜家收藏的周丹泉的定窑白瓷鼎仿作也成了很多人争夺的宝物,此后的曲折故事《韵石斋笔谈》中还有很多,读者自可参阅。最为遗憾和可惜的是,周丹泉这件定窑白瓷鼎仿作几经转手,遭到损坏,最终被沉于钱塘江中。

像周丹泉这样,在晚明时期叱咤风云的一代艺术大师,在今日却是鲜为人知,似乎也无缘一睹这位传奇大师的艺术风采了。这一切只缘于他存世的作品数量极少,且深藏宫禁府库,世人自是难得一见。据《景德镇志》记载,故宫中原藏有周丹泉所制的一件娇黄锥饕餮纹圆鼎,清末曾远渡重洋,在伦敦中国艺术国际展览会上展示。此鼎现珍藏于台北故宫博物院,这件藏品可能是周丹泉唯一存世的作品，笔者曾在台北外双溪畔一睹其真容。此鼎通体施以娇黄色釉彩，色泽鲜明透亮，鼎高16厘米，口径13.3厘米，圆鼎式炉身，口沿饰有双立耳，底接管状三足，足壁饰泥条。炉身前后饰以饕餮兽面纹，间饰金钱纹和花卉，鼎底的款识为"周丹泉造"。

周丹泉还将中国传统的篆刻艺术和制瓷工艺相结合，以白垩土制成印章，刻上印文，并且印章多以各种辟邪的纹案，或是龟、象等祥瑞之象为印纽，最后经过窑炉高温烧制而成。晚明时期著名学者陈继儒《妮古录》中记载说"吴门丹泉周子，能烧陶印，以垩土刻印文，可辟邪、龟、象、连环瓦纽，皆由火范而成"，他的陶制印章，不仅印章的外观"色如白定"，而且印文也颇为古朴。

周丹泉的艺术成就还不仅仅局限于制瓷艺术，据《吴县志》的记载，他还精于绘画，且将绘画的功力融入园林营造之中。晚明时期著名文学家江盈科、袁宏道分别在万历二十年（1592）和二十三年到苏州担任地方官，就深为周丹泉的园林营造技艺所折服。周丹泉曾为徐泰时堆叠假山，设计、营造了后乐堂，园中的假山奇崛壮美，大有普陀山、天台山的神韵，无怪乎江盈科要在《后乐堂记》中这样写道："径转仄而东，地高出前堂三尺许，里之巧人周丹泉，为累怪石，作普陀、天台诸峰峦状。"袁宏道则更是把周丹泉叠山理水的园林营造技艺列入《园亭纪略》中，说经他营造的园林，极具山水画境，正所谓："玲珑峭削，如一幅山水横坡画，了无断续痕迹，真妙手也。"范仲淹十七世孙范允临曾高度评价岳父徐泰时的园林曰："聚巧石为山，奇峰峙立，列嶂如屏，环以曲池……位置区画，皆出名公目、匠心营，故逶迤衡直，闳爽宏深，皆曲有奥思。"其中，周丹泉就是不该被人遗忘的"名公匠心"。

苏州人韩馨在清初购得归湛初之废园，重新加以修葺，作为晚年的栖隐之所，"云壑幽邃，竹树苍凉，堂曰洽隐"，往来唱和的"皆遗民逸士"。洽隐园的假山洞壑宛转幽深，宛若天开，是仿照洞庭西山的林屋洞营造的，"石床神钲，玉柱金庭，无不毕具"，故而又名"小林屋"。据韩馨的曾孙韩是升《小林屋记》一文记载，洽隐园的"台榭池石，皆周丹泉布画。丹泉名秉忠，字时臣，精绘事，洵非凡手云"。清代著名学者翁方纲在《洽隐园三友图歌》一诗中有曰："天然巧构丹泉手，四合前山淡云气。"句下注亦曰："园为吴门周丹泉所结构。"虽然园子经历过火灾，但园中的这一片奇峰秀石还是留存了下来，到韩是升做园主时，依然"烟云自吐""岩乳欲滴"，人游其中，"几莫辨为匠心之运"。今天位于苏州第一初级中学校内的惠荫园，就是在当年洽隐园旧址上辗转传续而成的古典园林，在"碧梧银杏，紫荆翠柏"掩映下的"小林屋"假山，多少还能依稀感受到周丹泉的独特匠心。

据晚明时期浙江嘉兴的大收藏家李日华的记载，周丹泉还精于制砚。李日华盛赞周丹泉制作的砚台"极有巧思，敦彝琴筑，一经其手，则毁者复完，俗者转雅，吴中一时贵异之"，其价堪比黄金。在其所著《味水轩日记》中，李日华还详细描绘了他所见到的周丹泉制作的"鞭竹麈尾砚"，直叹此物"真异物也"。

计成：历经三百年"出口转内销"的造园大师

计成，字无否（fǒu），号否（pǐ）道人。明万历十年（1582）出生于吴江（今江苏苏州吴江区），是明末著名的造园艺术大师，在当时声名显赫，可谓无人不知，无人不晓，他撰写的《园冶》是世界艺术史上最早的园林艺术理论著作。但是在崇祯八年（1635）以后，随着《园冶》的问世，这样一位声名卓著的造园艺术大师却一下子"人间蒸发"。直到三百年之后，随着《园冶》一书从日本"出口转内销"回到中国，计成才又一次进入世人的视野，国人不禁惊讶于三百年前的苏州竟然还有这样一位世界级的艺术大师！

到底是什么原因导致这般离奇事情的发生呢？我们不妨一起进入计成传奇的一生，看看他的艺术成长之路，看看他又是如何神奇地"人间蒸发"的。

一

明清之际的吴江计氏家族人才辈出，有许多诗文书画方面的才俊之士，诸如计从龙、计达章、计东。计成就出生在这样一个文化氛围浓郁的家庭中。虽说到计成出生的时候，家道已经中落，但是诗文书画作为传统士大夫的必备修养，计成也是自幼研习稔熟的，而且他的诗文书画水平并非等闲之属，在当时也是有一定的社会认知度的。他自己后来就在《园冶》自序中说："不佞少以绘名，性好搜奇，最喜关仝、荆浩笔意，每宗之。"这一说法在当时是得到普遍认可的，以艺术修养高而著称的权臣阮大铖就读过计成的诗歌作品，并在读后题诗称赞道："无否东南秀，其人即幽石。……有时理清咏，秋兰吐芳泽。静意莹心神，逸响越畴昔。"阮大铖后来还在为计成《园冶》所作的《冶叙》中呼应曰：
"（计成）所为诗画，甚如其人。"

大约在天启年间，计成步入人生的中年时期。在此期间，计成有过一段时间较长的漫游经历，据他自说，"游燕及楚"，游踪遍及大江南北，这让计成有机会饱览大江南北的山川丘壑。计成此番出行，是为了"业游"。所谓"业游"，就是因生计所迫，外出谋生的意思。至于他的谋生之路，估计应该是以文为生，在各级衙署充当幕僚一类的文职工作。在"历尽风尘"之后，计成最终选择归还吴地。

在返程中途经润州（今江苏镇江）时，计成徜徉于润州的佳山水中，倒也自在。有一天，计成偶然看见一位好事者采了不少造型奇特的山石，并将它们运到竹林之中，堆置成假山。计成不觉为之一笑，这笑声惊动了主人，就问计成："您为什么笑呢？"计成莞尔笑道："听说既然世上有真山，就必然有假山，为什么不模仿真山的形态来堆叠假山呢？而偏偏要仿照老百姓在迎接山林之神勾芒时那样，用拳头大小的石头杂乱堆垛而成呢？"主人就问道："莫非你能之乎？"在主人的邀请下，计成开始了平生第一个园林的营造。因为有扎实的山水画功底，计成在假山的堆叠和园林的营造上，融入了非常浓郁的文人画气息，意境优美。经过计成的拾掇之后，原先并不起眼的园子顿时洋溢着非凡的神采，见者无不叹曰："俨然佳山也！"于是，计成的名声"遂播闻于远近"，江南名门望族的邀约纷纷，自此也开启了计成的园林营造之路。

二

首先拦道盛情延聘的是常州武进县人吴玄（字又予）。吴玄在常州城东买了一块地，早在元代的时候，这里是蒙古族相国温国罕达的宅院，占地十五亩。吴玄请计成到了常州，就对他说："在这十五亩土地中，十亩用于建造宅子，还有五亩地,想请先生按照宋代司马光独乐园的体制和格局进行设计、建造。"计成勘察了周边的地形,发现这块地的地势较高,又有高耸的树木,而水源却在低洼之处,所以他觉此处不适宜堆叠假山,反而应该向下挖土,使得地形有更大的落差和起伏,并让原先的树木错落有致地分布在山腰。经过计成的巧妙设计和布局,高耸处"蟠根嵌石,宛若画意",依水之畔,"构亭台错落池面,篆壑飞廊,想出意外"。园子造好以后,主人吴玄兴奋异常,对计成说:"虽然此园不大,从进园到出园,只不过四百余步,但是江南之胜,惟吾独收矣!"

常州吴氏园圃之成功,让计成成为大受欢迎的人物。崇祯初年,扬州人汪士衡请计成到扬州,为其兴造寤园。经过一年多的努力,到崇祯五年(1632),寤园建成。扬州寤园"或蟠山腰,或穷水际,通花渡壑,婉蜒无尽",意境幽雅深谧,"与又予公所构(按:常州吴玄的园林),隔江而望","并骋南北江焉"。安徽当涂人曹履吉(字元甫)在游赏之后,写诗大赞道:"斧开黄石负成山,就水盘蹊险置关。借问西凉洪谷子,此图何以落人寰?"

在扬州为汪氏造园的时候,计成觉得自己这么些年来造了不少园子,有很多经验值得总结,若不记录下来,"亦恐浸失其源",于是就决定利用造园的间歇,在汪士衡家中的扈冶堂开始了写作和图稿的绘制。计成在《园冶·兴造论》中明确说道,自己此举完全是为了将自己的心得和体会公之于众,所谓"聊绘式于后,为好事者公焉"也。书稿完成之后,计成将它起名为《园牧》。曹履吉来到扬州,读过之后,"称赞不已",有曰:"荆、关之绘也,何能成于笔底?"赞叹良久,又说:"斯乃君之开辟。""千古未闻见者。"并建议将书名由《园牧》改为《园冶》。

一年以后,也就是崇祯六年(1633),计成应好友郑元勋之邀,再次来到扬州,为郑氏建造园林。计成非常了解这位扬州乡绅的心思,以极快的速度,完成了主人的心愿,"是役跋曰八月粗具,经年而竣,尽翻成格,庶几有朴野之致"。

计成历时一年多的工作得到了主人的高度赞扬，郑元勋在《影园自记》中这样说道："吴友计无否善解人意，意之所向，指挥匠石，百不失一，故无毁画之恨。"不但"无毁画之恨"，更有锦上添花之作，计成巧妙地运用借景的手法，把扬州郊外的蜀冈以及瘦西湖畔的山光水影借到园中来，大大丰富了园中的景致。后来，著名画家董其昌来到郑元勋的园中，觉得人行园中，美不胜收，集柳影、水影、山影于一园之内，遂手书"影园"二字，作为此园的名字。后来，影园毁于战火兵燹之中，但影园一直被公推为"扬州第一名园"，成为扬州园林史上一个不可复制的神话。

三

计成在常州、扬州等地营造的园林几乎个个都成为一时之经典，自然引起了朝中重臣的瞩目。怀宁阮大铖知道后，也想请计成到南京为其营建私家宅。作为魏忠贤阉党的羽翼，阮大铖之人品一直为清流所不齿。计成作为一名以造园谋生的匠师，面对阮大铖之邀，"传食朱门"也实属无奈，他在《园冶·自识》中不无伤感地长叹道："生人之时也，不遇时也。""惟闻时事纷纷，隐心皆然，愧无买山力，甘为桃源溪口人也。"在计成的精心设计和监督施工下，阮大铖的石巢园终于建成了，一时间也成为南京的地标。平心而论，阮大铖对计成营造技艺的称道，是完全发自内心的，阮大铖作诗称赞计成的造园艺术："一起江山寤，独创烟霞格。缩地自瀛壶，移情就寒碧。精卫服麾呼，祖龙逊鞭策。"因此，他们成了很好的朋友，可以一起游园，阮大铖诗中说："露坐虫声间，与君共闲夕。弄琴复衔觞，悠然林月白。"在他读了《园冶》这部书稿之后，阮大铖更是拍案叫绝，不仅提笔为之作序，更出资为计成将这本书稿出版刊行，时值崇祯八年（1635）。

《园冶》出版刊行之后，社会连续动荡，特别是又经历了明清易代的沧桑巨变,计成亦不知所终。更令人扼腕的是,因为计成和阮大铖有过一段交往的经历,再加上《园冶》卷首有阮氏之序,《园冶》一书在有清一代就被列为禁书,除了李渔在《闲情偶寄》中偶有提及,一直鲜为人知。李渔在《闲情偶寄》的《居室部》中,说到计成《园冶》中屋宇诸式、诸图,在清初还是产生了很大的影响的,世人在造园筑圃时,无不以此为据,进行仿造,其文有曰:"近时园圃所筑者,益可名为女墙,盖仿睥睨之制而成者也,其法穷奇极巧,如《园冶》所载诸式,殆无遗义矣。"

直到20世纪30年代,距《园冶》出版三百年之后,藏于日本内阁文库的《园冶》崇祯原刊本才被董康、朱启钤介绍到中国,经过原南京林学院(今南京林业大学)著名学者陈植教授的整理校注,一位隐匿了三百年的艺术大师及其伟大的论著终于强势回归。巧合的是,这段经历依然与南京有着不解之缘。

在《园冶》一书中,计成提出了许多重要的造园理念和观点,诸如"借景"乃"林园之最要者",以"巧于因借,精在体宜"为原则,力求创造"虽由人作,宛自天开"的境界,无不深深地影响着中国古典园林艺术发展的方向,也日益引起世界园林艺术研究者的高度重视。陈植教授在《重印园冶序》中,对计成及其《园冶》一书给予了很高的评价。他先引用郑元勋为《园冶》的题词:"古人百艺皆传之于书,独无传造园者何? 曰:'园有异宜,无成法,不可得而传也。'"然后论述道:"'造园'一词,见于文献,亦以此书为最早,想造园之名,已为当时通用之名;造园之学,已为当日研求之科学矣。四十年前,日本首先援用'造园'为正式科学名称,并尊《园冶》为世界造园学最古名著,诚世界科学史上我国科学成就光荣之一页。"

四

按古代的说法,计成只是"百工"中的"梓人"而已。吴地夙盛文史书画之风，"传食朱门"既久，淫浸濡染其间，便自有儒雅书卷之气充盈在计成的胸臆之中，遂"欲为通艺之儒林，识字之匠氏"。计氏能诗工画，其艺术涵养绝非一般匠人所能至者也，故阮大铖在《冶叙》有谓："无否人最质直，臆绝灵奇，侬气客习，对之而尽。所为诗画，甚如其人，宜乎元甫深嗜之。"观其《园冶》，通篇采用骈四俪六，藻绘高翔，气韵流动，而绝无生涩僻奥之弊，开卷读之，迎面而来的是书香墨气和清新雅澹的山水诗境和画意，又有谁会想到这些优美的文字，竟出自一位古代的匠人之手？今天我们可以在《园冶》骈散兼行的文艺小品文字中，尽情领略计成对园林艺术的理解以及绵长的古典文学情韵，不妨品鉴其中一段：

> 《闲居》曾赋，芳草应怜。扫径护兰芽，分香幽室；卷帘邀燕子，闲剪轻风。片片飞花，丝丝眠柳；寒生料峭，高架秋千，兴适清偏，怡情丘壑。顿开尘外想，拟入画中行。林阴初出莺歌，山曲忽闻樵唱，风生林樾，境入羲皇。幽人即韵于松寮；逸士弹琴于篁里。红衣新浴，碧玉轻敲。看竹溪湾，观鱼濠上。山容霭霭。行云故落凭栏；水面鳞鳞，爽气觉来欹枕。南轩寄傲，北牖虚阴；半窗碧隐蕉桐，环堵翠延萝薜。俯流玩月，坐石品泉……寓目一行白鹭，醉颜几阵丹枫。眺远高台，搔首青天那可问；凭虚敞阁，举杯明月自相邀。冉冉天香，悠悠桂子。但觉篱残菊晚，应探岭暖梅先。少系杖头，招携邻曲；恍来林月美人，却卧雪庐高士。

江南私家园林的高情逸致不仅在于山水景物之美，更在于文人雅士聚集其中的林泉高致，"幽人即韵于松寮，逸士弹琴于篁里"这般风雅潇洒的生活，足以体现文人泉石啸傲的清隽逸远，理应成为江南园林中最为独特的人文景观。

所以，就这个意义上来看，计成将"兴适清偏，怡情丘壑；顿开尘外想，拟入画中行"的意境感受，视之为借景的重要元素，自是卓识，也绝非现在的园林工匠所能理解的。就文学层面观之，计成的这些文字无不真实复现了晚期文人的风雅，即便置于晚明小品文佳作之列，都无愧色矣！

清代诗人朱绶墨池园、小交芦馆中的诗意书写

　　但凡讲到园林，世人自然就会把它和富豪、奢华联系在一起，这其实是对中国古代园林文化的天大误解。所谓"园者，皆因草木树果以立名"耳，清代著名学者桂馥在《说文解字义证》卷十八中有大量的古籍文献引证，暂略不引。若就此而言，园林无论大小、华朴，其命意只有一个，即是园主人安身立命、生活闲居的屋宇和室庐，此诚乃文震亨《长物志》中所说的："当种佳木怪箨，陈金石图书，令居之者忘老，寓之者忘归，游之者忘倦……若徒侈土木，尚丹垩，真同桎梏、樊槛而已。"

　　本文所说的"墨池园""小交芦馆"，谓之"陋室"亦可，且早已不复存在，在苏州历史上一众古典名园中，自是名不见经传。但"斯是陋室，惟吾德馨""谈笑有鸿儒，往来无白丁"，却见证了清代中叶苏州文坛的风雅。诗人谢元淮曾数次来此，对园中的诗酒风流，尤其是园主居陋室，"不改其乐"的人生境界，深表敬意，作诗赠之曰："鳝鲟溪上交芦馆，中有仙人此卜居。"

一、朱绶其人及墨池园的营造

　　谢元淮诗中的"鳝鲟溪"，交代了墨池园的地理位置——苏州城东葑门内葑溪之畔。《史记·伍子胥传》记载伍子胥临终遗言道："抉吾眼，县吴东门之上。"唐代学者张守节《史记正义》注曰："东门，鳝门，谓'鲟门'也，今名'葑门'。"谢氏颇带钦羡地说，园中所居，竟是神仙一般的人物，至于是何方"仙人"，诗题里则交代得很清楚：朱绶（酉生）。我们就跟着谢元淮等嘉庆、道光年间诗人作

家的文字,来认识一下这位"仙人"和他的墨池园罢。

黄燮清虽与朱绶未曾谋面,但极称赏其才华,在所编《国朝词综续编》中著录了朱绶及其妻子高簪的词作,并作小传曰:"朱绶,字仲环,号酉生。元和人。道光十一年(1831)举人。有《知止堂词录》三卷……酉生词有白石之苍、梦窗之丽,气格清浑,不事字句雕饰,当于全体中求之也。大江南北,洵推作手。诗亦古艳深厚,卓然名家。"对朱绶的诗词艺术成就给予了很高的评价。

在朱绶去世后,好友董国华作墓志铭,叙次其生平尤明。朱绶,其先世自昆山迁居郡城,遂为元和(今江苏苏州)人,字仲环,晚号仲洁。生于乾隆五十四年(1789),故又字酉生。性至孝,先后"两刲股、臂肉",和药疗亲。朱绶自幼在诗歌上就表现出超乎常人的才华,久困于科场,"而诗名籍甚"。"时吴中节使,先后多巨公",诸如林则徐、梁章钜、陶澍、陈銮、贺长龄等,对朱绶都非常欣赏,"尝延之幕,尤为心契"。作为幕员,朱绶对先后主政江苏的封疆大吏提出过很多建议,其中有不少都涉及水利、河渠、赋税等民生问题。

朱绶出身并不显赫,特别在他父亲去世后,家道贫敝,甚至一度居无定所,时常处于飘蓬徙转的状态,他曾在与友人的唱和诗中自述道:"人生患有身,衣食兼屋宇。非直适寝兴,还思蔽风雨。嗟君十年间,迁徙亦已屡。""自失乾荫来,卖屋金飘风。我居凡再迁,君居复三徙。乞儿搬碗嘲,自笑非得已。"朱绶原住苏州城西幽兰巷。道光三年(1823),因获李氏(按:道光十四年举人李楝衡)城东废圃,为墨池园之一隅。索价与幽兰巷旧屋相抵,朱绶便置换赁居于此。稍事修葺,建小交芦馆等于其间,也算水木清华,朱绶乐在其中,请好友、画家蒋宝龄(字霞竹)绘《移居第二图》,自己作《移居第二图记》,详述墨池园之沿革和自己得园之经过,其文曰:

　　　沈君式如来告余,其邻有李氏废园者,方觅主,可卜居也。余固

甚好园居，而力不能构，问其直，五百缗，与今所居适相抵。因过而
周览之，屋卑浅，且甚颓败，而池水一泓，广可及亩。乔木五六株，皆
百年物，屋皆绕池，轩户洞达，旁有隙地，可杂树花竹瓜蔬之属。私
自省曰：是宜为余所居矣。考诸旧《志》，是为孔氏园，俗所称墨池
园也。明末归周嘉定，国初既割嘉定宅为南织造局，而李之先得其
余地，仍之以为园，今余所欲居者，又园之一隅也。水木清华，悠然
有会，赁券如数，遂于又次年三月廿有一日移家具焉。嗟乎！余幽
忧憔悴之人也，身世交弃，已知之矣。而天若预设此荒凉寂寞之境，
以游我于块圠之外。

由此可知，朱绶所居屋舍位于苏州城东孔副使巷（今孔付司巷），此地原为
明代工部侍郎、苏州人孔镛的墨池园，传说宋代大文豪苏轼到苏州曾在此洗砚，
故名。皇甫录、周奎（崇祯帝周皇后之父）先后住于此地。这在顾震涛的《吴
门表隐》和冯桂芬所纂的《（同治）苏州府志》中都可以得到印证："墨池在孔夫
子巷，即孔子祠，地名'孔圣里'。南有颜回坊、子路巷、孟子祠。（《西樵野记》）
池，宋时已有，苏文忠公轼曾洗砚于此。明侍郎孔镛、太守皇甫录、嘉定伯周
奎，先后居之，亦名'孔副使巷'。今孝廉李栋衡、朱绶分居池畔。"清初，清廷
征收周奎旧居的部分土地，建苏州织造府；未被织造府圈入的"余地"，则被李
氏先人购置，传到李栋衡手里时，他将其中荒废的一隅租赁给朱绶。

李氏墨池园之一隅废地，虽地不盈一亩，且只是十年租赁之约，但朱绶的
欣悦之情还是溢于言表，他在给友人的诗中写道："偶然典屋爱池光，敢比成都
筑草堂？若使故人能馈问，尽移花蕊莳前廊。"在诗人看来，这里虽不敢比附
成都的扬雄"子云亭"和杜甫草堂，但在自己的心中，这里就是自己与友人往
还馈问、雅集唱和的"精神绿洲"。他请园丁对废地进行了一番精心的整饬、修

茸,还作诗以纪此事曰:"兹园非我有,赁直十年计。未免劳区区,屏援营次第。呼童课园丁,荆茨与芰蕪。繁花非一妍,高下商位置。有情类多感,矧乃性所契。""有地不盈亩,可食瓜与蔬。有池不容刀,可艺荷与芦。我意息缘扰,恒当闭门居。观化各自得,取足安有余。劳汝一壶酒,早莫勤犁粗。"

限于财力,朱绶的庭院自然不可能营建得富丽华美,他自己用诗歌表现其家居庭院中疏朗散澹的风韵:"七分是水三分屋,中有荒寒树数株。""空寂斜阳淡一陂。""凭人唤作小交芦。"在他的笔下,墨池园、小交芦馆,实在是一派中晚唐诗境:"芙蓉凄艳耐霜侵,拟共寒庐种一浔。荒雪冷霞相淡远,平生得气在秋深。"这正是寒士独有的诗性写意和情韵,将苏州园林浓郁的文人气息表现得淋漓尽致。

身居陋室,但诗人却能安贫乐道,在寒寂中尽享"孤往幽微"的清绝之境,他的《清绝》一诗,就将其内心淡淡的喜悦之情流注笔端:"清绝深宵坐,轩窗早夏凉。满园生药草,露下自然香。"朱绶的一生,都通过诗词抒写其性情,诚如他自己所说的:"少贱伏穷巷,私好惟书诗。……请勿说市朝,时事非我知。亦勿称泉刀,我力无能为。屏兹二者累,庶与千载期。坐客竹枝簟,饮客荷叶卮。机心彼此息,啸咏追黄羲。"

二、朱绶的诗学观点和诗歌创作

朱绶"于学无所不窥,甄综大要,不事破碎",这种通达的学术态度同样也体现在他对诗歌的理解上。他跳脱出诗坛的各种圈襀,对喋喋不休的宗唐宗宋之争、山林台阁之争,或是某一家诗法的争论,完全不予理会,别树一帜,提出自己独立的见解。他认为诗歌应该自由挥洒,直指人的本心,而不应该简单机械地依附某一家、某一派,他在《偶题》诗中明确说道:"天马行空自不羁,万言途附岂称奇?"只有打破各种人为设置的樊篱或壁垒,诗歌才有可能获得自由发展的空间,这样的理论勇气实在是难能可贵的,他在《与吴嘉淦论山谷诗》中发出了这样的豪言壮语:"扫空一切葛藤禅,落落寒穹数星斗。"他对诗歌的品评,完全不带唐宋等门户之偏见,唯有一个标准:归乎性情的同时,又能有"孤往幽微"之境,这便是他反复强调的"终归性情事,孤往境幽微"。朱绶对备受诗坛冷落的中晚唐诗时有褒奖之词:"不妨瘦岛与寒郊,能洗凡音语任聱。野蔌山肴都有味,所难属餍大官庖。""愁使秋坟传鬼唱,绝胜牙慧拾他家。""平生爱诗篇,低头拜东野。尽洗繁音喧,孤音和者寡。"这一切,就是因为朱绶被孟郊、贾岛、李贺等寒士的悲吟"苦心"感动,同时还欣赏、领略到他们"纤尘不到高寒境,百丈冰台明月县"的诗艺"圣处"。这样的作品,"所难属餍大官庖",对于在朝者和掌握诗坛话语权的人来说,充其量只能是"野蔌山肴"和篱外的寒花野草而已,却真正感动了朱绶。

在清代,朱绶最欣赏的诗人是黄景仁,正是被黄景仁"出精入能",语语沉痛,字字心酸,"疏瀹灵腑"的抒情诗感动。观朱绶所作诗,有《六月》《悲流民》等慨叹民生之艰的作品,也有寒士沉沦飘蓬的切身感怀之作。他所作的《寄酬宋翔凤》一诗,对好友直抒胸臆曰:"……处女十年犹未字,文人九命更何疑?感君期我骅骝路,如此新交岂输故。忆昔曾逢皂荚桥,扬鞭一揖东西去。流水潺潺赋索居,苜盘风味近何如?……"质朴无华的文字间,"蕴抱湛深,究极正变,能自发其芬芳悱恻之怀,沉郁豪宕之气""言近旨远,一唱三叹,深得风人遗旨",读来与黄景仁之诗实属同调。

虽然朱绶主张诗歌"终归性情事",但他对诗歌如何表现、抒写性情,是有其独特的理解的。诗之为诗,必须注重格律之精严,讲究语言的刻琢锤炼,把语言文字的"义蕴"发挥到极致,追求"诗外有诗""词外有词"的境界,这才是诗歌之"正声"和"雅宗",这样才算是真正实现了诗歌抒写性情的功能。潘曾沂对朱绶的诗称赏有加,称之曰:"诗尤警策,比物以意,得句象外间。"陈文述则以"精诣深心,卓然有以自立"一语,给予极高的评价。因而,朱绶对袁枚及其追随者在诗歌语言上出现的浅俗油滑之弊,多有严词批判,乃至痛诋:"一二耆宿标举新变,代兴之说,蔑弃义法,专尚性灵,空疏不学之流,一字一句偶与之合,叹为天趣独得;于老成先正之矩矱,鄙薄不道。佻淫怪诞,风雅扫地。""迨君诗出,力扫俗学,直探原始,为正声,为雅宗。而君仅自许曰洁。"

朱绶亦工词,他所作的词,以缜密为尚,绵丽为宗,师法吴文英于举世不为之际,在词坛独树一帜,"大江南北,洵推作手",此当另文述之。

三、墨池园中的文学风雅

在朱绶身边,逐渐聚集成"吴中七子""后七子""续七子""广七子""新七子"等文学集群(详见陈文述《留别吴门》诗注),其成员远不止七人,其名声较著者有陈文述、舒位、宋翔凤、戈载、曹楙坚、蒋志凝、沈传桂、董国华、顾莼、沈彦曾、陈彬华、吴嘉洤、沈传桂、王嘉禄等。朱绶的《知止堂文集》中就有一篇《简籭消寒集记》,真实地记录了道光元年(1821)冬至时节,朱绶和宋翔凤、陆损之、董国琛、褚逢椿、戈载、曹楙坚、陈彬华、吴嘉洤、王嘉禄等十人在墨池园中雅集唱和的实况。

明清以还,墨池园一带,诚为吴中文脉所系,一时名彦,多聚居于此,其名氏最著者,则莫过惠周、惕惠栋家族和彭定求、彭启丰家族。叶廷琯给好友、嘉兴诗人查光赠诗时,就说到,查光在苏州的旧宅位于城东葑溪之畔,紧邻朱绶的小交芦馆,周边还有惠、彭等世家,叶廷琯的诗曰:"东吴红豆最知名,经苑词场溯惠、彭。榜署楼头铭座右,更栽双树寄幽情。鳝溪(按:葑溪)卜筑又鸳湖,世泽清芬两地俱。抛尽林园好烟水,全家常傍小交芦。"查光出于对惠、彭两大近邻的尊敬,"慕两家经义、文章",依惠氏"红豆"旧名"署其楼,并撰楼铭",又把彭氏院中之树"分植两本,以实其名"。在叶氏的诗注中,则详细地交代了

"小交芦"的位置所在："君家禾中竹素园已毁，惟莳溪老屋尚存。小交芦，在城东清道桥之南。""清道桥，今名'东小桥'，在南仓桥东。"

如此密集的名人聚居，也为相互间的学术文化交流提供了极大的方便。此间的学术切磋以及文学唱和，一直就是一道独特的人文景观。朱绶的墨池园、小交芦馆虽小，却聚集了诸多同道名流，觞咏不绝，成为清代中叶吴中诗坛的一大风雅胜地。

小交芦馆中还有一件独特的风雅韵事不得不提，那就是朱绶与妻子高篃举案齐眉，以诗词唱和为乐的生活。朱绶曾作有多首《赠妇》诗，其中有曰："为园宽一亩，妆阁敞芳津。图史常娱目，簪缨不挂身。酒香开瓮细，花韵入帘新。此愿终须遂，浮生遽苦辛。""他家衔金翠，一笑素毫拈。""闲思前十载，脉脉两心知。"朱绶还亲自为妻子校定《绣箧词》，并题《法曲献仙音》词一阕，在词序中摹状这样的快乐："时予移家古墨池园，广陆乔木，烟月清真，吟啸其中，或不似人间伉俪也。"朱绶还时常带妻子出席苏州文人间的雅集，参与诗词唱和，道光五年（1825）七夕，黄丕烈在悬桥巷的小隐学耕堂组织同人唱和，"尽录客之所作"，同时还向高篃征诗。

在墨池园中，朱绶还建有一座椒花馆，园主为其作铭，借以自我言志抒怀，可为本文之结，其文曰：

> 我有陋室，琴书与俱。瞻彼嘉植，在庭之隅。听亭孤生，秉直就疏。中含其德，香清而腴。功谢鼎鼐，有吐弗茹。体用兼备，君子之徒。铭以盟志，永矢勿渝。

斜塘名士尤侗的园居生活和诗书人生

在斜塘老街有一处仿古建筑名"尤侗故居"，非常引人瞩目，过往的游客行人对这位历史人物一般都知之甚少。若要是在清初，说起尤侗，他的才华和名声，可谓是天下无人不知、无人不晓的，毕竟顺治、康熙两位皇帝分别赐予他"真才子""老名士"的名号。

斜塘尤氏的"尤"没一点

尤侗在为父母亲所做的行述以及《述祖诗》中曾详细追溯了斜塘尤氏的家族历史，兹据以概述如下。斜塘尤氏之先祖是周文王的第十子聃季，分封在沈（清代汝宁府，府治在今河南省汝南县），遂以封地"沈"为氏。唐代末年，有一支迁居到福建。五代十国，为了避闽国太祖王审知的"嫌名"，就改姓氏为"尤"。所谓"嫌名"，就是与人姓名字音相近的字。王审知是闽国的开国之君，沈氏家族为了避君王的名讳，就"去水为尤"，这是古代历史上

斜塘老街尤侗故居外景

实属常见之事。

"尤"读音为"yóu"，本应是江南这一文化世族姓氏的正字，尤氏后人在书写中多写成"尢"。"尢"字一直到民国时期还保持这样的写法，当时《申报》有一篇文章说这是苏州的一个"怪姓"，作者实在不了解这一段历史，不但没有说清其中的原委，甚至把读音也弄错了。当代苏州文化界的前辈、著名书画家尤玉淇先生始终强调苏州尤氏家族的姓应该写成"尢"。笔者在点校整理《尤侗集》的时候，也曾有过"尊重历史"保留用"尢"的意见，当时出版社考虑到出版物中尽量使用现代规范汉字的原则，把"尤侗"和"尤氏"一律改为通行的规范汉字"尤"。本文行文中除需要特别加以说明处，也尽量使用规范汉字"尤"。

北宋真宗天禧年间，尤叔保"避难入吴"，"居无锡白石里"，是为吴地尤氏的始迁祖。"以书画名世""晚年颇雄于财，园亭池馆，为一时胜"，尤氏逐渐在科名上取得成绩，正所谓"堂堂文献，骏发吴趋"，尤氏子弟中尤辉（原名尤鹅津、尤元）、尤著先后中进士。绍兴二十八年（1158），宋高宗曾为尤辉八十五岁寿辰"赐觞"，尤辉进呈所画家中庭院图，高宗御笔题为《尢图》。最为著名的当数尤袤，绍兴十八年戊辰（1148）中进士，与陆游、范成大、杨万里并称为"南宋四大诗人"。尤袤之孙尤焴，于宋宁宗嘉定元年戊辰（1208）进士及第，故而有"与文简公（按：尤袤）同戊辰科"的说法。宋度宗曾临尤焴宅第，在柱上题句曰："五世三登宰辅，奕朝累掌丝纶。"尤氏家族"自宋讫明，簪缨不绝，代有闻人"，遂成为江南望族。尤焴之五世孙名尤臣，"复迁于苏，转徙斜塘，以耕读世其家"，一直到尤侗的高祖尤鼎、曾祖尤聪、祖父尤挺、父亲尤瀹。梳理清楚了尤侗家族的世系，也就容易理解吴梅村对尤侗及其家世有这样的评价了："遂初重把旧堂开，故相家声出异才。"明末清初时期，尤氏家族因尤侗在文坛上的崛起，再次成为世人关注的焦点。

"至尊亲许"的"真才子"

尤侗是清初文坛为数不多的全才,在诗歌、古文、骈文、词、戏剧、史学诸方面均有建树,一生著述丰富,"著书之多,同时毛奇龄外,甚罕其匹"。尤侗以全面而杰出的文学才能和成就,不仅受到文坛、学界的瞩目,更是被顺治、康熙两位皇帝誉为"真才子"和"老名士"。

尤侗,字同人,后改字展成,中年别号悔庵,晚年改号艮斋、西堂老人。万历四十六年(1618)四月生于长洲县(今江苏苏州)斜塘老家。尤侗自幼天资聪颖,以博闻强记闻名乡里,五岁起,跟随祖父、父亲读书,《四书》之外还学习《易经》。在家塾读书,涉猎广泛,馆课之外,尤喜读老庄及《离骚》《史记》《文选》诸书,间作诗赋,深得塾师吴世英的称赏,吴世英向人荐誉其为"神童"。他的才华曾深得文坛领袖吴梅村的欣赏,与他"引为忘年交"。

就是这样一位名闻乡里的"神童",科举之路却极不畅达,由明入清,从童子试、县试到乡试,屡战科场,历经多次失意落第。直到他二十九岁那年,在乡试中跌跌撞撞、勉勉强强中了"副榜",没有中举的原因,竟是主考官"以文太奇"而"乙之"。就在科场失意之际,尤侗因参加清朝的科举考试,被社会舆情讥讽为"改节",尤侗饱含激愤,作《西山移文》,撰文反讥社会上"外谈高尚,中热浮名"者。顺治五年(1648),尤侗再赴乡试,又一次落榜。次年,尤侗才以乡试副榜的身份参加了吏部的"拔贡",因成绩优秀,廷试名列第七,按例当授推官,但主考官爱其才,建议尤侗通过正常科举途径获取功名。三年之后,再次参加乡试的尤侗"复不第",感慨道:"命也。捧檄决矣。"于是决意放弃科举之路。

顺治九年(1652),朝廷依照三年前"拔贡"的原议,授尤侗永平府(治所在今河北省卢龙县)推官。永平府位于京畿,是北京通往盛京(今辽宁沈阳)的必经之地,故又称"右北平"。永平府满汉杂居,满洲贵族在此肆意圈占土地,社会矛盾尖锐。面对权势煊赫的贵族,尤侗毫无惧色,专意兴利除弊。初到永平,尤侗就在衙署的门柱上撰写对联,作为自己的官箴:"推论官评,有公是,有公非,务在扬清激浊;析理刑法,无失入,无失出,期于扶弱锄强。"他曾"略采民间利弊",向朝廷上表,"条陈二十款"。他不畏强暴,不趋炎附势,对投充人(京畿地区民人投充旗下者)、庄头依仗满族贵族的特权为所欲为的不法行径,一一"以法裁之"。这一切自然遭到了豪强贵族的肆意阻挠和反制,随着时间的迁延,尤侗越发深感孤立无援,在诗词中常有这样的喟叹:"我来司理太憨生。""何物书生不知务?"顺治十三年(1656)春,尤侗在处理投充人"怙势梗法"、欺压百姓的案件中,在杖责旗丁之前,未按规定先行请示,便遭到了永平满洲贵族的弹劾,其罪名是"擅责投充,例应革职"。尤侗因此降级降职,"改降二级调用"。遭受沉重打击的尤侗深感宦海之凶险,便滋生辞官归隐之念,在诗作中无限感慨道:"仕路苍黄真反复,弹冠褫被同棋局。"不久之后,尤侗携家眷回苏州后,收心归隐,改号为"悔庵",并把所居之处改名为"看云草堂",意取杜甫诗意"年过半百不称意,明日看云还杖藜"。回到家中,他还把这次罢官的经历和遭遇,在自制的杂剧《读离骚》中"自况",借古人之酒杯遣释自我内心之块垒。

就在尤侗准备离京退隐前后,顺治帝偶然读到尤侗的文章,被其文章的才情吸引,读后亲自加批点,誉之为"真才子"。顺治帝读到的那篇文章是早已蜚声海内的八股文名作《怎当他临去秋波那一转》。准确地说,那是一篇用八股文形制写成的游戏文字,是一篇尽显其才情和文采的"奇文",因为正规的八股文题目应该出自《四书》,而不应该出自杂剧《西厢记》。顺治帝得知有这样一位江南才子,就命内府文书官去购置尤侗诗文集。这时尤侗尚在京师,寻访使者就到尤侗居住的旅舍,携去一册进呈。后来,顺治帝御前的日讲官王熙又把尤侗所写的杂剧《读离骚》进献,顺治帝称赏有加,誉之为"本朝之《清平调》",

把它作为宫中雅乐，命宫中的梨园子弟表演。顺治十七年（1660），顺治帝还曾向昆山状元徐元文问及其师尤侗的境况，甚至还问道："以何事降官？今当补何职？"徐元文一一具对。数得天子之青睐、垂询，尤侗升迁的机会似乎近在咫尺，就连徐元文都在给尤侗的信中有曰："上爱吾师至矣，亟来当有奇遇。"但是，直到顺治帝去世，都始终没有诏征尤侗。故而著名诗人宋琬在《满江红·题竹林晏坐图》中感叹尤侗的人生有曰："赋奏凌云，真才子、至尊亲许。长太息、文章憎命，骅骝失主。"

乡居造园和诗意人生

在离开北京的时候，尤侗作《别长安》一诗，明确了自己今后的生活："只合渔樵老此身，底须辛苦入风尘？"回到苏州以后，尤侗在苏州城东葑门内新造桥畔的尤氏新宅亦园中，过起了渔樵江渚间的隐士生活。有时也会回到斜塘老宅，与友人诗酒相会。在乡居数十年的日子里，尤侗悠游林下，以诗文、戏剧创作为务。继《钧天乐》《读离骚》等剧作之后，尤侗又先后创作出《吊琵琶》《桃花源》《黑白卫》《清平调》（又名《李白登科记》）等戏剧作品，是清初剧坛上不可忽视的重要戏剧作家。在寄情山水、啸傲林泉中，尤侗广结诗文同道，其间交游者有邹祗谟、王士禛、曹尔堪、宋既庭、梁清标、黄周星、李渔、施闰章、余怀。数十年间，尤侗诗、词、文精进，且声名日盛，渐成苏浙地区远近闻名的文学大家。

尤氏家族的老宅在斜塘，天启五年（1625），在尤侗父亲尤瀹的筹措下，举家搬迁到苏州府城带城桥新宅。崇祯元年（1628），又迁居到新造桥（今东吴饭店一带），尤父修建了一座私家小园——亦园。在甲申（1644）初春的时候，尤侗还为自家的这座园子写了一篇《亦园赋》，虽然园子不大，但在青年时代的尤侗看来，这"十亩陶庐，数间卢屋""居既宜闲，乐亦唯独""登高望远，目旷神怡"，不仅足以适情养性，还可以约上三五知己，"卧红为席，采绿成衣，洗妆携钵催诗"。可惜在顺治二年（1645），清兵南下占领苏州，尤侗奉父母离开苏州新宅，避乱于斜塘旧居。亦园"遂废为牧马地"。战事平歇后，尤侗再回亦园，已然是"台榭敧倾，池塘零落，惟有荻花枫叶，摇荡秋风耳"，尤侗原想作《后亦园赋》，开头写道："麦秀渐渐，禾黍油油，吴宫衰草，汉苑荒丘。"边写边读，"吟讽数过""哽咽不成声，辄投笔而罢"，最终没有成文。

辞官回乡后，尤侗便着手重新修葺荒芜废弃的亦园。康熙八年（1669），尤侗在亦园的原址重新设计、建造，修葺了水哉轩、揖青亭、鱼计亭等，亲自撰写了《水哉轩记》《揖青亭记》等记文，并把这些景观"侈然"命名为"亦园十景"，所谓"南园春晓""草阁凉风""荇溪秋月""寒村积雪""绮陌黄花""水亭菡萏""平畴禾黍""西山夕照""层城烟火""沧浪古道"也。尤侗还请朋友绘制了《亦园十景图》，"又从而诗之"，不仅自己作诗，"既以自娱"，还邀约诗友、文友一起前来赏景唱和，"有和我者，则醉之以酒"。主客宾朋，"衔杯话旧，濯清流，追凉风"，好不"悠然自适"。

康熙十八年己未（1679），尤侗以"博学鸿儒"的身份在京师参与修纂《明史》的时候，仍念念不忘苏州的亦园，曾作诗有曰："家在江南杨柳村，但得扁舟垂钓去。"尤侗便请画家梅庚（字耦长）绘制了《亦园图》，自己在题画诗中亦用此句曰："家在江南杨柳村，临池更有水哉轩。可怜庾信空萧瑟，独向长安梦小园。"诸如施闰章、王士禛、汪琬、彭孙遹、陈维崧、毛奇龄、黄与坚、彭定求、倪粲、汪懋麟等诗坛名家纷纷唱和，一时成为京师文坛之盛事。

在明史馆工作三年，尤侗完成了指派的修纂任务，前后分撰列传三百余篇、《外国传》十卷、《艺文志》五卷，还利用闲暇时间，著有《外国竹枝词》《拟明史乐府》。康熙二十二年（1683），六十六岁的尤侗在历经一生浮沉场屋、宦海后，最终回乡栖隐于亦园，徜徉于吴中山水间，超然物外。在亦园中，尤侗悠哉游哉,时而有佳句脱口而出,无不是抒情写心的"信口""信心"之词,诸如"杜门多暇日,景物好相于""倦游吾老矣,三径尚盘桓""幽人邈何许?一曲想沧浪"。尤侗的一生,虽然科举、宦途多艰,但在苏州的园居生活中,无论在斜塘旧宅还是新造桥新宅,在林下清风的沐浴下,专意于诗文的唱酬、写作,在其人生的最后二十年中,他"归而键户著书,学益醇深,文益雅健。人之踵门求文者无虚日,先生亦应之不穷"。纵观尤侗的一生,著述尤为丰富,吴江人潘耒在《尤艮斋先生传》中说:"所着《西堂杂俎》《全集》《余集》及《鹤栖堂稿》,共百余卷。"这仅是粗略的记载。此外还有戏剧作品七种、学术笔记《艮斋杂说》《看鉴偶评》,以及在明史馆纂著的《明史拟稿》《明史外国传》等。

　　康熙三十八年(1699)三月十八日,康熙帝南巡至苏州,八十二岁的尤侗进献所作《万寿词》和《平朔颂》,康熙帝称其为"老名士",更赐御书"鹤栖堂"匾额。一时间成为苏州城内争相传诵的美谈,曹寅等荐绅官员纷纷写诗,以纪此盛事。四年后,康熙帝再次南巡至苏州,尤侗因年迈体衰,不能觐见,康熙帝仍赐御书一幅。次年六月,尤侗以八十七岁高龄,逝于家中,葬于苏州太湖边光福镇官山背后之鹞子坞。

寒碧山庄"翛然意远"的诗画风雅

"清夜游西园""秉烛夜游""觞酌流行,丝竹并奏,酒酣耳热,仰而赋诗",这是中国古代文人墨客的风雅传统,而这种诗酒风流,多与名胜、园林紧密相连。清代《四库全书》馆臣有感于元末昆山玉山草堂雅集盛况,在《四库提要》中说:"考宴集唱和之盛,始于金谷、兰亭;园林题咏之多,肇于辋川、云溪;其宾客之佳,文词之富,则未有过于是集者。"即便经历沧桑巨变,园林风雅不再,但园林中的"文采风流,映照一世。数百年后,犹想见之",实在是"千载艺林之佳话"。随着明清以来苏州造园之风的盛行,园子里的"文采风流"和"艺林佳话",自然成为苏州园林文化中最为独特、靓丽的人文景观。

留园是苏州古典名园,她的风雅不仅体现在庭院、建筑营造之美,更在于该园曾见证过一次次的文酒风流和诗画应和。早在明代,留园的前身东园之主人徐泰时及其族人,就已然把"置酒高会,留连池馆"这般风雅变成了园中生活的日常,徐泰时之婿范允临对此有较为详细的记载,当时苏州的文化名流,诸如文徵明父子、王宠父子以及王子禄、汤子重辈,"咸雅慕之",日登其堂,"相与啸歌竟日,或至丙夜,犹闻敲灯落子声","以板舆徜徉其中,呼朋啸饮,令童子歌《商风》《应蘋》之曲,其声遏云"。

清嘉庆年间,刘恕在徐氏旧园之基上建寒碧山庄,继续延续着徐氏以来的风雅,"二三旧雨,重与言欢""佳辰胜夕,良朋咏歌,有翛然意远之致,无纷杂尘嚣之虑""招邀朋旧,相与诗酒唱酬,洵中吴之胜地也"。刘恕寒碧山庄中最为风雅也最为世人津津乐道的,则莫过于由园中奇峰异石而展开的一次次诗画雅集和创作。

　　刘恕本是洞庭东山人，自幼生活在烟波浩渺的太湖之畔，太湖七十二峰熟稔于心，他对太湖石的情有独钟，"主人雅抱襄阳癖"，似乎与此有着某种联系，郭淳、韩對在他们的诗中道出了其中的缘由："刘君少小餐湖绿，七十二峰看不足。壮怀维岳吐风云，衡华芙蓉自标目。选胜金阊花步街，品石山庄恣奇瞩。""家住洞天并福地，莫厘缥缈远莫企。独将七十二烟鬟，一一移来此中置。"

　　刘恕耗费近二十年的时间经营寒碧山庄，尽其所能，"罗致奇石嘉卉"，精心布置在园中，正是他的"神工鬼斧开林皋"，最终使得寒碧山庄"偏饶云壑趣"。嘉庆六年到七年（1801—1802），刘恕在园中聚集了十二座奇峰，根据石峰之造型，刘恕将它们命名为奎宿、玉女、箬帽、青芝、累黍、一云、印月、猕猴、鸡冠、拂袖、仙掌、干霄，得意之际的园主自号为"一十二峰啸客"，并邀请昆山画家王学浩寓居园中，为之作画。王学浩《寒碧庄十二峰图》画成后，园主和一众好友（包括瞿应谦、潘奕隽、孙铨、尤兴等人）纷纷挥翰题诗，钱大昕题额"花步小筑"，范来宗为之作记。文坛政界名流若陈文述、伊秉绶、舒位、孙原湘、陈廷庆、熊方受、屠倬等人亦相继而来，或题诗，或作画[1]，诗文书画，集一时之胜。此后几年中，刘恕又先后得独秀、晚翠、段锦、竞爽、迎辉诸峰，兴奋之余，他自比米芾，并作《晚翠峰记》《芙蓉峰识》《石林小院说》诸文，欢欣自得之情溢于言表。

　　纵观刘恕及其诸友的题诗，较为全面地展现了古代文人和私家园林主人爱石、赏石的文化内涵，在其诗句中，可以充分领略到苏州园林中赏石的三重境界。

1　参见屠倬《是程堂集》卷八《陈桂堂、伊墨卿两太守，熊梦庵礼部，王椒畦、舒铁云两孝廉同集刘蓉峰观察寒碧庄，椒畦作图，诸公皆有诗，墨卿太守为道十二峰之胜，出图属题》，舒位《瓶水斋诗集》卷十二《秋夜陈桂堂太守招同熊梦庵祠部、伊墨卿太守访刘蓉峰观察寒碧山庄，主人他出，郎君次山茂才留饮半舫，观太湖十二峰，喜晤王椒畦孝廉，索图纪游，拉杂成诗，即送墨卿权知扬州》二诗。

一、品藻"佾观"

刘恕性喜石峰，将它们巧妙地布置在园中，在其周围"杂植花木，参差掩映"，作为"娱目"和"遣兴"之资，用他自己的话说，即"可以娱目，或亦寂寥中遣兴一法也"。作为园林主人，刘恕对石峰的欣赏可谓细致入微，石峰的姿态、颜色、肌理、纹路，乃至石峰上的青苔，都足以"娱目"，他随时随手将这些写入自己的诗文中，与友朋分享。园中的晚翠峰是刘恕东山老家的旧物，他"不远百里艘载而来"，在寒碧庄中"位是峰"，并作《晚翠峰记》，文中就提出了太湖石欣赏的基本标准，这样的审美基准一直延续到今天，其中有曰："夫石顽然者也，太湖石稍异，平突凹折，似顽而实秀，峰尤奇，论者曰皱、曰瘦、曰透，不假斧凿，嵌空玲珑，以青色者为最，因其形之相似加以品藻。"刘恕不仅移用了诗歌品评的术语"品藻"来写自己赏玩太湖石时的状态，也用诗歌的语言记录下自己"娱目""品藻"时的体验，为园中十二峰传形写照："苔藓重重作锦文，不承沆露只拿云。""伛偻江头一钓翁，斜敧箬帽半遮风。""耿耿青天插剑门，雕云镂月有陈根。孤庭独立三千丈，万笏吴山一气吞。"在寒碧十二峰的诸家题诗中，可能是出于画家的职业敏感，抑或是绘画创作的需要，王学浩的组诗《寒碧庄十二峰为蓉峰观察年丈作》，多为写实，笔墨更多聚焦、着力于山峰的形态之美，对于十二峰的姿态、色彩乃至青苔都有极为细致的描写，如"玉女何窈窕，独立俯其身""磊磊石丈夫，苔发何种种。箬帽虽自敧，未觉西风动""如何掌上看，但有藓花碧"。王学浩题诗时常也会借由创作过程中画面形象激发起某些联想，如他在用斧劈皴画干霄峰时，就由"一笏插青天"的画面形象"迁想妙得"，写下了这样有画面感和韵味的诗句："只有斧劈处，常自生云烟。"

二、会意"传神"

相较于王学浩的写实，园主人刘恕的《寒碧庄十二峰》诗，则更多的是以诗性的笔调写出自己徜徉在石林峰峦中，感受着"湖山佳丽，苍烟明霞，出没万状"的变幻多姿，在岚光波影中尽享鸢飞鱼跃之趣。用刘恕自己的话说，此即"凌虚明之境，远尘嚣而归澹寞之乡""畅幽情而恣逸兴"。刘恕在诗歌中会意"传神"，他题写的《印月峰》一诗，就是这种感觉会意具体而诗意的体现，其诗曰："一月圆时落万川，万川得月月俱圆。就中添个空明影，始信人间别有天。"

"独立池边俯影娥，袜尘起处细于罗。无心照见初三月，依约眉痕一撅多。"这是园主诗笔下的玉女峰，这里连用了"影娥玩月"和"罗袜生尘"的两个文学典故。"影娥玩月"出典于《三辅黄图》，据说汉武帝曾"凿池以玩月，其旁起望鹄台以眺月，影入池中，使宫人乘舟弄月影，名'影娥池'，亦曰'眺蟾台'"。"罗袜生尘"则是曹植《洛神赋》中对洛水女神轻盈优美体态的描写，所谓："扬轻袿之猗靡兮，翳修袖以延伫。体迅飞凫，飘忽若神，凌波微步，罗袜生尘。"作者在赏石过程中，融入文学性典故，为玉女峰传神写照，赋予冰冷坚硬的石峰瑰丽迷幻的神话色彩，增加了诗歌的无限情韵。随后，园主人更出以妙句，赋予了玉女石峰以美人柔媚的情态和韵致，玉女临池照影，不经意间的惊鸿一瞥，在水面上惊讶地看到了一弯初三夜月，细细长长，依约恍惚中，还真像女子的蛾眉，也如同用指甲轻轻地按压出来的一道印痕。时至今日，玉女峰依然保存在留园之中，对照着刘恕这首诗的传神写照，我们应该能更好地欣赏、领会这座石峰的姿态以及其中蕴蓄的无限情韵。

三、托志"惕心"

刘恕对石峰之钟爱，不仅仅可以通过赏鉴品评实现视觉上的"侈观"和情韵上的会意"传神"，其中更不乏托物言志，赋予园中山石以人格精神的比喻和寄托，此诚如他自己在《石林小院说》中所说，园中的"石与峰相杂而成林，虽不足尽石之状，备岩麓之幻，亦足以侈我观矣"，但"石能奢侈我之观，亦能惕我之心"。为了更进一步说明这一层机理,刘恕援引经典发议论:"《易》曰'介于石',《诗》曰'它山之石,可以攻玉'。《易》言其德,《诗》言其功,余于石深有取焉。由是言之,嶙峋者取其棱厉,崭巉者取其卓特,透漏者取其空明,瘦削者取其坚劲。棱厉可以药靡,雄伟而卓特可以药懦,空明而坚劲可以药伪。"

中国古代一直盛行爱石、赏石之风,所谓"君子比德",其内在的精神意蕴无不是源自《周易》中"臭如兰""介于石"的古训。兰和石,都被古代的士大夫赋予了君子的人格理想,所谓"介于石",则是训诫君子要有上不媚谄、下不亵渎、耿介不阿的道德操守。此后又有战国时期哲学家公孙龙著名的"坚白石论",所谓:"天下无白不可以视石,天下无坚不可以谓石。"刘恕之不仅爱石,而且懂石,他曾写有长诗《太湖石赞》,他所编的《挂漏编》十卷,专门谈论园石花木,其中《石供说》则集中论述了他对赏石的审美。虽然《挂漏编》一书现已难觅其踪影,但从其《晚翠峰记》等文中,依然可以清晰地感受刘恕借由赏石托志"惕心"的精神追求,若所谓"庭立片石曰'介如'。今是峰魂磊而嵚崎,凛乎有不可犯之意,虽不秀而顽,亦顽而介矣""盖瘦透者每近于雕镂,魂磊者不足于秀拔,介然而屹立,挺然而耸观,无欹侧之形,无取媚之态⋯⋯"

寒碧山庄的良朋咏歌中,友人们用诗歌的形式,将园主人托志石峰以"惕心"的情结,纷纷道出,若潘奕隽《拂袖峰》《箬帽峰》二诗分别有曰:"介石心原不染尘,餐霞几岁学修真。浮邱把袂还招手,同调应呼澹荡人。""从来强项惊凡眼,不必低头效苦吟。识得丈人心是石,肯将箬笠换华簪?"

刘恕对石峰的痴迷,寒碧山庄的诗画风雅,声名远播,杭州人陈文述在其诗中便将刘恕誉为当世的"米颠",引领着清中叶的文人赏石风气,其中有曰:"洞庭刘郎今米颠,袍笏再拜梅花前。寒碧庄中峰十二,谁欤领袖司云烟?金鹅花下一尊酒,笑向空山招石友。"

苏州园林"博物志"的诗意解读

　　中国古典园林营造是一门综合艺术,它融合了中国古典建筑、园艺以及门类繁多的各种艺术。长期以来,中国园林研究存在着重技术、工程,轻文化、艺术的倾向。早在20世纪80年代,钱学森先生就曾明确指出,中国古典园林不仅仅是建筑和绿化种草,它"不是建筑的附属品,园林艺术也不是建筑艺术的附属","外国的Landscape、Gardening、Horticulture三个词,都不是'园林'的相对字眼","都不等于中国的园林",因而他积极提倡"要把'园林'看成是一种艺术,但不应看成是工程技术"。曹林娣教授自20世纪80年代就沉潜、致力于中国古典园林文化的研究,将苏州园林视为"一部中华文化的'博物志'",立足于中国古代文化艺术、哲学审美,多方位地挖掘苏州园林文化的内涵。新近出版的《苏州园林园境系列丛书》,是曹林娣教授园林文化研究的最新成果,也是多年学术积淀的集大成。

　　面对苏州园林这一部博大精深的"博物志",今天的我们该如何阅读欣赏呢?又该如何将研究深入推进呢?不同的学者从各自学科领域进行着扎实有效的研究和推进。不管从哪个学科进入中国园林研究,但凡可靠的成果,绝不是某些理论家故弄玄虚、大而无当的空疏发挥,更不是带着炫富称羡的"凡尔赛",因为那种浮于物质形态表相的夸饰和描述,对中国园林研究实在是无任何裨益的。20世纪90年代,某乡镇企业家在苏州斥巨资兴建私家园林,但凡苏州古典名园中的经典和精华,全部拷贝聚拢在一起,毫无章法可言,给人以暴发户炫富的感觉。杂乱无章的堆垛,完全没有文化精神之"魂",用王夫之的话说,就是"无帅之兵,谓之乌合",因为无论是诗歌还是园林,"意犹帅也""烟云泉石,花鸟苔林,金铺锦帐,寓意则灵"。

诗文兴情以造园,这是中国古典园林营造对世界造园艺术最独特也是最大的贡献,所以,"园林中的'诗性品题'正是园林显性的文学样式,也是中华文化名片"。苏州古典私家园林的意境营造,无不是园主情志和文化修养的自我表达,它往往通过建筑物语等物理形态得以实现。晚明造园艺术大师计成在《园冶》中就明确指出,园林建造不应固守僵化的"常套"或模式,需要在叠山理水中不断"探奇"求胜,优游于这样的园林之中,方可尽情尽性,充分领略"园圃"之乐,而这一切都需要一个重要的艺术前提——合乎园主的志趣,所谓"意尽林泉之癖,乐余园圃之间","探奇合志,常套俱裁"也。晚明时期的诗坛文坛,以袁宏道为首的性灵派高举"独抒性灵,不拘格套"的大旗,盛极一时,这一主张深深地影响了江南私家园林的审美理念,由此也可以充分体会到,文学对园境营造的影响至巨。

苏州古典私家园林的主人大多是退隐的官员、文人,多年宦海沉浮的人生阅历,使得清静淡泊、自然适意成为各自人生哲学和生活情趣的基调。于是,他们纷纷把内心构结的精神绿洲倾心外化为一方方属于私人空间的庭院,在这里,他们过着"禀性恬淡,不以功名为念,每日只以观花种竹、酌酒吟诗为乐,倒是神仙一流人物"的生活。他们在山水林泉中濯缨(沧浪亭之取名,网师园有濯缨水阁,拙政园有小沧浪,皆取此意),得趣于"山水间"(耦园厅名);他们追求"林下清风无尘俗"(耦园楹联语)这般清高脱俗的文化生活;他们在隐逸中感到"无俗韵"(耦园匾额),又重新找到了失去的自我……庭院中的亭台楼阁、一草一木,无不是他们借以抒怀的载体,而园中匾额楹联的品题,正是园林物语的诗境升华,就这层意义上来看,苏州古典私家园林就是诗性的写意空间,明乎此,方能真正理解文人造园的美学真谛。

　　盘桓徜徉在留园之中，循着溪边小径"缘溪行"漫步，跟随着陶渊明笔下的武陵渔人，"忘路之远近。忽逢桃花林"，眼见"芳草鲜美，落英缤纷"，完全置身于"桃花源"的世界之中。登上溪边的皋地，上有舒啸亭，可以吟诵着《归去来兮辞》中"登东皋以舒啸，临清流而赋诗"，在时空的穿越中实现了"思接古人"的同频共振和精神愉悦。置身留园小蓬莱的水畔，在濠濮亭中观鱼，顿有仙境之感，"林幽泉胜，禽鸟来亲，如在濠上，如临濮滨，昔人谓会心处，便自以濠濮间之想是已"（濠濮亭匾额跋语）。

　　退思园的九曲回廊，因一组独具匠心的花窗，而备受世人称道。花窗四周饰以各种传统纹样，在正中各有一字，连缀起来就是一句诗："清风朗月不须一钱买。"园主人借用唐代诗人李白《襄阳歌》中"清风朗月不须一钱买，玉山自倒非人推"的句意，在移步换景中品读着经典的诗句，依稀可以想象园主人和友人尽享"清风明月"的风雅以及沉酣畅饮之后跟跄扶墙的神情，其中既有李白的浪漫，又有嵇康的散淡，还有苏轼的洒脱……园林意境和文学性品题间的紧密相连，就在看似漫不经心中得以完美实现，这正如《红楼梦》中贾政所说的："偌大景致，若干亭榭，无字标题，也觉寥落无趣，任有花柳山水，也断不能生色。"这层道理，一直被人视为"不学无术"的贾政都明白，今人研究园林岂可无此识哉？

　　陈从周先生对苏州古典园林中的"书香墨气"赞赏尤加，曹林娣教授长年沉潜研究苏州园林，对陈先生的这一学术观念进行了纵深的拓展，从文学情怀、文献基础、文化视角、艺术境界四个方面，构建起园林文化研究的学术谱系，从而有效地避免了园林研究中长期存在的重技轻艺、重物轻文之弊。带着这种视野去欣赏、理解、研究苏州古典园林，建筑营造中运用的诸多元素，诸如门窗、雕塑、木雕、花窗、铺地，无不凝聚着传统文化博大精深的内涵，诚如曹林娣教授所说："建筑装饰的品类、图案、色彩等反映了大众心态和法权观念，也反映了民族的哲学、文学、宗教信仰、艺术审美观念、风土人情等，……在一定意义上可以说是中华民族的'心态化石'。"

因而，透过物态呈现，深入挖掘、阐发苏州园林中的"博物志"内涵，就成为《苏州园林园境系列丛书》的学理核心。就其研究方法而言，实地勘踏、文献考索、艺术品赏三者的结合，是《苏州园林园境系列丛书》在学理层面得以实现的保证。整套著作，既有技术层面的观照和思考，也有文化哲学层面的审辨，即便在每种具体技术的调查研究中，也融入了文化的深度和文脉的传承这一重要的学术维度。在对园林木雕、雕塑的研究中，著者实地调查、搜集了大量实物的图像资料，数次走访苏州香山帮匠人和相关专家，为以苏州香山帮匠作技艺、园林营造为代表的苏州古建技艺等非物质文化遗产的研究留下了重要的资料。在此基础上，进行深度的文化解读和理论总结、提炼。苏州园林中木雕、雕塑中的许多源自史传、小说、戏文的故事情节和人物形象，都得到了释读，极大地丰富了园林文化的文化容量。

早在400年前，文震亨在其《长物志》的卷首，便开宗明义地道出了苏州人园居生活的真谛，在他看来，亭台必"具旷士之怀"，斋阁须"有幽人之致"，"若徒侈土木，尚丹垩，真同桎梏、樊槛而已"。数百年以来，苏州古典园林一直秉承着这一传统，苏州园林不仅作为中国人诗性写意的空间而存在，同时也是中华文化的"博物志"。《苏州园林园境系列丛书》用宏通的文化视野，带着文学的温度去解读园林，在坚守中华优秀文化传统的同时，更在建构着属于中国文化独有的诗意文化空间和文化艺术高地。

市井文化

草鞋山：中华文明之光的江南标尺

斜塘土地庙：客寓、迁居者的乡愁记忆

澄湖之畔话碛砂

名贤文化与民间信仰双重视野下的春申君

周王庙：民间文化内涵的历史变迁

徐灵胎：救人命的名医，警人心的道情

草鞋山：中华文明之光的江南标尺

《尚书·禹贡》有曰："三江既入，震泽底定。"今日苏州工业园区所在的苏州城东地区，是太湖水东流入海的必经之地，这一区域河道纵横，水网密布，地势低平，明人陈全之在其《蓬窗日录》中早就有这样的记载："三江既入，震泽底定。自吴江长桥出，合庞山湖以南入海为松江；自大姚分之，过淀山湖以东入海，为东江；自吴江县鲇鱼口北入苏州运河，经郡城之娄门，东北入海为娄江。"由于地势低平，松江、东江、娄江等河道的水流"势缓"，容易出现"水阻"，造成泥沙淤积。古代先民在疏浚河道的时候，把清淤的河泥堆积在河湖岸边，于是在这一带的河湖岸边就出现了许多土墩，明代苏州人王鏊在《（正德）姑苏志》中解释"千墩"这一地名来历的时候，曾说过："一说，自淞江抵本府东下，至江南之北，凡有千墩。"这些高耸的土墩，在低平的水乡泽国显得非常显眼，老百姓就给一些土墩命名，并称之为"山"，其中声名较著的有草鞋山、夷陵山、赵陵山、张陵山、绰墩山等。

一

草鞋山位于阳澄湖南岸，其名早见于清代乾隆年间的《苏州府志》。《苏州府志》记载曰，草鞋山位于"阳城湖南滩、西滩"之"十一图"，与今天的位置完全吻合。据清代沈藻采《元和唯亭志》记载，草鞋山之得名，是这座湖边土墩"形如草履"之故。

和太湖下游、吴淞江沿岸所有的土墩一样，草鞋山也应该是在一次次疏浚河道的过程中,由累土堆积而成的。每一次的河道清淤、累土堆积,自然会把当时人们生活、生产的一些物品和信息埋入土层之中。1956年,南京博物院考古部主任赵青芳来苏州进行考古调查,发现了草鞋山,虽然没有开展考古发掘工作,但赵青芳还是在其考古日记中

草鞋山文物——玉璧(苏州吴文化博物馆供图)

写下了这样的文字:"在夷陵山的西北,仅隔一条小路,又有一个土墩,相传为草鞋山……草鞋山面积较大,约10000平方米,北半边稍高,南边低平,最高处约15米。顶上是明、清和近代墓的集中地,有许多砖券已露出地表。北面和东、西面都有断崖……夷陵山之高也是后来堆成的,山下的文化层可能未动过。"考古学家根据自己的学术经验做出这样敏锐的判断,草鞋山下可能有古人"堆成"且依然"未动过"的"文化层"。

1972年,南京博物院正式启动草鞋山的考古发掘,在此后长达50年的时间内,南京博物院、苏州博物馆、苏州市考古研究所等文物部门先后进行了多次考古发掘,证明了赵青芳当年的猜测是正确的,也彻底摸清了草鞋山最具经典标尺意义的考古地层序列。

经过多次考古发掘和研究,草鞋山遗址地层结构之丰富,令学界感到震惊。从地表以下5米左右始,延伸到地下约11米的土层深处,共分布了十个文化堆积层。根据各个堆积层中发现的古器物来判定,地下最深的第十层到第八层,属于距今约7000年至6000年的马家浜文化;第七层一直到第五层,属于崧泽文化,这是新石器时代母系社会向父系社会过渡的重要阶段;第四层直到第二

层，属于距今约5300年至4300年的良渚文化；最上面的第一层，则是春秋时期吴越文化的遗存。草鞋山发现的十个文化堆积地层，依照时间的先后顺序，连续而清晰地展现了新石器时代江南地区重要的三个文化发展阶段——马家浜文化、崧泽文化和良渚文化之间的传承与发展。

文化地层的堆积为后世提供了认识江南史前文化的重要实物，犹如用实物串联而成的历史编年，因而被考古学界誉为江南史前文化的"三叠层""江南史前文化的标尺"。中国考古学会理事长王巍对草鞋山遗址的学术价值和意义给予了很高的评价："作为江南史前文化的中心聚落，草鞋山遗址保存有长江下游史前文化完整的发展序列，再现了长江下游史前人类历史的发展史，是长三角地区历史发展的一部完整的'地书'，为研究太湖地区、长江下游的古代文化提供了典型地层与文化遗物，具有考古学上的里程碑意义。"

据不完全统计，在这部最具经典标尺意义的"地书"中，考古学家在历次考古发掘中，先后出土文物1760件，且发现了中国古代最早的水稻田灌溉系统、最早的葛麻织物以及最早的玉琮礼器。这些实物的出土都足以表明，早在6000多年以前，草鞋山一带的早期人类已有了发达的文明，同时也较为完整地反映了江南地区从等级社会起源到早期国家繁荣发展的历史进程。

二

中国是水稻的原产地，也是世界上最早驯化和栽培水稻的国家，其种植历史可以追溯到一万多年前。在湖南永州市道县玉蟾岩遗址就发现了距今1.4万至1.8万年前的野生和具有人工栽培特征的水稻遗存。考古研究表明，距今8000—6000年前，我国已经有比较成熟的稻作农业，在长江中下游地区的湖南澄县彭头山、浙江余姚河姆渡、江苏高邮龙虬庄遗址，以及黄河中游地区的河南舞阳贾湖遗址出土的文物，都出土、发现了足够的证据。

　　然而，仅据这些出土的碳化人工稻种，还无法了解原始先民在水稻种植中诸如耕作方法、生产规模等具体的问题。为了弄清这些问题，国际考古学界一直都把水田考古作为古代稻作文化研究的最重要课题。

　　1992年，由南京博物院、苏州博物馆、吴县文物管理委员会和江苏省农业科学院联合组成考古队，首次对草鞋山遗址进行水田考古研究。经过钻探取样和分析研究，在马家浜文化地层中不仅发现了碳化的人工种植稻粒，更发现了成片的水稻田，以及水井（蓄水坑）、水塘、水路等相配套的灌溉系统。《中国文物报》1995年6月18日的报道中对这一发现有详细的描述："此次在距今约6000年的马家浜文化时期地层发现了由浅坑、水沟、水口和蓄水井组成的遗存，其中在一处被揭露的长20米的范围内发现了呈两行排列，南北走向，相互连接的浅坑约20个，浅坑面积一般3—5平方米，个别小的1平方米，大的达9平方米，坑的形成或椭圆形或长方圆角形。浅坑沿一低洼地带分布，其四周有土冈，东部及北部边缘有'水沟'和'水口'相通，'水沟'尾部有'蓄水井'。显然这组遗存与水的设施关系密切。据现场发掘和考察的中日两国考古学家与农学家分析判断，遗存全部结构应看作是早期水田状遗迹。"这一重要发现充分表明，早在六七千年以前的马家浜文化时期，苏州地区的原始先民就开始了水稻的精耕细作，苏州作为鱼米之乡，稻作文化的历史可以上溯至此。不仅如此，这也是至今为止，中国古代已发现的最早水稻田灌溉系统，草鞋山遗址因而蜚声海内外，被誉为"世界稻作文化的原乡"。

　　在古人的生活中，食物供给之外，衣是另一个基本的保障，《论语·阳货》中孔子有曰："食夫稻，衣夫锦，于女安乎？"中国古代典籍的记载中，说黄帝、尧舜时期，就已经有了衣和裳。《周易》系辞中有曰："黄帝尧舜，垂衣裳而天下治，盖取诸乾坤。"《山海经·大荒北经》中也有说："有人衣青衣，名曰'黄帝女魃'。"在《韩非子·五蠹》篇中则更是明确地说到，尧舜治理天下的时候，人

草鞋山考古遗址公园

们"冬日麂裘，夏日葛衣"，后来司马迁在《史记》中也沿用了这一说法。

在草鞋山遗址的最底层（第十层），考古学家发现了马家浜文化时期的三块已碳化的野生葛质地的纺织物残片，以及石制的纺轮，这是我国目前出土最早的纺织品实物和纺织工具。据此可以断定，居住在草鞋山一带的原始先民已经掌握了纺纱、织布的工艺，开始穿着衣物了，这比古籍记载中的历史要早了很多。

今天的我们在这些文物遗存的吉光片羽中，可以充分感到几千年前中华文明之光的闪耀。借此也可以想象到原始先民这样鲜活的劳作场景："葛之覃兮，施于中谷，维叶莫莫。是刈是濩，为绤为绤，服之无斁。"成片的葛藤，绵延在广袤的田野，在阳光的照耀下，绿油油的颜色越发鲜艳。有人在割伐葛藤，有人把割下的葛藤放在镬中烧煮，还有人在用葛纤维编织着"绤"和"绤"，可以用它们来做蔽体的衣物。

此外，在草鞋山遗址的马家浜文化地层中，还发现了大量的红烧土块，据考古学家推断，极有可能是当时原始先民建造居所的材料；以及大量的陶器，还有一些墓葬和房址。这一切都表明，马家浜时期江南的原始先民已经开始了较为稳定的安居生活，社会发展也进入人类文明的新时期。

三

在阳澄湖一带的村民中曾流传着一首民
谣："苏州城外草鞋山，山上有只玉草鞋。福佑
人间通苍天，要能得到胜神仙。"民谣在老百姓
中口耳相传，所唱的内容未必确切，草鞋山遗
址的多次考古发掘中，都没有在此发现民谣中
所谓的"玉草鞋"，但是在这座"层累"丰富的
土墩中，发现并出土了大量良渚时期的玉琮、
玉璧、玉玦等玉器。这些出土的玉器为研究人
类早期的社会变迁提供了重要的依据，从玉器
的性质和尺寸、规格来分析，可以确定，在距今
5000年左右的江南地区，已经出现了较为严重
的社会分化，等级制度也逐渐明确。

草鞋山文物——玉琮
（苏州吴文化博物馆供图）

　　玉文化是中国传统文化的重要组成部分，有着举足轻重的地位，影响深远，
自中华文明肇端以来，始终贯穿于中华文明的发展历程，也是中华文明有别于
世界其他文明的重要标志。东汉学者许慎在《说文解字》中有谓"玉，石之美"
者，其温润坚硬的特质，被人们赋予了仁、义、智、勇、洁等"五德"。古人常常
以玉作为瑞信之物，用于朝聘等重要场合，也象征着权力和威信。《周礼·春官》
有记载曰："以玉作六瑞，以等邦国。王执镇圭，公执桓圭，侯执信圭，伯执躬
圭，子执谷璧，男执蒲璧。"《周礼·大宗伯》也有这样的记载："以玉作六器，礼
天地四方。以苍璧礼天，以黄琮礼地，以青圭礼东方，以赤璋礼南方，以白琥礼
西方，以玄璜礼北方。"所谓"六瑞""六器"都是玉制的礼器，一般根据器物的
形制、尺寸、大小的差异，来区别拥有者的爵位、等级、身份、权力与财富。

　　在草鞋山遗址出土的众多玉制礼器中，有一件玉琮因其在考古界和学术文

化史上具有非常重要的意义,而被誉为"中华第一玉琮"(现藏于苏州博物馆)。1973年在草鞋山遗址M198墓中发现的这件玉琮,通体呈褐色,高31.6厘米,两端圆,中段为方柱体,分为十二节。方柱体的每节转角处都刻有凹形牙状纹饰,下端第二、三、四、五节处一侧凹形纹饰内刻有一小圆圈,犹如人眼一般。这件玉琮是我国考古界首次在史前墓葬中发现、出土的,在它发现之前,先前存世的玉琮都无法明确断代到新石器时代,专家们断代最早的只到商周时期。因其发现于草鞋山遗址良渚文化地层,这

中华第一玉琮

就标志着新石器时代的良渚时期已经出现了玉琮这一重要的礼器。有了这一重要的参照标准,考古学家不仅解决了琮、璧的年代问题,而且首次确立了琮、璧、钺类玉器是新石器时代礼器的观点,更结束了学术界多年来关于玉琮起源的争论。

在良渚文化中,玉琮象征着信仰,代表神权;玉钺象征王权;玉璧是财产私有权的标志。考古学家根据M198墓穴中随葬的大量精美玉琮、玉璧、玉玦、玉钺和其他一些文物,推断墓主人具有显贵的身份和非同一般的权势,可能既掌握着神权、王权,还掌握着军权。这些无不清晰地昭示着一个社会发展的事实,苏州地区在新石器时代,已经出现了财产私有化的现象,社会形态也出现了严重的等级分化。草鞋山发现的"中华第一玉琮"开启、见证了古代礼制文明的曙光,逐步把人类文明带到国家起源的新入口。

斜塘土地庙：客寓、迁居者的乡愁记忆

几年前，几位外地游客在苏州的"寻宋之旅"，顿时让名不见经传的斜塘土地庙火遍大江南北。这是一座建设风格独特的乡村土地庙，既有深厚的历史文化底蕴，又兼具浓郁的江南水乡风土人情。从南宋至今的数百年时间内，无不寄托着南渡客寓者与现代迁居者的乡愁记忆。

一

土地公公，也叫"土地神"，是古代传说中掌管一方土地的社神，也是民间信仰中的地方保护神。虽然在道教的神祇体系中，土地公公的地位比较低，但是作为保护一地百姓平安和风调雨顺的神灵，老百姓对土地公公的崇拜和祭祀，还是非常重视的，且很普遍。

土地是人们赖以生存的基础和保障，所以自上古先民开始，就形成了对土地的崇拜，诚如汉代史学家班固在《白虎通义》卷上所说："天下求福报功人，非土不立，非谷不食。土地广博，不可遍敬也；五谷众多，不可一一而祭也。故封土立社，示有土尊；稷五谷之长，故封稷而祭之也。"因此，古人在播种和收获的季节，都要立社祭祀，分别称为"春社"和"秋社"。古代的春社和秋社的具体时间分别是立春后的第五个戊日，以及立秋后的第五个戊日，因为在过去的阴阳五行学说中，戊五行属土，所以把戊日作为社日。

清代苏州经学家余萧客在《古经解钩沉》中，辑录到一段《礼记外传》中的文字，专门谈论上古时期的"社"和土地神崇拜的问题，有这样的论述："社者，

斜塘土地庙鸟瞰

五土之神也；稷者，百谷之神也。""天子为天下之人立社，曰'太社'。""诸侯
为境内之民立社，曰'国社'。""九州之人各居其土，食有利者，各报祭之籍田，
之后则告五谷，既登，又报功也。国以民为本，人以食为天，故建国君民，先命
立社；地广谷多，不可遍祭，故于国城之内，立坛祭之。"由此可知，民间的土地
神实际上是由古代的"社神"演变而来的。这层关系，在其他一些古籍中就讲
得更为直接而明确，《公羊传注疏》卷八说："社者，土地之主也。"《（光绪）永
平府志》卷三十九"土神祠"一条中则明确地说："今凡社神，俱呼土地。"

　　至于"土地公公"之名的由来，顾禄在《清嘉录》中有过较为清楚的解释。
《后汉书》的《方术列传》中把社神称为"社公"，"天下之社神，宜通谓之公"。
后来在民间的流传、演变中，"社公"又"讹为土地公公"，老百姓更为土地公公
塑造了平易亲和的形象，"茧袍乌帽，装扮白发翁"，后来又增设了土地婆婆，一
起供奉祭拜。在古代农业社会中，许多地方，无论乡村城市，几乎随处可见各式
各样、大大小小的土地庙，供奉着护佑一方平安的土地公公和土地婆婆。

　　明清时期，苏州的民间信仰和神灵崇拜极为盛行，康熙年间汤斌巡抚江苏
的时候，就认为吴人"淫祠"，清初苏州籍状元缪彤在《重修鹤山书院记》一文
中也有曰："吾吴淫祠不一，皆以祸福之说惊动恐惧人，故人奔走之不遑。"这种
风俗之形成，既出于古代老百姓对天地圣灵的敬畏，更多的是带着对平安美好

生活的祈愿。清代苏州学者顾震涛在其地方文献著作《吴门表隐》中，就专列《祠庙》篇，单单是苏州府（包括长洲、元和、吴三县）的土地庙（土谷神庙）就有一百几十座，其中光福玄墓尤多，"各村有二十八处土谷神庙"。由此可见明清时期苏州土地庙之多，老百姓祈求平安幸福的风气极盛。

在苏州民间，一直都有祭拜土地公公的风俗。顾禄《清嘉录》中就有记载："（二月）二日，为土地神诞，俗称'土地公公'，大小官廨皆有其祠。官府谒祭，吏胥奉香火者，各牲乐以酬。村农亦家户壶浆，以祝神厘，俗称'出公''田婆'。"农历二月初二，是土地公公的生日，江南各地的村民对此特别重视，地方官员和村民都前往所在地的土地庙进香拜谒，祈求风调雨顺，五谷丰登，仪式隆重而热闹，且长盛不衰。民间何以把二月初二作为土地公公的生日？究其原因，顾禄的理解大致不错，时值大地回春，"田事将兴"，"以祈农祥"，"故祀之"也。

二

旧时苏州农村土地庙众多，即便是方志这类文献都未必能一一细载，斜塘土地庙便是文献记载的一颗"遗珠"。这颗"遗珠"的发现，是与中国、新加坡两国合作开发建设苏州工业园区的进程紧密联系在一起的。

1994年，随着苏州工业园区开发建设项目的启动，在规划区域范围内的征地、拆迁工作随之而展开。10月，就在建设工程如火如荼地推进的时候，斜塘镇的部分村民和文化干部向当时的工业园区筹备委员会反映，位于斜塘镇王墓村的一座老土地庙即将拆除。虽然这座乡村的小庙既没有进入国家文物保护系统，也不在园区建设规划之初的文物遗存摸底清单中，但接到群众的反映，筹委会还是非常重视。在园区建设之初，筹委会就确定了"首问负责制"，但凡基层机构、中外企业，甚至老百姓个人有事找上门，工作人员绝不允许"事不关己""一推了之"。当时接待来访的是筹委会的李巨川先生，他第一时间前往独墅湖旁边的王墓村了解情况。

　　夕阳映照下的王墓古庙，因年久失修，墙体已有部分坍塌，柱子上的漆也已经脱尽，原木的本色尽显岁月的沧桑感。李巨川先生是一位有情怀的作家，在任职园区筹委会之前，曾在苏州大学中文系任教，业余时间喜欢画画。他看着眼前的这一切，听着周围工地上的轰鸣声，"此时身在庙中，的确能感受到乡亲们故土难离的惆怅和对未来生活的迷茫"，他不禁感慨万千……因为"这事不仅涉及文物保护，更事关人心"。回到家中，李巨川心潮澎湃，"为了小庙承载的那份沉沉的乡愁"，该如何保住这处古庙，如何"挡得住滚滚向前的工程车"？他拿出纸笔，根据自己的印象绘制了一张古庙的草图。带着这张手绘草图，他辗转找到了苏州市文物保护委员会的专家王仁宇先生。或许是被李巨川的真诚打动，不久，王仁宇先生便带着钱公麟、陈嵘两位专家到王墓实地调查。"果不其然，那座埋没在荒草丛中的破败小庙，使得专家们一见就两眼放光，兴奋不已。"很快专家组根据实地勘踏的情况，对这处古庙及附近的一座古桥作出了明确的结论：位于斜塘王墓村的这座土地庙是大约800年以前的南宋木结构建筑遗存，土地庙附近的一座三跨石板桥（永安桥）所用的石料是宋代常用的武康石，其榫接结构等都是宋代的典型工艺。

　　斜塘土地庙和永安桥的调查情况报告，以及现场的实拍照片，递交到了工业园区筹委会主要领导的办公桌上。园区领导最终做出留存、保护好这两处古建筑的决定。1997年在斜塘土地庙和永安桥重修的

永安桥

过程中,发现了南宋军队中使用的"韩瓶",再次证实了文物专家的判断。2002年,斜塘土地庙和永安桥被列为"江苏省文物保护单位",成为名正言顺的文物,受到了国家的保护。对于过去世代居住在附近的拆迁乡亲们来说,这里则寄托着他们这些迁居者的乡愁记忆。

三

这座南宋时期的土地庙,其建筑结构、布局形制既符合宋代建筑的特点,又有一定的独特性。

斜塘土地庙采用宋代最为常见的"工"字形的祠庙布局,即俗称的"工字殿",前后两间建筑在明间上开门,通过穿堂,把前、后联系在一起,平面布局构成"工"字形。斜塘土地庙在修复之前,坐南朝北呈"丁"字形,北部的一间虽然已经坍塌,但在留存的地基上有一组柱础,排列整齐对称,由此可以确定原先是完整的"工"字形平面形制。为了保护北部前殿的地基和柱础,修复的过程中,在其上加建了玻璃棚。位于南面的享殿,高六七米,单檐歇山顶,是典型的宋代建筑风格;连接梁柱的斗拱,壮硕精巧,其形制只见于宋代建筑中。斜塘土地庙最为独特的是,它的大门朝北开,正对着北面的一条河。庙门前的水面开阔,河水东连吴淞江,西接独墅湖,东侧有一座永安桥,横跨在水面上。

何以斜塘王墓村会出现这样一座形制、布局如此独特的土地庙呢?由于文献记载的稀缺,我们也只能从极少的文献记载和斜塘附近原住民口耳相传的传说,大致推测、勾勒其历史的基本面目。据《(乾隆)苏州府志》记载,"王墓,去县东二十里",和尹山并列为元和县境内的两大"市"。至于王墓何时成"市",地方志中并没有确切的记载。当地百姓中世代流传这样的说法:王墓之为"市",始于宋室南渡之际。

北宋末年,靖康之变发生后,北方的民众为了躲避战乱,纷纷南渡。王墓地处苏州城东，水上交通便利，连通大运河、吴淞江，明人王圻在其所纂《东吴水利考》中记载："黄天荡，在长洲县蔑渡桥（按：今之觅渡桥）之东，尹山湖之西，亦受太湖水。东为独墅湖、为王墓湖、为朝天湖，三湖连缀，实一水也。"北方世族和百姓在南下途中，途经王墓，见此处水土丰茂，景色宜人，遂有栖身定居于此者。虽然栖居江南，但南迁的客寓者，始终心怀故园之思，"北望中原，常怀愤惕，不敢自暇自逸"也。因而在暂居之地王墓，募集资金修建土地庙，庙门朝北，其寓意为心系北方，不忘故园。

　　这样的传说代代相传，延续到20世纪。而位于王墓的这座古老的土地庙，一直都是附近村民逢年过节祭拜土地公公的场所。过去，王墓土地庙的香火非常旺盛，每逢年节，都会定期举办庙会，十里八乡的村民会自发前来赶会，聚集在土地庙看社戏，进行商品的交易和买卖。庙里的土地神也会被抬出，四处巡游，护佑一方百姓。在新中国成立以后，王墓土地庙一度改做过学校、饲养场，但这里永远都是周围村民心中永远的"福德庙"，逢年过节，周边的村民始终怀揣着美好的愿景，络绎不绝地来此进香，祈求风调雨顺，五谷丰登，护佑健康平安，祛病消灾。

　　随着苏州工业园区飞速发展，斜塘的很多传统村落已经拆迁，王墓等地名也成了历史，拔地而起的一座座现代化高楼，见证着时代的进步。昔日的乡亲们也都搬进了莲花新村等新社区，但新时代的迁居者们心中的那份乡愁，并没有因此而消退。正是因为王墓土地庙和永安桥的完好保留，为老乡们留下了一份念想和永远的乡愁记忆。

　　如今，土地庙享殿中的土地公公、土地婆婆的塑像得到了修复，每逢农历初一、十五或重要节日，原先住在附近的村民都会自发前来上香。前一阵子，笔者在农历二月十五那天，去斜塘土地庙，充分感受到了斜塘土地庙进香的热闹。其间有不少人盛装前来，一位84岁高龄的老太太穿着水乡传统服饰，引起了我的注意，我上前和她闲聊，老太太很健谈，闲聊中还不时地对我说："今天穿戴得不算好，要是把新做的穿戴好了，还要漂亮唻！"整个上午，不断有人前来进香拜谒，但凡熟人、邻里碰上，打个招呼，聊上一阵，都是司空见惯的。我还目睹了一位老太太，特意戴上花头巾，穿上传统的水乡服饰，在庙里和熟人打招呼，双手捧着糖果，分发给他们，一边喜气洋洋地说着："这是我孙子结婚的喜糖，大家一道沾沾喜气。"

到土地庙来，祈福依然是进香的一项内容，但对于搬迁后分散在不同社区的老乡邻来说，还可以借机叙叙旧、唠唠家常、联络联络感情，土地庙似乎成为另一种情感的"邻里中心"，这大概就是李巨川先生所说的"事关人心"罢。

澄湖之畔话碛砂

　　明清以来,碛砂寺一直是苏州城东、澄湖之畔重要的文化景观,"碛砂晓钟"曾被列为"陈湖(今作"澄湖")八景"之一。旧时的文人墨客,喜欢泛舟吴淞江、澄湖,一边感受着江南水乡泽国的烟波浩渺,静赏水面上沙鸥翻飞,两岸垂柳依依,村舍俨然。晨光熹微之时,东方的第一缕阳光即将映现的时候,只听得沙洲之畔碛砂寺传来悠远而空灵的钟声,让人在精神上产生一种"潭影空人心"的涤荡。

　　明末诗人、曾出任长洲知县的李实在他的《陈湖八景》组诗中,就有一首专写"碛砂晓钟"的诗:"碛砂古刹废何年? 留得钟声诗里传。野鹤独吟清浅月,松涛空向寂寥禅。更无贾客移船泊,惟有残僧闭户眠。草径元师遗塔在,萧萧黄叶感前贤。"诗人由眼前所见,追思历史上的"前贤",这些先贤中不仅有为刊刻《碛砂藏》旰食宵衣的宋元高僧大德和善男信女,也有曾来此地游赏、题诗作画的文人雅士,其中就应该包括倪云林、吴宽、沈周、祝允明等一众江南名士。

一

　　近些年在澄湖北岸易地复建的碛砂延圣寺,紧邻着常嘉高速的澄湖特大桥,飞驰车流的轰鸣声,似乎已难现昔日之清幽和辽远。在宋代,澄湖之畔的碛砂寺因刊刻了一部重要的佛藏《碛砂藏》,而成为中国佛教史上的圣地。

　　在宋元时代,吴淞江是长江入海前的最后一条支流,从太湖瓜泾口向东流入长江，最后入海，所以长江入海口一直被称为"吴淞口"。吴淞江水面开阔，波涛汹涌，陈湖"当华亭、吴江之间"，是沿岸一处重要的湖泊，"其水混江际海，以云为涯""其浪波潮汐之壮，足以败舟帆""其险不测"，威胁着往来的船只，一直以来，"远涉者，必恃中流有避患之地，乃敢无恐而济"。吴地百姓的愿望，直到南宋乾道八年（1172），方由寂堂禅师实现。

寂堂禅师，俗姓祝，名师元，又名道原，平江府华亭县人。这一年，禅师来到澄湖之畔，"得湖中费氏之洲，曰碛砂，乃庵其上"。这座建在碛砂洲之上的庵堂，遂"为中流之镇"，成为往还于吴淞江一线老百姓的避患、栖息之地。在此基础上，又逐渐扩建成延圣禅院，当地的百姓称之为"碛砂寺"。寂堂禅师在此开坛说法，吸引了很多信众，影响广布。

禅师圆寂后，继任的历代住持，一直在努力完成寂堂禅师的遗愿——纂修、刊刻一部大型的佛教文献集成（佛藏）。元代高僧圆至天隐禅师在《平江府陈湖碛砂延圣院记》中曾这样记载其间的情形："其子孙立浮图，以祀其舍利。又刻三藏之经，而栖其板于院北之坊。"这就是名闻中外的碛砂延圣寺雕版刻印本《碛砂藏》。在佛教中，凡以经、律、论为中心的大型佛典集成，称为"三藏之经""大藏经""一切经"，也简称为"藏经""大藏""藏"。《碛砂藏》是中国较早刊刻的大藏经之一，是现存已知佛藏中木刻线描画较多的一种，具有重要的学术史、艺术史和科技史研究的价值。

《碛砂藏》雕刻、刻印的开始时间，过去一直根据西安开元寺、卧龙寺所藏《碛砂藏》中《大宝积经》《大般若经》上印制的年代来推断，一般认为是始于南宋绍定四年（1231）。如著名文献学家叶恭绰就认为："当宋元之际，公私匮乏，成事艰难，故刻经之进行亦甚迟。自绍定四年起，迄至治二年（1322）止，共历九十一年，始克成功。"直到20世纪90年代，在日本奈良县西大寺所藏《碛砂藏》本的《大般若经》经卷中，发现了南宋宁宗嘉定九年（1216）的刊刻印记，这是目前所知存世最早的《碛砂藏》佛经。日本奈良县教育委员会在《奈良县大般若经调查报告书》中公布了这一发现,因而目前学界普遍以南宋宁宗嘉定九年(1216)作为苏州延圣禅院《碛砂藏》的始刊时间。

《碛砂藏》的修纂和刊刻工作,旷日持久,在碛砂寺一代代高僧大德和各路善男信女的努力下,宋元两代,历经百年,这项卷帙浩繁的巨大文献工程,终得以告竣。整部《碛砂藏》共收录各种佛教典籍1521种,计6312卷,采用梵夹装,装成591函。在百年之内,碛砂延圣禅院中有十位姓名可考的住持,旰食宵衣,恪尽职守,为《碛砂藏》的完成做出了贡献,他们是法音、法超、文雅、可枢、惟吉、清圭、志连、志明、清表、行森。特别值得一提的是,其间经历了元兵南下的兵燹之灾,圆至天隐禅师在《平江府陈湖碛砂延圣院记》中有过记载。历经乱世,碛砂寺不仅"自植立于丘烬之中,以存其旧",且"延圣子孙,益蕃衍富盛"。寺中的僧徒"嗣继材智""其才贤者",为了开山祖师的遗愿,"争以学术自缘饰""争翔竞奋,以大其门",最终不但完成了这一项宏伟的工程,碛砂延圣禅院也因此而成为闻名遐迩的名刹,"时节众会,文物布述,粲然矣"。

二

宋元时期,碛砂寺不仅刊刻过《碛砂藏》这样鸿巨的佛教经典,也曾刊印过重要的唐诗选本,直到明代,吴门画派的创始人沈周来到此地的时候,还在其《碛沙寺》中追怀注释、刻印唐诗的高僧,其诗曰:"古殿瞰清湖,高幢标碧树。闻有注诗僧,欲觅今何处?"

明代苏州学者都穆在《南濠诗话》中详细记载了这部唐诗选注本的基本情况。元代初年,僧魁天纪住持"长洲陈湖碛沙寺",与高安僧人圆至天隐为至交。圆至天隐禅师工诗,著有《筠溪诗集》,所作诗歌清婉有禅意,其《寒食》诗曰:"月暗花明掩竹房,轻寒脉脉透衣裳。清明院落无灯火,独绕回廊礼夜香。"

明代学者蒋一葵以为"其造语之妙，当不减于惠勤、参寥辈也"。圆至天隐禅师"尝注周伯弜所选《唐三体诗》"。注本完成之后，"魁割其资"，请著名学者方回作序，"刻置寺中"。圆至禅师的《唐三体诗》注本《笺注唐贤绝句三体诗法》，"盛传人间"，影响越来越大，成为蒙训和学习唐诗的必读书，后人便把这个注本径称为《碛砂唐诗》，以至于"后有重刻者，直题《碛砂唐诗》之名矣"。

自古以来，经行吴淞江往还的文人墨客很多。澄湖者，"上承淞江，泄其余波，以停蓄于此""从云间、甫里往还者，风帆不绝"。随着《碛砂藏》和《碛砂唐诗》的刊印、流传，碛砂寺声名鹊起，元明以来，就吸引了倪瓒、吴宽、沈周等一众著名文人流连于此，并留下了不少诗歌佳作。

元末著名画家、诗人倪瓒每次前往顾阿瑛玉山草堂参加雅集的路途上，行经吴淞江，就会徜徉、流连于澄湖、甫里一带，会晤旧友新朋，写诗作画，留下了许多经典的作品。诸如倪瓒的山水画代表作《渔庄秋霁图》就作于澄湖之畔的大姚村。至正十五年乙未（1355）秋，倪瓒寄居在友人王畛（号云浦道人）的渔庄，被眼前空明澄净的山光水色打动，挥毫创作了这幅疏朗潇逸的山水画精品，赠送给主人。这幅画"下层作五树参差，疏密相映，极有态，一亭在其隈，上层平峦远渚"，意境萧疏简远，高洁清旷，被世人公认为倪云林绘画的定鼎之作。时隔十八年，七十二岁高龄的倪瓒再见旧作时，不胜今昔之感，遂在画上补题诗、跋曰："江城风雨歇，笔砚晚生凉。囊楮未埋没，悲歌何慨慷？秋山翠冉冉，湖水玉汪汪。珍重张高士，闲披对石床。此余乙未岁戏写于王云浦渔庄，忽十八年矣。不意子宜友契藏而不忍弃捐，感怀畴昔，因成五言。壬子七月廿日，瓒。"

倪云林曾创作过一系列的诗歌，记载了他在吴淞江、澄湖之畔游历的情形，其《东吴十咏》中就有《怀甫里》《过独墅》《过车坊漾》《归阖闾浦》等。在《送霞外师过碛沙寺，因寄郑博士毅长老》诗中，他就写到自己与碛砂寺的渊源，以及对寺中僧众静心修禅、刻印佛教文献的虔敬和执着，表达自己由衷的敬意："湖水东边碛沙寺，翻经室里看争棋。食驯沙鸟巢当户，坐爱汀云影入帷。惠远向修为律缚，康成终老只书痴。寄语山灵莫疑怪，松阴好护中兴碑。"关于倪云林和碛砂寺的这一渊源，与倪瓒交往甚密的诗人马玉麟，有一首《碛砂寺访僧兼怀倪元镇》，就曾说到，这位素有洁癖的倪高士，甚至有栖隐采薇于此的想法，其诗曰："为爱碛砂寺，乘风湖上归。寻僧分越茗，沽酒典春衣。江树重重见，沙鸥个个飞。云林有高士，自采北山薇。"

为了避元末战乱，常州著名学者谢应芳曾隐居于吴淞江、碛砂寺一带，与碛砂寺中的高僧时有诗文唱和，寺中的愚隐禅师曾有诗赠之曰："一声短笛沧浪莫，收拾丝纶下钓台。"谢应芳在和作中回复道："一曲沧浪歌未了，满船明月赋归来。俗尘自暗人间世，不着纤毫惹镜台。""白发道人无住着，碛沙湖上去还来。湖深六月天风冷，花雨吹香般若台。"真实地再现了谢应芳和碛砂寺僧人幽寂安详的禅居生活。在谢应芳的《龟巢稿》中还有很多与时人在碛砂寺唱和的诗歌，这些有助于后人了解元末战乱中江南文士真实的生活状态。

时至明代，随着澄湖畔大姚村陈氏家族的崛起，吸引了沈周、吴宽、祝允明、文徵明等吴门画派的一批大师们纷纷前往大姚村，他们或泛舟澄湖之上，或拜谒碛砂寺，或登大姚山远眺，碛砂钟声自然是他们诗中一道独特的风景："双幢落日倚渔汀，北下孤舟此暂停。野客偶惊云外犬，老僧随掩石边经。沙洲古树藤萝紫，大殿遗基荠麦青。今夜试留湖上枕，疏钟高浪不堪听。"虽然此时的碛砂寺渐露荒败之迹，但碛砂寺曾经的辉煌和宋元时期历代禅师为修纂《碛砂藏》所付出的艰辛，还是被后人时时缅怀："不见筠溪叟，诗禅久绝音。""真经古集充三藏，愿假翻寻助五车。"

明末清初，碛砂寺已经只剩下断壁颓垣，归有光来此，见到的已是这样的景象："望见石柱立，知是招提址。莲宇已燹荡，土墙何迤逦。"但"碛砂晓钟"，依然是人们心中永远的记忆："沙州平接藕芋田，春色迷离有客怜。柳影远移孤寺火，鸡声寒山一湖烟。碛砂钟里方残月，寝浦帆前欲绣天。眼见风尘绝好处，桃红深锁老渔船。"

三

1930年，陕西发生严重的旱灾，国民政府赈务委员会常务委员、慈善家朱庆澜居士前往陕西赈灾。在西安的卧龙寺及开元寺，朱庆澜发现了寺院中保存的宋版佛藏《碛砂藏》。回到上海后，朱庆澜旋即组织沪上佛教界、学界名流叶恭绰、蒋维乔、丁福保等人，一起商议保护和影印的诸项事宜，所有人当即形成共识，成立上海影印宋碛砂藏经会，负责影印事宜。

上海影印宋碛砂藏经会成立后，各界人士一边忙于筹措影印资金，一边委派对佛学和佛典版本鉴别能力出众的范成法师前往西安，负责审定、核勘佛经，并安排照相、制版等具体事务。

1931年春，范成法师带着20多位照相、冲印技师抵达西安。经多方协商，开元寺、卧龙寺的《碛砂藏》集中运到陕西省立图书馆，设立专室保管。范成法师清点、比对之后，去其重复，合并两寺所藏，共得宋代《碛砂藏》佛经5226卷。后来，又从北平松坡图书馆所藏"宋藏"中得403卷，可补西安二寺"宋藏"之不足。范成法师在文献的搜集上力求完备，为了补配尚缺的173卷"宋藏"，在陕西、山西等地继续寻访"宋藏"孑遗。1933年春天，就在搜集、补配《碛砂藏》的过程中，范成法师有一个意外的重大发现，他在山西赵城县的广胜寺发现了一部金代刊刻的佛藏。这个海内孤本的发现，顿时轰动了学术界，学界将这部金代佛藏孤本定名为"赵城金藏"，现藏于中国国家图书馆。

在西安一年多的时间内，范成法师与同行者陆续将确定影印的宋版《碛砂藏》佛经拍制成玻璃版，前后一共完成60箱，分批次运回上海。其间经历的坎坷磨难亦复不少，在此姑略。玻璃版运回上海以后，佛学书局总编辑范古农居士，负责影印的具体工作。历时六年，集众人之力，影宋本《碛砂藏》终于在1935年面世。

在影宋本《碛砂藏》问世之后，宋元旧刻残册又有陆续的发现。《碛砂藏》始刻至今已有800多年，经过世代的保护和传承，在今天必将焕发出新的学术生命和活力。

名贤文化与民间信仰双重视野下的春申君

一

自古以来，名贤（乡贤）之于文化的发展就备受世人瞩目，也受到了普遍的敬重，《礼记》有谓："祀先贤于西学，所以教诸侯之德也。"《周礼·春官·大司乐》亦有云："凡有道有德者使教焉，死则以为乐祖，祭于瞽宗。"所谓"瞽宗"者，上古时期的官学，《礼记》所谓"西学"者是也。根据周代的礼制，西周天子设立大学，其学有五：南为成均、北为上庠、东为东序、西为瞽宗、中为辟雍。名贤（乡贤）所居道德标杆的模范作用，自然受到历代统治者和教育者的高度重视。

东汉末年，"孔融为北海相，郡人甄子然、临孝存知名，早卒，融恨不及之，乃命配食县社。其余虽一介之善，莫不加礼焉"，这是中国古代地方上祭祀乡贤之始。唐代著名学者刘知幾在《史通·杂述》中指出："郡书者矜其乡贤，美其邦族，施于本国，颇得流行。"名贤之祀，历唐宋之发展，至明清尤为盛行。"仁政""美政"作为儒家政治理想的最高追求，也是中国老百姓的集体性精神诉求，因而历史上在当地留下美名的忠臣义士、清官廉吏往往被这个地方的百姓称颂、纪念，甚至被建祠纪念，这是中国古代名贤（乡贤）文化盛行的重要原因。正如清代古文家蒋冕在所撰《全州名宦乡贤祠碑》一文中所说："凡有道有德教于其乡者，没则祭于瞽宗；乡先生没则祭之于社，皆乡贤也。"

就苏州而言，从南宋绍兴三十一年（1161），吴郡郡守洪遵建瞻仪堂，将苏州郡守之"名德士"的肖像，取诸"公私所藏"，"颇补其阙遗"，以供世人瞻拜，至于为何取名为"瞻仪堂",范成大在《瞻仪堂记》中也有明确的说法:"又采韩退之《庙学碑》语,名之曰'瞻仪'。"到了明代,涌现了大量专门载录吴地乡贤生平传记、评赞以及肖像之类的著作:杨循吉《吴中往哲记》、王世贞《吴中往哲像赞》、刘凤《续吴中先贤赞》、文震孟《姑苏名贤小纪》等,这些著作在吴地具有很大的影响力,在苏州起到了文人精神风骨的引领作用。清代道光年间、顾沄等人商量并倡议,"纂集吴中先贤,旁及名宦、游寓","自吴公子札以降,得五百余人,属孔生继尧各为之图,并系以传",后皆勒石,建五百名贤祠作为永久纪念。时任江苏主官的陶澍撰制对联曰:"非关貌取前人,有德有言,千载风徽追石室;但觉神传阿堵,亦模亦范,四时俎豆式金闾。"

五百名贤祠中供奉的韦应物、白居易、刘禹锡、范仲淹、况锺等历史名贤在苏州历史上也曾建有多座专祠,受到苏州人民的世代纪念。诸如虎丘山有唐宋五贤祠,苏州文庙中有韦白祠、况公祠等,不一而足,在此不做详细的展开。苏州景德路城隍庙的"工"字殿两厢,有十块人物碑刻,碑上镌刻了从唐至清的十位历史人物,他们都曾担任苏州的地方父母官,以清正廉洁、心系百姓、为民谋利而著称于世,他们是韦应物、白居易、刘禹锡、范仲淹、文天祥、周忱、况锺、任环、张国维、汤斌。他们都因"有道有德教""功德昭彰"于吴地,而被苏州人民永远铭记,将他们的画像勒石,配享苏州城隍庙。

苏州城隍庙中的配享诸贤,都在顾沄的"五百名贤"名录,但是,苏州城隍庙的主神——春申君(黄歇),却并不在"五百名贤"之列。其中之原委,在目前文献不足的情况下,不必去做过多的揣测和假想,否则极易产生无端的学术纷争。春申君作为苏州民间公认的城隍神,无论从民间信仰还是名贤文化的研究视野上来看,都是极具学术、文化的研究价值和社会认识价值的,有这一点就足矣。

二

　　"城隍"在传统道教中,是守护城池之神。作为一种民间信仰,城隍的源头可以追溯到两三千年前的西周时期。周天子的腊祭八神中就有城隍,清代著名学者王崇简在《冬夜笺记》中谓:"城隍之名,见于《易》,所谓'城复于隍也'。"而后又引《礼记》"天子大蜡八",水庸居其七,认为"水则隍也,庸则城也",此乃"祭城隍之始"。赵翼认为,城隍之始于西周"固然",但其时尚"未竟名之为城隍",城隍之祀,名实相合,"盖始于六朝也,至唐则渐遍"。此后,城隍之祀的含义也有新的发展和变化,从周天子时代的沟渠、城池之神逐渐演变成护佑人间风调雨顺、物阜民安乃至人间吉凶祸福的地方守护之神。就民间信仰的精神内核来看,其中寄托着黎民百姓对国泰民安、社会安定祥和的期待和渴望,寄托着对真、善、美的追求。

　　民间信仰在中国具有广泛性,多由自发性的情感寄托而伴随着精神崇拜逐渐产生、发展。城隍神作为民间信仰的神祇,无不蕴含着地方百姓的精神寄托和情感意愿。城市城隍神之形成和最后的确定,很多情况下都是在当地百姓长年的约定俗成中逐渐形成的共识。

　　黄歇之所以成为苏州的城隍神,有一定的历史文献依据,更多的则是体现了以苏州为中心的江南老百姓对名贤及其历史功绩的礼敬。城隍信仰作为江南地区一种流传甚广的民间信仰,其中蕴含着许多优良的传统道德观念,廉吏清官、贤士良臣的精神在人世间得以长驻,有利于"以民为本"的正确政绩观之形成,有利于淳朴风俗民情的迁衍。因而,它和儒家所积极倡导的名贤文化,在精神内涵的很多层面上是相融相摄的。

　　黄歇在江南地区的惠政,在《史记·春申君列传》等重要历史文献中有过明确的记载,其泽被后世,深受江南百姓的拥戴,也时见于江南地区的方志之中。这一点是完全可以肯定,也毋庸置疑的。

　　正史记载中最具权威性的,莫过于《史记·春申君列传》,其中就有黄歇拜相,封春申君,徙于吴地的记载:"考烈王元年(前262),以黄歇为相,封为春申君,赐淮北地十二县。……后十五岁(前248)……春申君因城故吴墟,以自为都邑。"据唐人张守节《史记正义》说,春申君兴修城阙宫室的地点"故吴墟",就是春秋时期吴王阖闾所建宫室旧址,"阖闾,今苏州也。于城内小城西北别筑城居之,今圮毁也"。春申君徙封"故吴墟"后,在战争的废墟上修建城池宫室,"改破楚门为昌门",同时还兴修水利,"大内北渎,四从五横,至今犹存"。司马迁在写作《史记》前,曾"适楚","观春申君故城",也不禁赞叹"宫室盛矣哉"!

　　自唐宋以来,吴地方志中关于吴人感念春申君,修建春申君庙以祭祀,以及把春申君视为吴郡城隍之记载比比也。早在唐代的时候,苏州就已经把春申君作为城隍神来供奉和祭祀了,范成大《吴郡志》中有谓:"城隍庙,其初春申君也,唐碑具在。"北宋朱长文的《吴郡图经续记》、南宋范成大《吴郡志》中都有明确的记载说:"春申君庙,在子城内西南隅,即城隍神庙也。"这一说法一直延续到明清,明代苏州大学士王鏊所修《(正德)姑苏志》以及杨循吉所纂《吴邑志》等方志中都持此说,由此可见,苏州府所属各县,乃至大的集镇,其修建的城隍庙中亦多供奉春申君。

三

　　至于江南地区的地名中,与春申君有关者,俯拾皆是,不唯苏州,江南很多地方都有,其中最为著名的当推黄浦江,上海的简称"申"亦与之有着紧密的关联。

　　"黄浦"之名,始见于南宋绍兴二十八年(1158)高子凤为西林(今上海浦东三林镇)南积教寺所作的《碑记》中。当时还有别称曰黄浦塘、黄浦港、黄浦、大黄浦,清代开始名为黄浦江,其别名黄歇浦、春申浦等,皆因后人在传说中附会黄浦江是战国时春申君黄歇开凿的而得名。作为严谨的学术研究,绝不能把传说等同于史实。但借由民间传说,确实可以解读出民心向背这一重要的信息,这是冯梦龙在《警世通言》序中对传说、故事等所持的学术态度:"其真者可以补金匮石室之遗,而赝者亦必有一番激扬劝诱,悲歌慷慨之意……即事赝而理亦真。"

而这种民心向背,同样可以在江南有多处春申君墓这一事实中得到印证,湖北江夏、安徽淮南八公山、江苏江阴等地都有春申君墓。试以江阴与春申君的关系为例,略加说明,在《(乾隆)江南通志》中就有记载曰:"春申君黄歇墓,在江阴县君山,相传在东岳庙陛之下。"至于这个记载是否可靠,也很难做出精准的考辨,但是在历史典籍中,却实实在在有很多文献记载了春申君黄歇与江阴的关系,诸如宋代韦居安的《梅磵诗话》中有谓:"江阴乃春申君黄歇旧封。君山浮远堂,瞰江对淮,为一郡胜境。李鹤田珏一联云:'此水自当兵十万,昔人曾有客三千。'人多称诵。"故而宋人楼钥在其《送袁和叔尉江阴》一诗中写道:"澄江少日曾经行,高城傍有长江横。君山特立江之汀,下瞰淮甸一堂平。申港引潮深无声,万顷灌注滋农耕。战国今几二千龄,黄歇此地犹垂名。"

常州的方志中也有很多关于春申君的记载,宋代方志的重要典籍《咸淳毗陵志》中就明确记载:"黄公山,在县南八十里,去太湖十五里,即春申君黄歇所封故吴墟。"至于常州民间流传较广的民间文艺活动"唱春",目前已列入江苏省省级非物质文化遗产名录,当地传说就是源于老百姓对春申君的纪念。

因为《越绝书》中有这样的记载:"吴两仓,春申君所造。西仓名曰均输,东仓周一里八步。"所以,吴地建太仓的起源,后世也多追溯到春申君。在张一麐所编的《(民国)黄埭志序》中也有记载曰:"出望齐门,迤北稍西卅余里,有镇曰黄埭。相传为楚相春申君筑堤堰水,故冠以姓。"据说相城的春申湖、黄埭镇之得名,也与春申君有着某种联系。这些传说或多或少都有一些历史记载的依据或历史的影子。

春申君作为一个真实的历史人物，他兴修水利、造福于民的"英雄"形象，已经深深扎根于江南百姓心中，从古至今，代代相传。众多史料文献的记载，再加上诸多民间传说的结合，使得环太湖流域出现了许多据说和春申君有关的历史遗迹，这遗迹多以祠庙、坟墓、山川、塑像、古迹、地名等形态保存至今。对这些遗迹的真伪，已经很难也不必去做过多的考证与辨别。因为这些遗迹或风物、传说的出现，更多是百姓出于对春申君感恩和礼敬的产物，这是儒家名贤文化传统和民间信仰文化双重结果下的必然。

行文至此，笔者不禁想到著名历史学家翦伯赞在《内蒙访古》一文中曾提到过类似的情况："据内蒙的同志说，除青冢外，在大青山南麓还有十几个昭君墓。"何以会出现这样的情况？翦伯赞先生是这样解释的："因为在内蒙人民的心中，王昭君已经不是一个人物，而是一个象征，一个民族友好的象征；昭君墓也不是一个坟墓，而是一座民族友好的历史纪念塔。"时至今日，苏州地区乃至整个江南地区遗存保留的诸多和春申君相关的遗迹、传说、风物，无不时时唤醒着现代人对春申君的集体记忆，其内核正是对古代先贤的景仰以及对优秀中华文化的学习和继承。

周王庙：民间文化内涵的历史变迁

"庙貌庄严列路隅，周王名字不须呼。宣灵供奉年多少，赢得朝朝市集无。"这是近代苏州文人范君博《吴门坊巷待辖吟》中吟咏周王庙街的一首小诗。周王庙街，今名周王庙弄，位于苏州古城阊门城墙内，街因庙而得名。在苏州一众古寺名刹的比衬下，周王庙实在算不得有名，若考证并梳理其来龙去脉，其中丰厚的历史文化内涵，实足令人称叹。

一

自明崇祯以至清康熙及乾隆年间所编纂的《吴县志》以及《（乾隆）苏州府志》等文献中都有周王庙的记载。周王庙，全称周宣灵王庙，"在宝林寺内"。至于庙中供奉的主神，这几部地方志中都不曾说及。直至嘉庆、道光年间，苏州人顾震涛在其《吴门表隐》援引《小知录》等典籍，明确说道："周宣灵王庙……神姓周，名雄……宋淳祐元年，始封王爵。立庙于此。"

按照顾震涛的说法，苏州周王庙之创建，与南宋时期的杭州新城人周雄有关。周雄，"字仲雄，杭之新城人。在宋锐志恢复，抑郁以殁"。《吴门表隐》中对于周雄的生平记载较为简略，但也是有所本的。其中一个重要的史源便是《浙江通志》卷二一七中所谓："钱养廉序称：生于宋季，锐志恢复，抑郁以殁。"在其他文献中，更多集中于周雄生前、身后的种种神异。在周雄去世不到三十年，时任新城知县的汪绩，经过调查察访之后，曾写过一篇《翊应将军庙记》，此文收于《（万历）新城县志》卷四，这是较为权威的一则文献。

周雄的出生就富有神异色彩,南宋淳熙十五年(1188),"其母感蛇浴金盆之祥"而生。周雄"状貌魁梧",能写卦、算卦,"援笔作颂示异",具有特殊的才能,因而受到乡里百姓的尊敬,"居乡日,人已敬惮",在他死后,时常显灵人间,"及显而为神,在在有祠"。汪绩的文中就记载了周雄的许多超乎寻常的神异之事,如:"新安祁门水旱疠疫,祷则随应;三衢常山强寇披猖,独不犯境;新山之祠有井曰安乐泉,民病求饮,活者万计。"江南地区因有了周雄的庇护而免受水灾、旱灾、瘟疫、盗寇、兵灾、虎患等各种天灾人祸,此外,他甚至还能预知读书人的功名前途等,不胜枚举。周雄以其超乎寻常的能力,极具神秘色彩地在江南民间声名远扬,以至于后来的江南地方官纷纷奏报朝廷,为已经去世的周雄请封爵位。淳祐四年(1244),周雄被封为"翊应侯",后加封为"宣灵王"。此后,江南百姓立庙祀拜,遂成一时风气。《(民国)新登县志》卷九中收录了宋人桂锡孙为周雄之子周宗胜所作墓志铭,桂氏文中所说,正是此意:"(其父雄)能御大灾,捍大患。"保护一方平安,故而"列在祀典"。

至于苏州何时创建周王庙以祀,冯桂芬《(同治)苏州府志》则说:"周宣灵王庙,在宝林寺前。创建无考。"但晚明诗人董说的文字似乎给我们提供了些许线索,大致可以了解阊门城墙内建周王庙的一些史实。董说《雒阳编》中有一篇《周宣灵王祠》,在其诗序中就说道:"苏州宝林寺旁旧亦有祠。"并以传奇故事的笔调说及苏州周宣灵王庙之始建,颇为离奇。话说安徽休宁有一座周宣灵王庙,"灵异甚著"。万历二十九年(1601),当地有一男青年与邻人之妇私通,夜半,妇人的丈夫回家,男子慌忙中"急拔妇银簪","被发狂叫"而逃,躲进周宣灵王庙中。第二天,人们发现妇人的银簪留在了周宣灵王庙中神像的鬓角上。休宁的周宣灵王神被"无赖所冤",因"昭雪无地,遂见形于苏州宝林寺中,重新庙貌"。此后,休宁县的周王庙则不再灵验,百姓"祷祠无应矣"。这个传奇故事究竟是真是假,已经很难判断,但民间文化的流传往往离奇怪诞,也就没有必要太过深究。

对于顾震涛《吴门表隐》所持苏州周王庙供奉的主神是周雄一说,《(同治)苏州府志》通过考索《会典》等文献,提出了质疑,认为祭祀周宣灵王,"神之庙祀,宜在新城,吴中祀之,非其礼矣"。

明清以来,苏州阊门内建有周王庙,则是不争的事实,至于苏州周王庙之创建,究竟祭祀者为谁,其实并不重要。但凡民间信仰,有一个普遍的心理机制,那就是希冀祛灾除难,以祈求平安幸福为第一要义。虽然冯桂芬在《(同治)苏州府志》对周王庙的主神周雄提出了质疑,但是他也明确讲到,周王庙经历损毁和修复,"国朝咸丰十年(1860)毁,同治中重建"。同治年间重建周王庙,苏州百姓就把周宣灵王视为"金阊集祥里土谷神",以护佑一方百姓的平安和生活之富足。周王庙的旁边还挖浚了一口井,亦假周宣灵王来命名,曰"济急会周王井",其中就有"济急解难""福泽百姓"的意思。

二

时至明清时期,周宣灵王的神性特征逐渐弱化,人世间的价值取向逐步融入周王这一偶像身上。在江南不少地方的传说和方志记载中,就悄然出现了这样的变化,说周宣灵王在生前是一位十分重视孝道的大孝子,这在宋元时期的历史文献中几乎是看不到的。关于这一变化,还要从明代嘉靖年间李遂出任浙江衢州知府说起。李遂到衢州,下车伊始,就着手"奉天子明命,崇正黜邪",把当地的周雄祠视为"淫祠",准备拆除,在当地引发了"群庶充庭"的局面,衢州的百姓纷纷表示强烈的反对和抗议。后来,有一位不知名姓的人在翻检故纸堆的时候,"于故郡志得孝子之概,再覆逸典"。了解到周雄生前曾是一位孝子,而且还有"逸典"佐证,李遂不但不再视周雄祠为"淫祠",更将纪念周雄的"周翊应候庙"改为"周孝子祠",并亲自为其作《周孝子祠记》。对于这件事,《(康熙)衢州府志》也有相关的记载和印证,在《循吏·李遂传》中就有这样的记载:"又周王庙多灵应,郡民率走祈福,遂访问知神为孝子,易庙额曰周孝子祠。"

就李遂改"周翊应侯庙"为"周孝子祠"一事来看,完全符合明代中央政府对民间信仰的政策引导。明太祖朱元璋对人格神的认定,明显带有儒家原典主义的倾向,神灵的灵异或超能力并不是唯一的标准,相形之下,他更看重其生前的言行是否符合儒家正统的祭祀观念。孝子一说的出现,让纪念周雄在某种意义上有了表彰乡贤美德的性质和意义,因而周宣灵王祠也不再属于"淫祠"的范畴。

有了"孝子"这一全新内涵的融合,周宣灵王庙保存了下来,在李遂写了《周孝子祠记》之后,周王庙不仅在衢州,更在江南地区得到了普遍的扩张,无论其规模,还是影响,都得到了空前的发展。在这一进程中,周雄就像是一个"箭垛式的人物",江南地区的各种孝子故事和传说,纷纷集聚掺杂到他的身上。

非常巧合的是,南宋乾道年间,苏州府常熟县有一位名叫周容的孝子,在苏州府广为人传颂。明初,常熟知县奏报朝廷,授予周容以"常熟周孝子之神"的封号,并列入常熟县祀典,后在苏州等江南许多城市风行开来。明代苏州状元吴宽曾为苏州府城东南隅的周孝子庙作文,其中有较为详细的介绍曰:"姑苏城东南隅有周孝子庙。庙始建于常熟。在宋乾道间,邑人周容奉母朱氏,有至行,人称周孝子。且其平生好义,见罹患难者,拯救之恒恐后。既没一日,降于其家,以己为神,告其母且曰:'容愿为国效力,以保护乡闾。'后果如其言,终岁民无蓄患,邑人遂相与庙事之。"周容的生平经历也有灵异的一面,但更多的是因其孝亲、好义以及"为国效力""保护乡闾",具有道德模范的意义。所以,吴宽在文章最后总结道,苏州府百姓"嘉孝子有补于世教也,有益于民人也",为其建祠,并将祠所在之地名曰"孝义坊",是"有合于祀典"的。

在苏浙地区的一些方言中,"周容"和"周雄"的读音几乎完全一样,因音近而将常熟孝子周容的故事附丽在周雄身上,使得江南百姓对周宣灵王的崇拜和民间信仰中,又增加了传统的"孝道"内涵。

三

　　周王庙所在之地,毗邻阊门城墙边的一条小巷——专诸巷。专诸巷,因春秋时刺杀吴王僚的刺客专诸而得名,据说专诸死后葬于此地。明清时代,这条小巷中聚集了苏州最一流的工匠,在各种工艺门类上各显身手,尤其是玉雕高手名家的聚集,展现出群体性的优势,这里先后涌现出陆子冈、郭志通、姚宗仁等玉雕大师,苏州老百姓曾一度将"专诸巷"讹称为"穿珠巷"。清人纳兰常安在他的《受宜堂宦游笔记》中这样高度称赞苏州的手工艺:"苏州专诸巷,琢玉、雕金、镂木、刻竹、髹漆、装潢、针绣,咸类聚而列肆焉。其曰鬼工者,以显微镜烛之,方施刀错。其曰水盘者,以沙水涤滤,泯其痕迹。凡金银、琉璃、绮、铭、绣之属,无不极其精巧。概之曰'苏作'。"清乾隆时期,这里成为皇家玉器最重要的生产基地,乾隆帝在御制诗作中就念念不忘这条专诸巷,在其所作《题和阗玉镂九鹌鹑小屏》中就称赏道:"相质制器施琢剖,专诸巷益出妙手。"并在诗下作注说明其中的原委曰:"苏州玉工多居专诸巷,世其业。"此外,他又在《于阗采玉》《咏和阗玉汉兽环方壶》等诗作中连续赞道:"专诸巷中多妙手,琢磨无事太璞剖。""专诸巷里工匠纷,争出新样无穷尽。"

　　周王庙自同治年间重建之后,琢玉的工匠们常汇聚于此,交流切磋。清末宣统三年(1911),专诸巷以及附近的珠宝玉器的从业者,再次重修周王庙,把周王庙建成为苏作匠人的"玉器公所",周王庙因此也获得了"玉器庙"的别称。传说,苏州的琢玉工匠奉周宣灵王为行业的祖师爷,每年农历九月十三日至十六日,为纪念祖师爷的诞辰,匠人们会把各自琢制的精品玉器拿出来展示,供同行一起品赏。通过"献宝""赏宝",提高苏州玉工的工艺水平和艺术审美。

庙会期间，供奉在周王庙中的镇殿之宝，也是苏州玉雕的精品之作——碧玉蟾，也会在大庭广众下亮相，苏州百姓纷纷前来，一睹其风采。旧时，但凡苏州遇到大旱或瘟疫，玉器同人会抬着周宣灵王的塑像和碧玉宝蟾以及其他寺庙中的神像等灵物，四处出巡游街，祈求为百姓避灾祛祸。苏州玉器公所（周王庙）的这件镇殿之宝，现在完好地保存在苏州博物馆。

"舞榭歌台，风流总被雨打风吹去"，虽然今天的周王庙一带略显暗淡，似乎早已被人淡忘。但是，历史自有其印记，只是痕迹有深有浅罢了，毕竟周王庙曾寄托了苏州百姓对美好安定生活的向往和愿景，表达了人们对贤良孝德的尊崇，也曾见证了"苏作"玉雕技艺的繁荣……

徐灵胎：救人命的名医，警人心的道情

　　在吴江八坼乡凌益村有一座坟茔，坟前的牌坊上刻有两副对联，这是墓主人生前自撰的："满山芳草仙人药，一径清风处士坟。""魄返九原，满腹经纶埋地下；书传四海，万年利济在人间。"由此可以推断，这是一位医术高明、品行高洁的文士。再往前行，就能清晰地看到坟前的一块石碑，墓主人的身份昭然若揭："清名医徐灵胎墓。"

　　徐灵胎（1693—1772），本名大椿，又名大业，字灵胎，以字行世，晚年号洄溪道人。江苏吴江人。清康熙三十二年（1693）五月十五日生于江苏吴江的一个诗书之家。他的祖父徐釚是清初著名的文学家、词人、画家。祖父所建南州草堂富藏书，多达数千卷，著录在《菊庄藏书目录》中。

　　照常理，出身于这样一个诗书之泽深厚的家庭，徐灵胎的人生应该会遵循"书斋读书—考场科举—官场仕途"的轨迹。徐灵胎生而"有异禀，聪强过人""性通敏，知时务，喜豪辩，跌荡于江湖间"，对于自由有着非常强烈的渴望，尤不喜欢受拘勒束缚的生活。所以，他在少年时代就表现出"落落自奇异，不肯同于人"的个性，他在学习儒学之余，对天文、地理、音乐、武术都有浓厚的兴趣。少年时代的徐灵胎开始也是沿循着儒家士子的寻常轨迹前行，七岁入学，束发从师；十四岁学制艺；二十岁从学于周意庭，精熟《四书》，也就在这一年，他通过县试，考中秀才。在县学中学习，颖悟绝人的徐灵胎感到前所未有的沉闷、压抑和无聊，越发地"厌薄时艺"这样的科举文章，终于在一次岁试中，徐灵胎写了这么一句诗："徐郎不是池中物，肯共凡鳞逐队游？"因为徐灵胎的大不敬惹怒了有司和县学中的学官,最终的结果可想而知,县学革除了他的生员资格,以布衣终其一生。

　　不久,他的三弟如彬患痞症(胸腹部胀闷不适而外无硬结之形的症状),又一次改变了徐灵胎的人生。为了救治自己的兄弟,徐灵胎开始遍访名医,研习、讲论医学并研制药物。之后徐灵胎的四弟景松、五弟景柏又相继得重病,到苏州延请名医叶天士而不至,无治而离开人世,父亲也悲伤过度成疾。在接二连三的家庭变故中,徐灵胎立志学医,诊治天下所有遭受病痛之苦的人。徐灵胎于是发奋研读医书,上自《黄帝内经》,下至元、明以及当代医家的著作,"上下数千年",无不博览博采,他一生阅读的历代医学典籍多达万卷。在理论上"穷原(按:通"源")达流"的同时,徐灵胎更结合自己多年丰富的临床经验,"参稽得失",并用文字的形式把这些宝贵的医学成就记录下来。徐灵胎一生的医学著作有数十种之多,其中最著名的则莫过于《洄溪医案》。

　　自从立下悬壶济世的志向之后,徐灵胎"往来于三江五湖间",足迹遍布太湖流域,甚至远渡长江到淮安,诊治了不少疑难杂症,救人无数。晚清苏州文人潘曾玮为徐灵胎《慎疾刍言》题跋时有曰:"其投药造方,辄与人异。"徐灵胎的医术高明,在遇到各种疑难杂症的时候,常常会有出人意料的治疗方法,最终取得奇效。徐灵胎在《洄溪医案》中就记载了很多这样的病案,其中有一些病例,也被诸如袁枚、潘曾玮等清代著名文人传诸笔墨,广为传布。

　　在吴江芦墟镇上,有一个名叫连耕石的书生,忽然得了怪病,卧病在床,六天六夜不食不言,而他的双眼却炯炯有神,始终不能闭合而眠。徐灵胎诊视之后说道:"此乃阴阳相搏之证。"于是,就给病人服用了一剂药,病人的双眼很快就能够闭合了,而且也能张口说话了。其后,徐灵胎再给病人服下一剂汤药,奇迹发生了,这位姓连的书生竟从床榻上跃然而起。痊愈后的病人感到无比惊奇,只听得他说道:"在我病情危重的时候,神志迷迷糊糊中,只见眼前有一红、一黑两个人在我身体里纠缠，不断地作祟作怪。猛然间，好似看到那个黑人被雷击毙，过了不久，那个红人被白虎叼走了。这是怎么回事啊？"看着满脸疑惑的病人，徐灵胎解释了其中原委。病人所谓"雷震"者，其实是他让病患服用"附子霹雳散"之后所起的作用，徐灵胎利用附子根回阳祛寒的功效，帮助病人去除体内之寒；而所谓"白虎"者，就是徐灵胎所施用的"天生白虎汤"（《本草求真》称西瓜瓤为"天生白虎汤"），利用西瓜瓤清暑解热的功效，帮助病人去热。

有一位任氏之妻，患风痹症，一旦病症发作，只觉得双腿又如针刺，疼痛难忍，一直医治无效，长年以来，任氏之妻饱受病痛折磨。徐灵胎收治之后，并没有给病人开出什么名贵的药方，而是关照任氏的家人制作了一条厚的褥子，派几个强健有力的老年妇女紧紧地抱住任氏的妻子。并且反复叮嘱任氏：任凭病人如何挣扎呼叫，都要死死地搂抱住，绝不松手，直到任氏的妻子发出汗来为止。按照徐灵胎的关照去做，没有服用任何药物，任氏之妻的风痹症竟然奇迹般地好了。

有个拳师，在和别人比试拳技时，不慎胸部受伤，就在他气绝口闭的危急关头，徐灵胎赶到，让人把拳师的身体翻过，覆卧于地。徐灵胎接下来的举动，几乎让现场的每个人都吓了一大跳，只见他举举起拳头，奋力朝受伤拳师的臀部打了三下。更让众人惊愕不已的是，只见拳师"哇"的一口，吐出数升黑血，便安然无事了。

类似的病案在徐灵胎所著的《洄溪医案》中就有90多则，上述几个病案就足以表现徐灵胎医术之高明，也足以看出他医治疾病手法之独特。清乾隆时期，大诗人袁枚就在《徐灵胎先生传》中不吝美词称赞徐灵胎的医术，其中有曰："每视人疾，穿穴膏肓，能呼肺腑与之作语。其用药也，神施鬼识，斩关夺隘，如周亚夫之军从天而下。诸岐黄家目瞠心骇，帖帖慑服，而卒莫测其所以然。"

徐灵胎在中国古代医学史上，除了被描述为医术高明，更被人称道的是他高尚的医德。潘曾玮所感叹徐灵胎之"异"者，就有这方面的内容。

从上述的几个病案来看，我们很难看到名贵的药材，而是用了极为平常的药材，甚至没有用药，就把病人的病痛解决了。这就切切实实地体现了徐灵胎的医学理念和医德思想，他把医者的品行端方、心术纯正看得比医术更重。徐灵胎曾这样教导他的弟子："行医之要，惟存心救人，小心敬慎……若欺世徇人，止知求利，乱投重剂，一或有误，无从挽回。病者纵不知，我心何忍？"徐灵胎的一生都以拯救黎民苍生为己任，从不把医术作为谋取钱财的便利捷径。徐灵胎更以尖锐的语言批判当时一些医生唯利是图的做法，诸如"或立奇方以取异；或用僻药以惑众；或用参茸补热之药，以媚富贵之人；或假托仙佛之方，以欺愚鲁之辈；或立高谈怪论，惊世盗名；或造假经伪说，瞒人骇俗；或明知此病易晓，伪说彼病以示奇"……对这些受利益驱使而丧失医德的奸诈行为，徐灵胎尤为不齿。所以他常对弟子说，那些动不动就用人参等名贵药材，动不动开大方子的医生，实为恶医，"此等恶医皆有豺狼之心也"。

徐灵胎治病救人，不但不计较财货之得失，更有担当，在面对疑难危重病情的时候，他绝对不会为了自己所谓的名声而敷衍推诿。他曾对自己的弟子这样说过："凡举世一有利害关心，即不能大行我志。天下事尽然，岂独医也哉？"徐灵胎是这样说的，也是这样做的，在《洄溪医案》中，这样事情也绝不在少。

松江王孝贤的夫人，素来就有血证，时发时止，发作的时候则常常微咳，后又因为感冒而转变成痰喘。一旦得病，头不能着枕，夜不能寐，每天日夜俯坐在几案上，身体往往不能支持。王孝贤慕常州名医法丹书之名，请来为夫人调治，几经尝试，都未见效。最后找到了徐灵胎，请他与法丹书一起会诊。会诊过后，两位名医都确定为"小青龙证"。但药方对人有副作用，法丹书为保名声，不敢开方，徐灵胎却将自己的名声置之度外，唯以拯救患者的性命为第一义，淡淡地对法丹书说了一句："然。服之有害,我自当之,但求先生不阻之耳。"然后果断开方治病,先用麻黄、桂枝解决病患的急症。王夫人服用了徐灵胎的汤剂之后,气平就枕,终夕安寝。在急症平息之后,再配以消痰润肺、养阴开胃之方跟进调理,王夫人的身体很快康复如旧。在《洄溪医案》中,徐灵胎自己对此有过清晰的分析:"盖欲涉世行道,万一不中,则谤声随之。余则不欲以此求名,故毅然而用之也!"

如此重视医术的研修精进,如此真诚对待患者,无不体现了徐灵胎作为一代名医的赤诚之心、敬业之心,这正是他一生不求医名而大获医名的原因所在,无怪乎受到当时及后世的称颂。所以,著名诗人袁枚在《徐灵胎先生传》中给徐灵胎写下了这样的赞语:"艺也者,德之精华也,德之不存,艺于何有?……人但见先生艺精伎绝,而不知其平素之事亲孝,与人忠,葬枯粟乏,造修舆梁,见义必为,是据于德而后游于艺者也。"

乾隆二十五年(1760),文华殿大学士蒋溥患病,乾隆帝遍访海内名医为其治疗,因大司寇秦蕙田之荐,徐灵胎被召入都为蒋溥诊治。徐灵胎检查之后,就直言蒋氏的病已无药可救,乾隆帝嘉赏徐灵胎的朴诚,想要留他在京城效力。但徐灵胎依然心系百姓的疾患,再三恳求乞归田里。获得允准之后,徐灵胎退居在苏州城外的越溪松毛坞,在洄溪之畔、画眉泉之旁建洄溪草堂,为乡亲治病,一直到去世。

徐灵胎作为苏州的名医,时常受人邀请出诊,往返于太湖、吴淞江之间,因而对太湖流域的水系了如指掌,太湖诸水的"源流、顺逆、深浅、通塞之故",无不知晓。所以,但凡地方上有水利之事,县令都会向他征求意见,由于徐灵胎"于少时留心经济之学,于东南水利尤所洞悉",所以持论凿凿,所言无不被采纳。袁枚《徐灵胎先生传》中就详细记载了徐灵胎治水的两个案例,地方官因听从了徐灵胎的建议,避免了过度扰民,不但"工费省",而且河塘也得到了保全。

徐灵胎不仅是一代名医，也是一位文学家，他尤"好作道情，一切诗文，皆以是代之"，曾将自己所写的道情作品编辑为《洄溪道情》。徐灵胎非常喜欢用这种通俗的文学形式来针砭时弊，救世劝善。在他看来，道情这一种通俗文学样式"构此颇不易，必情、境、音、词处处动人，方有道气"。他的道情作品深得大诗人袁枚的赞赏，袁枚在《随园诗话》中也载录了一首嘲讽学究的作品以警醒世人。如果说徐灵胎的高超的医术是救人性命的，那么，他广为传诵的道情作品，堪称拯救世道人心的一剂剂良药。他的《劝孝歌》道情，劝世人要尽孝道，《丘园乐》道情则劝人要安贫乐道。他在《行医叹》道情中劝告、警戒所有的从医者："叹，无聊，便学医。哎，人命关天，此事难知，救人心做不得谋生计。""凡读书议论，必审其所以然之故，而更精历试。""终日遑遑，总没一时闲荡。严冬雪夜，拥被驼绵，直读到鸡声三唱；至夏月蚊多，还要隔帐停灯映未光。只今日，目暗神衰，还不肯把笔儿轻放。"

"满山芳草仙人药，一径清风处士坟。"这是徐灵胎临终前的自我评价，纵观他的一生，他确实无愧于此语。然而，苏州历史上这样一位"德艺双馨"的名医，岂能因时间的流逝而被淡忘呢？

后　记

多年前，我曾在一本书的后记中写道："苏州是我的第二故乡，当我第一次踏上这片土地的时候，就深深地爱上了她。现在的我不仅能操着一口流利纯正的吴语，做得一手地道的苏帮菜，更为重要的是，近三十年时间的浸润和熏陶，血脉中已经融入了太多吴文化的基因。"在岁月的流逝和积淀中，这样的情感似乎与日俱增，而且江南文化、苏州文化也是我日常教学、研究工作的主要内容，很多苏州在地的朋友一直惊讶于我对苏州文化的热爱和熟悉，在他们看来，我早已不是"新苏州人"了，而是"的的刮刮"的老苏州了。

近年来，为《苏州日报》《姑苏晚报》《苏州杂志》等报刊陆陆续续写了一些专栏文字，我也利用这个机会，系统地思考苏州文化，我曾用"诗意烟火"（"烟火诗意"）一词来概括苏州文化的特点。因为有着太多古典诗词的加持，随着"君到姑苏见，人家尽枕河""三生花草梦苏州"等唯美诗句的流传，苏州就被人们用"粉墙黛瓦""小桥流水"等定义，因而留给世人的似乎永远只有诗意典雅的印象。这样的印象虽然不错，但多少还是有些偏颇和片面的。事实上，苏州人的生活是真实而接地气的，然而就在平凡、平淡的市井烟火中，苏州人依然延续着诗意和浪漫，清代诗人刘嗣绾的一句"依约晓窗人未起，卖花声里到苏州"，就把市井的叫卖和吆喝声写得极具诗歌的情韵。

同时，苏州不仅仅只有古代的典雅，更不是"白发苏州"，她既有古朴素雅的古城，又有现代年轻又不失时尚的都市，苏州工业园区就是其中的标杆，古韵今风在苏州交相辉映，一切都彰显着这座城市的开放和包容。即便在苏州工业园区这样现代的都市氛围中,也保留着很多传统文化的遗存,这似乎是在向世人默默地诉说着,现代的工业园区是在深厚的吴文化土壤上崛起的。她用30年的时间,"磨砺出超越传统的利剑;她用古典园林的精巧,布局出现代经济的版图;她用双面刺绣的绝活,实现了东方与西方的对接"。

在苏州工业园区开发建设30周年之际,园区公共文化中心希望我能把我在苏州文化研究方面的心得写出来,与广大的读者分享。作为苏州工业园区全民阅读的推广者和"书香苏州"的代言人,我责无旁贷,便欣然应允,于是就有了这本《诗意苏州》。

全书以诗歌作为切入点,从文学的视角解读诗意、书香、乡贤、园林、岁时、市井这六大文化名片,用生动浅近的文字去品味诗意江南的苏式生活美学。让广大的读者较为全面、真实、具体可感地去了解苏州的历史文化传统,让读者朋友们觉得苏州的文化传统就在身边的每一天,就在日常生活中,同时她又具有鲜明的时代活力。

在写作过程中,笔者特别注意凸显苏州传统文化在新时代的传播和发展,全书有超过1/3的篇幅专门写苏州工业园区的历史文化遗产,由此思考园区在现代化进程中如何积极发掘优秀历史文化传统,将其作为新时代社会发展的思想理论资源,探索并践行人文与经济、历史与现实的协同创新和发展。

本书的写作和出版,先后得到了苏州工业园区宣传和统战部、苏州工业园区公共文化中心和苏州古吴轩出版社的大力支持,其间曾获得多位领导和工作人员的帮助,在此一并表示感谢,同时也为他们全情投身苏州社会文化事业的热情和成绩,深表敬意。

九十三岁高龄的恩师吴企明教授,欣然应允为拙稿题签,一笔一画中,无不寄托着他对我深深的鼓励和鞭策,弩生唯有孜孜不倦,继续深耕苏州文化和古典文学,不负老师的恩情与厚望。

乙巳春分时节写于姑苏城南